Jürgen Buchholz

*Aufruhr im Herzen*

Arnold

Jürgen Buchholz

# *Aufruhr im Herzen*

Aus dem Leben des Heinrich Hansjakob

Kaufmann Verlag

*In Erinnerung an meine Ferien bei Großvater, ›Theres‹, ›Gust‹ und ›Albrecht‹ auf dem Schulersberg, einem Schwarzwaldhof bei Haslach, von dem auch Hansjakob schon berichtete.*

*Bibliografische Information Der Deutschen Bibliothek*

Die Deutsche Bibliothek verzeichnet diese Publikation in der Deutschen Nationalbibliografie; detaillierte bibliografische Daten sind im Internet über http://dnb.ddb.de abrufbar.

1. Auflage 2007

Umschlaggestaltung: Stefan Heß und Rolf Zilling
unter Verwendung eines Bildes von © Darell Gulin/Corbis und eines Bildes aus dem © Hansjacob-Archiv, Haslach
Printed and bound by Leo Paper, China
ISBN: 978-3-7806-3037-7

# Inhalt


Kinderhimmel .......................... 6
Schulzeit in Haslach .................. 35
Schwierige Jahre ...................... 73
Im Konvikt ............................ 125
Die Entscheidung ...................... 137
Endlich Lehrer ........................ 147
Schulleiter in Waldshut ............... 155
Pfarrer in Hagnau ..................... 177
Geheimnisse ........................... 207
Stadtpfarrer in Freiburg .............. 218
Heimkehr .............................. 247

Lebensdaten ........................... 253

# Kinderhimmel

## *1.*

Die Augen der Katharina, von allen nur des ›Peters Käther‹ genannt, weiteten sich. Sie hielt mitten im Wort inne und starrte auf das Bündel, das durch den Stadtbach in das Waschhaus getrieben wurde. ›Bärbels Luitgärdle‹, die ebenfalls wie die anderen Wäscherinnen in Haslach den neuesten Tratschgeschichten mit begierigem Interesse gelauscht hatte, folgte dem Blick der neben ihr Waschenden, die plötzlich reglos dastand.

„Großer Gott im Himmel“, stieß Luitgard entsetzt hervor, „das ist ja ein Kind!“

Aller Augen richteten sich auf den kleinen Körper, der, mit dem Kopf voran, im schnell fließenden Bach durch das Waschhaus trieb. Beherzt stieg Luitgard zusammen mit des ›Gyger-Webers‹ Helene in das Gewässer und sie erwischten den kleinen Jungen an Arm und Fuß. Wie leblos hing er zwischen den beiden jungen Frauen, als sie ihn aus dem Wasser hoben.

Ausnahmslos alle Wäscherinnen hatten inzwischen ihre Zuber mit der Wäsche stehen lassen und begleiteten das Schauspiel mit Zurufen und Schreckensbekundungen. Die beiden Schnellentschlossenen übergaben den leblosen Körper an die aufgeregten anderen Mädchen am Rande des Baches. Käther hob ihn kurz entschlossen an den Füßen hoch, während die ›Frenz‹, Franziska Eichenbacher, ihm kräftig auf den Rücken klopfte, damit das Wasser aus Speise- und Luftröhre abfließen konnte.

„Das ist der Bub vom Beckephilipp, der Heiner“, rief Luitgard, als sie den Jungen erkannte. Ängstlich sah sie die Frenz an. „Atmet er noch?“

Im gleichen Augenblick begann das Kind zu husten und zu würgen. Wasser lief ihm aus dem Mund und der Kopf wurde durch die Anstrengung puterrot. Mit hektischen Bewegungen krallte sich der Knirps an der gepunkteten Schürze der jungen Wäscherin fest. Käther ließ den kleinen Heinrich auf die nassen Sandsteinplatten des Waschhauses sinken, bis er das in die Lunge gedrungene Wasser wieder ausgespieen hatte.

„Wir müssen ihn nach Hause schaffen“, bestimmte die resolute Luitgard, die sich inzwischen von ihrem Schrecken erholt hatte. Sie nahm den sich anfangs widerstrebenden Buben auf beide Arme und trug ihn zu dessen Vaterhaus, das nicht weit vom Waschhaus am Rande des Stadtbaches lag. Die anderen Wäscherinnen ließen ihre Wäsche im Stich und folgten Luitgard wie in einer Prozession. Ihr lautes und aufgeregtes Lamentieren lockte die Anwohner der Straße an die Fenster.

Niemand hatte den knapp vierjährigen Heinrich Hansjakob bisher vermisst.

Die Frau des Beckephilipp, Zäzilie Hansjakob, durch den aufgeregten Lärm ebenfalls aufmerksam geworden, sah durch das Fenster in der Küche und erkannte ihren Jungen tropfnass in den Armen von Bärbels Luitgärdle. Sie riss das Fenster auf.

„Was, um Gotteswillen, ist passiert?“, rief sie fassungslos. Sie wartete die Antwort nicht ab, sondern eilte aus der Küche und die wenigen Stufen vor der Haustüre hinunter zu der aufgeregten Menge.

Luitgard legte ihr vorsichtig den Sohn in die Arme. „Nicht weiter schlimm“, sagte das Mädchen stolz, „aber wenn wir nicht gewesen wären, wär er ertrunken.“

Zäzilie Hansjakob sah sie ungläubig an, doch die übrigen Mädchen bestätigten wild durcheinander redend die Worte ihrer Sprecherin. Inzwischen waren auch die kleine, dicke Magd Katharina und auf deren Arm Heiners einjährige Schwester Philippine zu der Ansammlung auf dem Platz vor dem Haus hinzugekommen. Nachbarn sahen neugierig aus den Fenstern oder eilten aus den Türen.

Zäzilie Hansjakob wandte sich dem kleinen Heinrich zu, der in ihren Armen lag.

„Heiner, tut dir etwas weh?“ Ohne die Antwort abzuwarten, fuhr sie fort: „Kannst du stehen?“

Heinrich Hansjakob, der die Aufmerksamkeit sichtlich genoss, nickte mehrmals mit dem Kopf. Zäzilie ließ ihren Sohn langsam zu Boden gleiten. Der fasste sich an den Kopf, wo sich eine Beule gebildet hatte. Die Mutter untersuchte die Stelle gründlich, war aber nun beruhigter.

„Was ist passiert?“, fragte sie nochmals. Die Frage war dieses Mal an den Sohn gerichtet.

„Ich bin am Stadtbach ausgerutscht und mit dem Kopf auf einen Stein geschlagen“, bekannte Heinrich. Er senkte schuldbewusst den Kopf, denn es war ihm streng verboten, in dem verdreckten Bach, der am Haus vorbeifloss, zu spielen. Glasscherben, die im Bach zwischen Sand und Kies steckten, konnten die Füße der Kinder verletzen, Ratten und Mäuse lebten unter seiner Einfassung, Abfälle und Unrat wurden im Bach entsorgt, und ab und zu schwamm in dem Gewässer auch einmal eine tote Katze, die dann langsam in die Kinzig gespült wurde.

Dieser in ein steinernes Korsett gepresste Bach war viel schmutziger als der Mühlenbach, der Hofstetter Bach und der Klosterbach, die um das Städtchen herumflossen und ein Paradies für die Kinder Haslachs waren. In deren klarem Wasser versuchten sie mit bloßen Händen, flinke Forellen in den Uferhöhlen zu fangen. Oder stachen mit einer Gabel nach Grundeln, die sich im Sand versteckt hatten. Wenn ein Kind in einem dieser Bäche einen Fisch gefangen hatte, wurde der Fang unter großem Hallo in einer vorsorglich mitgebrachten Milchkanne, gefüllt mit Bachwasser, nach Hause getragen. Dort briet ihn dann die Magd oder die Mutter mit Butter an und garnierte ihn mit Petersilie. Ein Festessen; nicht nur für die Kleinen.

Heinrich war auf eine Strafe gefasst, aber Zäzilie Hansjakob war viel zu froh, dass ihr Sohn noch lebte, als dass sie in diesem Augenblick an eine Bestrafung gedacht hätte.

„Mit dir hat man nur Sorgen“, strich sie ihm liebevoll übers Haar. „Komm ins Haus und zieh deine nassen Sachen aus, bevor du wieder krank wirst“, bestimmte sie, nahm ihren Heinrich an der Hand und verschwand mit ihm hinter der Haustüre. Sie dachte an jenen schrecklichen Morgen vor zwei Jahren, als der Junge nach dem Aufwachen steif wurde, seine Lippen blau anliefen und seine Gliedmaßen unkontrolliert zuckten. Damals dachte sie nicht, dass der kleine Heiner überleben würde.

Heinrich Hansjakobs Vater war wie jeden Nachmittag nicht zu Hause. Er brachte seinen Kunden das Brot fürs ›Vierebrot‹, das Vesper am Nachmittag.

Die Aufregung war vorüber. Die Waschfrauen erzählten nochmals stolz ihre Rettungstat den herbeigeeilten Nachbarn, dann zerstreute sich die Versammlung allmählich.

Abends schlich sich Heinrich in die warme Backstube. Hier saßen Bäckergeselle Sepp und Knecht Hugo auf zwei hölzernen Hockern. Sepp musste warten, bis der Teig in dem riesigen Bottich ›gegangen‹ war. Während dieser Ruhepause las er allabendlich Hugo und Heinrich Rittergeschichten von edlen Herren und lieblichen Burgfräulein vor, von Kämpfen mit bösen Drachen und ritterlichen Fehden.

Heute Abend hatte Heinrich selbst ein Abenteuer zu verkünden. Er konnte nicht im Bett bleiben, wie es die Mutter bestimmt hatte. Er musste Hugo und Sepp diese Begebenheit berichten. Fast wäre er gestorben, erzählte er seinen Freunden, aber die ›Wibervölker‹ im Waschhaus hätten ihn im letzten Augenblick vor dem Ertrinken gerettet. Die beiden jungen Burschen lachten. Sie glaubten nicht, dass tatsächlich Heinrichs Leben an einem seidenen Faden gehangen hatte.

„Zum Dank für deine Errettung nehm ich dich mal mit auf eine verfallene Burg", sagte der sonst so stille Knecht Hugo grinsend. „Da, wo ich herkomme, war früher mal eine richtige Ritterburg mit echten Rittern. Jetzt sind allerdings nur noch Mauerreste übrig."

„Ist das wirklich wahr?“, fragte Heinrich. „Da waren wirkliche Ritter?“

„Natürlich“, nickte Hugo bedächtig mit dem Kopf.

„Wo ist das?“

„Hinten im Tal.“ Hugo deutete vage Richtung Kirche. „Die Heidburg.“

Am nächsten Morgen durfte Heinrich, nachdem er sich nicht krank fühlte, wieder aufstehen. Sofort eilte er zur Großmutter, zwei Häuser weiter, um ihr die Geschichte seiner wundersamen Errettung vom Tode zu erzählen. Dies hatte zudem den Vorteil, dass er nicht die übliche schwarz gebrannte Brotsuppe zum Frühstück bekam, sondern eine süße, gezuckerte Milchsuppe. Die Großmutter kannte das Ereignis natürlich schon, denn ihr Krämerladen lag am gleichen Platz wie sein Elternhaus, und der Menschenauflauf am Vortage hatte auch sie auf die Straße getrieben. Sie hatte aber gleich gemerkt, dass dem Bub nichts geschehen war. Und da sie gerade Kunden im Laden hatte, war sie wieder in ihr Geschäft zurückgegangen. Nun, da der erste Schreck überstanden war, ermahnte sie ihren Enkel:

„Büble, wenn du brav gewesen wärst, wär das nicht passiert. Immer machst du Sachen, die dir schon hundert Mal verboten worden sind. Wenn ich an deinen Großvater denk, was der für ein armer, frommer Bub gewesen ist.“

Wie üblich, wenn sie auf ihren toten Mann zu sprechen kam, floss sie über von Lobreden.

„Mit dreizehn Jahren hat er bereits Knöpfe und Faden verkaufen müssen. Überall auf den entlegensten Bauernhöfen im Schwarzwald. Im Sommer wie im Winter. Aber Gott hat ihn gesegnet auf seinem mühevollen Lebensweg", seufzte sie, früheren Zeiten nachsinnend. „Als er fünfzehn Jahre später bei meinem Vater um meine Hand angehalten hat, da hat er in Haslach bereits ein Haus gehabt und genügend Geld, dass wir den Krämerladen haben aufmachen können."

Heinrich unterbrach sie in ihren Erinnerungen: „Großmutter, zeigt Ihr mir die Kiste, die der Großvater immer getragen hat?"

Erfreut sagte sie zu und stieg ächzend mit ihrem Enkel auf den Dachboden, wo sich gleich vorne die schwere Kiste und der Stock des früh verstorbenen Großvaters befanden; unentbehrlich bei seinen mühsamen Wanderungen zu den Höfen in all den Seitentälern und auf den Höhen des Kinzigtales. In dieser Kiste befanden sich früher Nadeln und Faden, Hals- und Taschentücher, die er den Bäuerinnen verkaufte.

Aber neben der Kiste auf dem Dachboden befand sich auch der Kasten mit dem gedörrten Obst, in Schnitze geschnittene Äpfel und Birnen, getrocknete Zwetschgen und Pflaumen. Und als jetzt die Großmutter in Gedanken versunken schwieg, sagte Heinrich, begehrliche Blicke auf den Obstkasten werfend: „Aber jetzt bekomm ich ein paar Schnitz'!"

Zufrieden kauend stieg er wieder die Stiege hinunter und verkündete: „Großmutter, ich geh jetzt auch zur Lenebas."

Lenebas, Großtante Lene, war eine ledige Schwester der Großmutter, die ihre letzten Jahre bei ihrer wohlhabend gewordenen jüngeren Schwester beschloss. Sie lebte in einem kleinen, dunklen Zimmer im gleichen Haus. Manchmal spann sie Wolle, meistens jedoch betete sie, die Perlen des Rosenkranzes zwischen ihren mageren Fingern.

Auch ihr erzählte Heinrich von seinem mit Glück abgewendeten Tod. Die Lenebas aber sagte: „Das war kein Glück, Heiner, das war dein Schutzengel, der auf dich aufgepasst hat. Wir sollten zum Loretokirchlein gehen, um der heiligen Maria für deine Errettung zu danken."

Sie setzte ihren Vorschlag sogleich in die Tat um. Unterwegs erzählte sie Heinrich wie so oft von Gott, dem Jesuskind und der Muttergottes in einfachen, für das Kind verständlichen Worten, zeigte ihm Blumen und Kräuter und wies auf deren Heilkraft und die damit gezeigte Allmacht und Güte Gottes hin, der für alles Leid auch ein Kräutchen wachsen lasse.

Als Heinrich am nächsten Tag vom Spielen zum Mittagessen nach Hause kam, jammerte er:

„Mutter, die Schuhe reiben so."

Er zog eines der Stiefelchen aus und zeigte auf eine Blase an der Ferse. Das Leder war durch das Treiben im Bach hart geworden. Zäzilie zögerte nicht lange. Der Bub brauchte ein neues Paar Schuhe, denn noch war es morgens zu kalt zum Barfuß-Laufen.

„Dann müssen wir dir halt ein Paar neue Schuhe machen lassen", seufzte sie. „Zieh den anderen Schuh auch aus. Wir gehen zum Stelker."

Einige Tage später hatte Schuhmacher Stelker ihm ein neues Paar Schuhe gemacht. Heinrich durfte die Schuhe selbst abholen. Landolin Stelker hatte sie schon fertig. Er zeigte dem Kind die halbhohen Stiefel aus schwarzem Leder, ließ sie ihn anprobieren und zog sie ihm wieder aus. Die Unterseite der Stiefelchen war mit Nägeln versehen, um ein rasches Ablaufen der Sohle zu verhindern. Vier Nägel auf der Sohle eines Schuhes hatte er noch nicht eingeschlagen.

„Ich hab auf dich gewartet, Heiner." Er stand auf, setzte Heinrich auf den Schuhmacherstuhl und stülpte den Schuh über den Amboss. Dann gab er ihm den Hammer in die Hand und hielt ihm ein paar Nägel hin.

„Jetzt zeig mal, ob du Kraft hast und die Nägel einschlagen kannst."

Heinrich konnte es. Stolz zog er danach seine neuen Schuhe an.

## 2.

Durchdringend wie immer um sechs Uhr tönte ein Kuhhorn durch das erwachende Städtchen. Der Bläser war der städtische Kuhhirt, der mit diesem Instrument kundtat, dass er wie jeden Werktag die Kühe Richtung Bärenbach treiben würde. Eine Stunde später ›hupte‹ auf einem kleineren Horn der Geißhirt, dass er die Ziegen Haslachs in entgegengesetzter Richtung auf die ›Sommerhalde‹ führen werde. Kurz darauf tutete es aus Richtung der Vorstadt. Wieder auf einem Kuhhorn. Dieses Mal zeigte das Horn an, dass der Sauhirt nun die Schweine zum ›Hagsbacher Berg‹ treiben würde, und überall im

Städtle grunzten die Dickhäuter, wenn sie dem Zug zugeführt wurden. Zuletzt, als auch die Schweine ausgezogen waren, hörte man das aufgeregte Geschnatter der Gänse. Der Gänsehirt hatte kein Horn. Das erregte Geschnatter verriet von selbst, dass der Gäns-Jokele nun die Gänse der Bürger an die Kinzig treiben würde. Überall öffneten sich die Gänseställe, und schnatternd und flügelschlagend gesellten sich die Tiere zu dem immer größer werdenden Bestand.

Mit seinen ständig tränenden Augen beobachtete der Jokele das Geschehen, nahm das ihm anvertraute Federvieh in Empfang und trieb dann mit einem langen Stecken die Gänse weiter Richtung Vorstadt. Er war ein uraltes Männchen, klein wie ein Zwerg, mit tiefen Mundfalten, die an den Nasenflügeln seiner langen, knollenartigen Nase ihren Ursprung hatten. Sein Ziel war jeden Tag der ›Steinrucken‹. Bei Hochwasser war dieses Gebiet überschwemmt. Kiesel und Sand hatte die Kinzig dort abgelagert, Wasserpfützen und mit Gras bewachsene Stellen wechselten sich ab und flach neigte sich die Fläche zur Kinzig hin. Dort rupften die Gänse Gras und Kräuter, fanden Samen und Körner. Und an schönen Sommertagen saßen dort auch oft Dorfkinder um den triefäugigen Alten, lauschten seinen Geschichten und lernten, aus Weidenzweigen Flöten zu schnitzen.

„Kommst du mit zum Jokele?“, fragte ›des Saubruckers Karle‹, nachdem er den Kopf durch die Tür gesteckt hatte.

Heinrich war gerade mit seiner Milchsuppe bei der Großmutter beschäftigt. „Ich komm!“ Eilig löffelte er seine Lieblingssuppe. Danach verabschiedete er sich eilig von seiner Großmutter, deren beiden erwachsenen Töchtern und der Lenebas.

„Büble, sei auch brav", ermahnte ihn die Großmutter wie fast jeden Tag. Und wie immer antwortete er: „Ja, Großmutter!", bevor er fragte: „Bekomm ich noch ein Zuckerle?"

Nur wenige Augenblicke später rannte er vor die Tür. Karl hatte auf der Straße gewartet. Inzwischen waren noch der ›Metzgerkarle‹, ein Vetter Heinrichs, und der ›Schniderlepold‹ zu Saubruckers Karle gestoßen. Der Schniderlepold hatte, wie so oft, ein Paar Stelzen unter dem Arm. Er war ein Meister im Stelzen-Laufen.

Heinrich war der Jüngste in der Gruppe. Doch das fiel nicht auf. Er war für sein Alter groß und kräftig und überragte seine älteren Kameraden bereits um einige Zentimeter. Die älteren Buben nahmen ihn gern mit, weil er alle Streiche eifrig mitmachte.

„Oje, dem Jokele ist eine Gans entwischt!"

Der Karl von ›Saubruckers‹ deutete auf einen kleinen Vorgarten, in dem sich eine Gans gütlich tat. Rasch trieben die Knaben das Federvieh aus dem Garten und vor sich her zur Kinzig. Denn wenn der Polizeidiener eine frei laufende Gans im Städtchen erwischte, sperrte er sie flugs in den ›Pfandstall‹, wo sie am Abend gegen ein ›Fanggeld‹ wieder herausgegeben wurde. Das gab dann jedes Mal Ärger mit der Besitzerin des Tieres, die das Fanggeld bezahlen musste. Der Jokele jedoch ließ die jeweils folgende Schimpfkanonade immer mit stoischer Ruhe über sich ergehen.

Jokele lächelte, wenn auch gequält, als die vier

Knaben mit der ausgebüxten Gans ankamen. Seit Wochen fühlte er sich elend. Aber die Gesellschaft der Kinder, die ihn nicht abschätzig oder mitleidig ansahen, tat ihm gut. Ihnen war sein zwergenhafter Wuchs, seine Hässlichkeit, seine Armut einerlei. Wenn er sie ansah, ihre leuchtenden Augen und offenen Münder betrachtete, während er ihnen Geschichten von Reichtümern in den mittelalterlichen Silberbergwerken des Schwarzwaldes erzählte, vergaß er seine Schmerzen etwas.

„Jokele, wir haben eine Gans gefunden!“, rief Leopold schon von weitem.

Der Gänsehirt wartete, bis die Knaben etwas näher herangekommen waren, damit er seine Stimme nicht so beanspruchen musste. „Vergelt's euch Gott“, sagte er. „Treibt sie zu den anderen.“

„Jokele, erzähl uns was über die Silberbergwerke“, bettelte Saubruckers Karle. Und Jokele erzählte dieses Mal von Bergleuten einer Grube, die einmal so viel Silber gefunden hatten, dass sie sogar am heiligen Sonntag tief im Stollen gegraben hätten.

„Während die Kirchenglocken läuteten und die Wandlung von Brot und Wein in das Fleisch und das Blut unseres Herrn ankündigten, fanden die Bergleute einen riesigen Brocken Silber. Wie gut, sagten sie, dass wir nicht in die Kirche gegangen sind. Sonst hätten wir diesen Schatz nicht gefunden. Im gleichen Augenblick aber stürzte der Stollen ein und begrub die habgierigen Bergleute unter sich. Sie erstickten jämmerlich. Und auch den Schatz behielt der Berg. Nie mehr wurde dieser riesige Brocken Silber gefunden.“

Die Buben saßen mit großen Augen da und dachten mit Grauen an den schrecklichen Erstickungstod der frevelhaften Bergleute.

„Woher weiß man, dass da so ein großer Brocken Silber war, wenn er nie mehr gefunden worden ist?", durchbrach plötzlich Heinrichs Stimme die Stille.

Der Gänsjokele stutzte. Dann jedoch verzog sich sein Gesicht zu einem Grinsen.

„Du meinst, ich lüg euch an, Heiner. Ich weiß es, weil kurz bevor der Stollen eingestürzt ist, ein Bub wie du in den Stollen geschickt wurde, damit er den Bergleuten ihr ›Ninebrot‹[1] bringt – Most und Speck und Brot. Der hat den riesigen Silberbrocken noch gesehen, wie er in der Grubenwand steckte."

Wieder schwiegen die Buben. Sie dachten daran, was das Kind für ein Glück gehabt hatte. Aber das hielt nicht lange an. Jetzt mussten sie ans Wasser. Und übermütig rannten sie Richtung Uferböschung.

„Da hinten kommt der ›Specknazi‹", rief der Metzgerkarle.

Specknazi hieß der Ignaz Dufner deshalb, weil er der Dickste unter den Jungen war. Er hatte sich daran gewöhnt, dass man ihn wegen seiner Körperfülle verspottete. Da er gleichzeitig der Gutmütigste dieser Gruppe war, konnten ihn die anderen gefahrlos hänseln.

Schon hatten die Kinder die andachtsvolle Stille vergessen, die vor kurzem noch geherrscht hatte.

„Den lassen wir auf den Stelzen über die Kinzig laufen", schlug der Schniderlepold vor. „Was glaubt ihr, wie das spritzt, wenn der ins Wasser fällt." Die Jungen kicherten vor Vergnügen.

1 Neun-Uhr-Brot. Vesper am Morgen

„Specknazi, jetzt bist du dran“, erklärte er dem inzwischen herangekommenen Ignaz. „Wir sind alle schon auf den Stelzen über die Kinzig gelaufen.“

„Das glaub ich nicht!“, zweifelte Ignaz und schaute die anderen argwöhnisch an. „Ihr seid überhaupt nicht nass gespritzt.“

„Weil es so einfach ist!“, rief Heinrich Hansjakob vorwitzig. „Soll ich es dir noch mal vormachen?“

Das war nur so hingesagt, denn eigentlich war Heinrich noch kein geübter Stelzenläufer. Zu seinem Erschrecken ging Ignaz auf diesen Vorschlag ein.

„Ja, mach mal. Das möcht ich erst mal sehen“, meinte er.

Leopold war es eigentlich egal, wer ins Wasser fiel: „Also, zeig es ihm, Heiner!“

Die anderen beiden grinsten schadenfroh. Heinrich Hansjakob zog tapfer seine neuen Stiefel aus, knüpfte die Schuhriemen zusammen und hängte sie sich um den Hals.

„Gib her“, sagte er zu Leopold und nahm die Stelzen. Am Kinzigufer stieg er auf. Zunächst hatte er keine Mühe, das Gleichgewicht zu halten. Doch kurz vor dem anderen Ufer, gerade an der tiefsten Stelle, verklemmte sich eine Stelze zwischen zwei Steinen. Als Heinrich versuchte, den Stecken wieder zu lösen, verlor er das Gleichgewicht und stürzte in die noch ziemlich kalte Kinzig.

Lautes Gelächter erscholl vom anderen Ufer. Prustend tauchte Heinrich wieder auf. Mit Händen und Füßen strebte er zu einer flacheren Stelle, wo er wieder gefahrlos stehen konnte. Nachdem er sich aufgerichtet hatte, lachte er mit, doch dann sah er weiter vorn im Wasser kurz einen Schuh auftauchen.

Seinen Schuh. Seinen neuen Schuh. Ungläubig sah er an sich hinunter, wo nur wenige Augenblicke zuvor noch die Stiefel um seinen Hals baumelten. Er hatte seine Schuhe verloren.

„Meine Stiefel!“, schrie er auf.

Das Gelächter am Ufer verstummte.

„Meine Stiefel schwimmen da vorn“, schrie er in höchster Verzweiflung. So schnell er konnte, watete er ans nahe Ufer und rannte den Schuhen hinterher. Er sah sie nicht mehr. Die Stelzen hatte er vergessen. Eine trieb im Wasser, die zweite steckte immer noch zwischen den Steinen.

Inzwischen hatten auch die anderen Jungen am jenseitigen Ufer die Suche aufgenommen und liefen an der Kinzig entlang, immer die Oberfläche des Wassers absuchend. Selbst der sonst so phlegmatische Specknazi beteiligte sich eifrig. Doch so sehr die Jungen sich anstrengten, die Schuhe trieben unentdeckt dem Rhein zu.

„Jokele, was soll ich machen?“, fragte der klatschnasse Heinrich verzweifelt den Gäns-Jokele.

Der rieb sich mit Daumen und Zeigefinger die knollige Nase.

„Hm, Heiner“, sagte er, sein faltiges Gesicht verziehend, „zuerst solltest du nach Hause und trockene Kleider anziehen. Sonst erkältest du dich. Ich glaube, das, was danach kommt, musst du wie ein Mann ertragen.“

Es war eine gewaltige Tracht Prügel, die Heinrich bekam, als er seinem Vater unter die Augen trat. Und zumindest für einige Zeit musste er die alten, harten Stiefel wieder anziehen, die ihn drückten und rieben und ständig an sein Missgeschick erinnerten.

## 3.

Die alten Schuhe hatte er auch an, als Mutter den Bäckerlehrling Sepp beauftragte, im nahen Urenwald nach Reisig zu suchen; als Kletterhilfe für ihre Erbsen. Heinrich brauchte nicht lange zu bitten, den Sepp, der so schön vorlesen konnte, begleiten zu dürfen.

„Am besten gehen wir entlang des Pfades, der zur heiligen Quelle führt", entschied Sepp. „Da kannst du die Schuhe ausziehen, bevor du dir Blasen holst", grinste er. Kaum waren die beiden in den am Waldrand lichten Mischwald eingedrungen, hörten sie das angstvolle Rufen junger Vögel.

„Das sind Eichelhäher", meinte Sepp kundig. „Hörst du, wie die ›rätschen‹? Warte hier."

Heinrich lief ihm zwar nach, konnte jedoch dem wieselflinken Bäckergesellen nicht folgen. Doch schon tauchte Sepp wieder zwischen den Stämmen der Bäume auf. In beiden Händen hielt er sein blau getupftes Taschentuch, das er zu einem Säckchen zusammengebunden hatte.

„Schau mal da rein", hielt er sein kleines Bündel vor Heinrich hin.

Vorsichtig wagte der einen Blick durch die Schlaufen des Tuches. Zwei kleine Vögelchen schauten in Todesangst zu ihm auf.

„Darf ich sie einmal halten?", fragte er.

„Du kannst sie behalten", meinte Sepp großherzig. „Die sind aus dem Nest gefallen. Die gehen sonst sowieso ein."

Vorsichtig nahm Heiner das Taschentuch mit dem wertvollen Inhalt zwischen beide Hände und drückte den Schatz an seine Brust. „Ich spür, wie die Herzen schlagen“, rief er, und auch sein eigenes Herz schlug vor Aufregung heftig.

„Bleib da, ich hol jetzt das Reisig für deine Mutter“, sagte Sepp schon wieder geschäftig.

Heinrich stand mit seinem Schatz ganz still und sah gelegentlich auf die beiden vor Angst fast steifen Vögelchen, deren wilder Herzschlag jedoch bestätigte, dass beide lebten.

In einem alten Hasenstall durfte Heinrich seine Kostbarkeit unterbringen. Drei Tage lang stattete er das neue Zuhause der Winzlinge mit frischem Heu aus, fütterte sie mit klein gehackten Würmern, die er ihnen an einem kleinen, angespitzten Holz in den Schnabel steckte, zeigte sie seinen Kameraden und freute sich an ihrem ›Rätschen‹. Am Morgen des vierten Tages lagen die beiden Vögelchen tot im Stall.

„Mutter, Mutter, die Vögeli sind tot“, schluchzte Heinrich.

Zäzilie Hansjakob ging mit Heinrich zum Hasenstall und nahm die beiden toten Tiere heraus. Dann tröstete sie ihren Jungen: „Wahrscheinlich sind sie vor Heimweh nach ihren Eltern und Geschwistern gestorben. Aber jetzt sind sie im Vogelhimmel. Wir werden sie im Garten begraben, Heiner.“

Sofort hellte sich das Gesicht Heinrichs auf, die tiefe Verzweiflung war vergessen. Eine richtige Beerdigung! Eifrig grub er mit bloßen Händen zwei Löcher in die Gartenerde und legte die Vögelchen hinein, die Füße nach oben. Dann deckte er sie mit Erde zu und unter Anleitung seiner Mutter fertigte er aus Zweigen zwei kleine Kreuze, die er in die frische Erde über den beiden Gräbern steckte. Zufrieden betrachtete er sein Werk.

Nachdem obendrein sein Freund, der Bäckergeselle Sepp, zugesagt hatte, ihm ein paar Tauben aus dem Hause seiner Eltern im Schapbachtal mitzubringen und in den nächsten Tagen in seiner Freizeit einen Taubenschlag baute, war Heinrichs Schmerz in wenigen Tagen vergangen.

## *4.*

Es war Hochsommer geworden. Schuhe brauchten die Kinder Haslachs in dieser warmen Zeit nicht. Die Ernte war eingebracht, Kirschen, Zwetschgen und Mirabellen gepflückt, und auch die frühen Klaräpfel waren schon geerntet.

Einer der jährlichen Höhepunkte im Kalender war gekommen: der Geburtstag des Großherzogs Leopold am 29. August. In diesem Jahr fiel der Ehrentag des Fürsten auf einen Sonntag, so dass ein arbeitsfreier Tag ausfiel. Schon am Samstagabend hatte der Schmid Lampert, der das Amt des Kapellmeisters bekleidete, den Zapfenstreich dirigiert. Nun war es vier Uhr morgens und Heinrich stand mit vielen anderen Buben auf dem Platz, um den Weckruf, das ›Tagreveille‹, zu verfolgen.

Schon ging es los. Lampert hob seinen Tambourstab, der Schellenbaum wurde aufgenommen, die Trommler brachten ihre Trommelstöcke in Position und die Pfeifer setzten ihre Instrumente an die Lippen. Nun ertönte der erste Marsch. Die Jungen fielen sofort ein und pfiffen die Melodie mehr oder weniger musikalisch mit. Der Zug setzte sich in Bewegung und die Jungen marschierten hinterher. Heinrich versuchte, mit lautem ›bumm, bumm, bumm, brumm, bumm, bumm‹ die große Trommel nachzumachen. Als der Zug endlich vor dem Rathausplatz endete und die fleißigen Trommler und Pfeifer beratschlagten, in welchem der Gasthäuser sie ihre jetzt ausgedörrten Kehlen befeuchten könnten, zog es die Kinder nach Hause zur morgendlichen Suppe.

Doch schon um acht Uhr ertönte auf den Gassen wieder ein Trommeln. Der ›Boschesepp‹, seit seiner Kindheit der rotwangigste Bursche Haslachs, trommelte die Melodie: ›Zusammen, zusammen, ihr Lumpenhund…‹, eine Aufforderung für die Bürgerwehr, sich auf dem Platz vor dem Hause des Beckephilipp aufzustellen. Der Beckephilipp, der Vater Heinrich Hansjakobs, war der Hauptmann der Bürgerwehr.

„Heiner, du darfst mir jetzt den Tschako[2] und den Degen aus der Truhe holen. Und vergiss die Epauletten nicht", rief der Bäcker dem eifrig davoneilenden Heinrich nach.

Zuerst brachte Heinrich den Degen und legte ihn vorsichtig wie einen kostbaren Schatz auf den Tisch. Inzwischen hatte die Mutter auch die Englisch-Leder-Hosen und den Frack gebracht. Staunend sah Heinrich zu, wie sich der Vater vom einfachen Bäcker in einen strammen Offizier verwandelte.

Die Tür zur Stube ging auf.

---

2 militärische Kopfbedeckung, wurde später von der preußischen Pickelhaube abgelöst

„Leutnant Hansjakob und Leutnant Fackler melden sich zur Stelle!“, rief der Premier-Leutnant Eduard Hansjakob, ein Vetter des Beckephilipp; und er und der Sekonden-Leutnant Joseph Fackler knallten die Hacken zusammen und salutierten.

„Danke, die Herren“, sagte der Hauptmann Philipp Hansjakob gestelzt und der kleine Heinrich platzte fast vor Stolz.

Doch inzwischen zeigte Waffengeklirr und Rufen an, dass sich auf dem Platz vor dem Haus weit mehr tat. Heinrich warf einen letzten ehrfürchtigen Blick auf seinen Vater und eilte hinaus auf die Straße. Dort bemühte sich der Schuhmacher Gißler in der nicht ganz so schmucken Uniform eines Feldwebels, die Soldaten und Unteroffiziere der Größe nach in Reih und Glied aufzustellen. Da diese inzwischen auch schon einen Morgentrunk genommen hatten, war dies eine Angelegenheit mit viel Pathos und Disput. Endlich war es geschafft.

Aus einer Gasse kamen nun auch, begleitet vom Dröhnen der großen Trommel, die ›Türken‹, der Spielmannszug. Ihren Namen hatten sie wegen des Schellenbaumes, ursprünglich einer Standarte aus den Türkenkriegen.

Auch die Türken stellten sich nun auf. Ein Tusch ertönte und Philipp Hansjakob, gefolgt von seinen beiden Leutnants, verließ das Haus. Justin Uhl, der Fähnrich der Bürgerwehr, schwenkte die Stadtfahne, bevor Feldwebel Gißler den Haufen seinem Hauptmann meldete. Nun kommandierte der Kompaniechef, der Beckephilipp:

„Bürgerwehr stillgestanden!“

Die Hacken der Soldaten klackten.

„Achtung!“ – „Gewehr bei Fuß!“

Die Schäfte der Steinschlossflinten wurden auf dem Boden aufgesetzt und wirbelten dabei kleine Sandfontänen auf.

„Gewehr über!“

Mit drei jahrelang eingeübten Handgriffen wurde das Gewehr aufgenommen und an die Schulter gelehnt, die rechte Hand umfasste den Schaft von unten.

„Rechts um!“

Fast gleichzeitig drehte sich die gesamte Bürgerwehr um neunzig Grad nach rechts.

„Vorwärts marsch!“

Und nun setzte sich, mit dem linken Fuß zuerst, die gesamte Bürgerwehrkompanie, einschließlich des Spielmannszuges an der Spitze, in Bewegung. Die Trommeln schlugen und das Kontingent marschierte die Hauptstraße hinauf der Kirche zu. Heinrich hatte sich zuvorderst bei den dem Trupp folgenden Knaben eingereiht, denn sein Vater war ja schließlich der Hauptmann.

Bei der Kirche ließ der Hauptmann seine Wehr beim ›Kasten‹, der ehemaligen Zehntscheuer, halten. Die Männer standen still, als der Priester mit den Ministranten die Kirche über den Haupteingang betrat. Der Hauptmann und seine Offiziere salutierten.

Die Knaben waren heute um nichts in der Welt in die Kirche zu bringen. Denn die Krönung des Morgens stand noch bevor: Das Schießen von drei Salven während der ›Wandlung‹, dem Höhepunkt des Gottesdienstes.

Doch je näher dieser Zeitpunkt heranrückte,

desto unwohler wurde es Heinrich. Er hatte gehört, dass man beim Schießen ins Feuer schauen müsse, dann brauche man den Schuss nicht zu fürchten. Als nun sein Vater kurz vor der Wandlung den Befehl gab, die Steinschlossgewehre mit Pulver zu laden, bekam Heinrich Angst. Er wusste, ein Gewehr war gefährlich. Sein Vater hielt es immer verschlossen. Er rannte, so schnell er konnte, nach Hause und sah in den Herd. Sobald er dort das Feuer flackern sah, wurde er ruhiger.

Die Mutter war in der Frühmesse gewesen und kochte an diesem Tage mit den Mägden nur für sich, die Kinder und das Gesinde. Der Vater aß heute im ›Kreuz‹. Denn das Festmahl für die Bürgerwehr bezahlte das Großherzogtum.

„Was machst du da?", fragte Zäzilie ihren Sohn.

„Ich schau ins Feuer", erklärte der, den Blick nicht von den Flammen wendend.

„Das seh ich", sagte die Mutter, „aber warum?"

„Wenn man ins Feuer schaut, kann einem beim Schießen nichts passieren", erklärte Heinrich. „Das hat der Vater oft gesagt."

Zäzilie schaute zunächst nur entgeistert. Doch dann musste sie laut herauslachen.

„Heiner, der Vater hat dabei doch vom Krieg gesprochen", erklärte sie, mühsam das Lachen zurückhaltend. „Die Kugel, die aus dem Gewehr kommt, ist unheimlich schnell. Wenn da jemand auf dich schießt und wenn du das Feuer am Gewehr siehst, ist die Kugel schon längst vorbei geflogen. Dann hat sie nicht getroffen und dir ist nichts passiert. Das hat der Vater damit gemeint. Jetzt kannst du wieder zur Kirche", lachte sie. „Das Schießen ist vorbei."

Heinrich sah sie beleidigt an. Es ärgerte ihn, dass seine Mutter über ihn lachte. Die Lust, wieder zur Kirche zu gehen, war ihm vergangen. Doch dann fiel ihm ein, dass es nach der Kirche ein Festessen für die Soldaten gab, und vom Dessert bekamen die Kinder immer etwas von ihren Vätern ab.

„Darf ich nach dem Essen zum ›Kreuz‹?“, fragte er.

Zäzilie nickte.

Heinrich beeilte sich mit dem Mittagessen. Um nichts in der Welt wollte er das ›Guts‹, den Kuchen, der dem Vater vorgesetzt wurde und von dem er sicher ein großes Stück bekam, versäumen.

Gerade rechtzeitig erschien er an der Saaltüre des Gasthauses, wo auch schon andere Kinder auf ihren Anteil am Dessert warteten. Der Schweinebraten war von der Bürgerwehr verspeist worden, und die Pause bis zum Auftischen der Kuchen nutzte der Schmied Wunibald Kern, die badische Verfassung zu preisen. Selbst der Oberamtmann, der Notar, der Gendarmerie-Brigadier und der Amtsrevisor hörten ihm aufmerksam zu.

„Nichts ist höher zu preisen als unser freies, maßvolles Bürgertum …“, sagte er gerade, als die Kuchen aufgetragen wurden. Weiter hörte Heinrich nichts mehr, denn nun eilte er zum Vater, stellte sich hinter dem Stuhl auf und stupste ihn vorsichtig, damit der auch ja nicht vergaß, ihm seinen Teil abzugeben. Danach standen die Buben vor dem Gasthaus, verspeisten ihre Beute und beschlossen damit den Tag des Landesfürsten.

## 5.

Am nächsten Morgen, als Heinrich von der Milchsuppe bei der Großmutter kam, stand der ›Läuferjok‹ wie so oft frühmorgens in der Gaststube seiner Eltern und trank einen kleinen Schnaps. Das Brot dazu hatte sich Jok selbst mitgebracht.

Philipp Hansjakob hatte vor Jahren die Konzession für eine Gemeinde-Wirtsstube erhalten und im eigenen Haus eine Gaststube eingerichtet. Hier wurden alle Versteigerungen von Holz, Vergabe der städtischen Arbeiten und die Verpachtung der Stellplätze für die Märkte abgehalten. Und da Philipp Hansjakob neben seiner Bäckerei eine eigene Brennerei für Frucht- und Obstschnaps besaß, hatte sich dieses Zusatzgeschäft bei den vielen Bäckereien, die Haslach hatte, geradezu angeboten.

Seit der Gäns-Jokele vor einigen Wochen gestorben war, hatte sich Heinrich den Läuferjok als Freund ausersehen. Auch der war ein armes, altes, vom Schicksal heimgesuchtes Männchen, das als Taglöhner sein armseliges Leben fristete. Zwar war der Jok verheiratet, aber er hatte seit mehr als zwanzig Jahren kein Wort mehr mit seiner Frau gewechselt. Im Sommer lebte er allein auf einer abgelegenen Wiese mit vielen Kirschbäumen, die ihm als letztes Gut verblieben war. Dort hatte er sich eine kleine Strohhütte gebaut, in der er hauste, bevor ihn die kalten Nächte und Tage wieder zu seiner Frau trieben. Von dort suchte er Arbeit bei den umliegenden Bauern oder machte Holz im Stadtwald.

„Grüß Euch Gott, Jok“, sagte Heinrich.

„Grüß Gott, Heiner“, verzog der Läuferjok sein Gesicht zu einem Lächeln. „War dir die Brotsuppe wieder nicht gut genug?“

„Deshalb hab ich die Großmutter nicht besucht“, antwortete Heinrich. „Ich hab ihr doch von gestern erzählen müssen; und der Lenebas auch.“

„Ja, das war wieder einmal wie damals, als ich noch als Fuhrmann bei dem Franzosenkaiser Napoleon Munition das Kinzigtal heraufführen musste. Genauso elegante Uniformen“, sinnierte der alte Mann. „Nur hab ich sie meistens nicht gesehen. Denn ich bin immer nachts gefahren. Wegen der feindlichen Soldaten.“

Läuferjok trank seinen Schnaps aus und machte ein geheimnisvolles Gesicht. Seine Stimme wurde leiser, als er sich zu Heinrich hinabbeugte: „Die Preußen haben mich nicht erwischt, aber die Geister beim Reiherwald!“

Heinrich lauschte aufgeregt. „Geister?“

„Ja, Geister. Nicht nur einmal haben die mich aufgehalten, dass meine Rosse nicht mehr weitergekommen sind.“

Heinrich sah, dass das Glas des Läuferjok leer war. Der Jok durfte jetzt nicht gehen. Diese Geschichte musste er noch hören.

„Jok, wartet einen Augenblick“, rief er und verschwand in der Küche.

„Mutter, könnt Ihr dem Jok nicht ein Gläschen Schnaps schenken?“, bettelte Heinrich.

Zäzilie Hansjakob schüttelte missbilligend den Kopf, ging jedoch Heinrich voran in die Gaststube und nahm die Flasche mit dem Kirschwasser aus dem Schrank.

„Jok, Ihr trinkt sicher noch ein Gläschen", sagte sie wie beiläufig. Ehe der Läuferjok ablehnen konnte, fuhr sie fort: „Heute geht es auf Kosten des Hauses. Wegen des Geburtstages des Fürsten gestern."

„Vergelt's Gott", sagte der Läuferjok bescheiden.

„Schon gut", murmelte Zäzilie, bevor sie den Gastraum wieder verließ.

„Jok, wie war das mit den Geistern", fiel Heinrich ungeduldig ein.

„Ah, ja, die Geister", meinte der Läuferjok und nahm einen Schluck aus dem Glas. „Meistens war einer von ihnen unten am Reiherwald in Biberach; da, wo es nach Prinzbach geht. Wenn der mit einem armen Wicht Schabernack getrieben hat, hat nichts mehr geholfen. Oft sind mir die Pferde einfach stehen geblieben. Wenn ich sie dann mit der Peitsche angetrieben hab, haben sie gescheut und sind aufgestiegen. Wie wenn sie ein Hindernis erschrecken würde. Ich bin keinen Schritt vorwärts gekommen. So sehr ich auch geflucht und auf die Pferde eingeschlagen hab, der Wagen ist keinen Schritt weitergekommen. Einmal haben auch andere Soldaten versucht mitzuhelfen. Vergebens. Nur eins hat geholfen."

„Das Beten?", fragte Heinrich mit großen Augen.

Der Läuferjok lachte leise. „Nein, das hab ich auch versucht. Und die Heiligen und die Jungfrau Maria hab ich angerufen. Es war alles umsonst."

„Was hat dann geholfen?", fragte Heinrich gespannt.

„Geholfen hat, wenn ich gerufen hab: Nun vorwärts denn in Teufels Namen! Dann hat er die Pferde losgelassen. Dann ging es weiter."

„Der Geist war der Teufel?“

„Ja“, nickte Jok. „Der Beelzebub persönlich.“

„Das möchte ich mal selber sehen“, meinte Heinrich versonnen.

„Ich hab kein Gespann mehr“, brummte Jok bitter, leerte das Glas und stellte es ab. „Ich muss jetzt gehen.“ Er strich Heinrich über den Kopf. „Bis zum nächsten Mal“, sagte er, zog eine einzelne Münze aus der Hosentasche und gab sie Heinrich. „Für den ersten Schnaps. Und sag deiner Mutter nochmal Vergelt's Gott für den zweiten.“

## 6.

„Heiner, du bist nun alt genug, um mit dem Hugo die Kühe zu hüten“, sagte Zäzilie Hansjakob. Sie wusste, sie konnte ihrem Sohn keine größere Freude machen.

„Mutter, darf ich mir dann auch eine Peitsche machen?“

Zäzilie lächelte. „Der Hugo soll dir eine Weide schneiden. Ich hol dir ein Stück Schnur.“

Sie gab ihm auch zwei Stück Brot mit, dick mit Butter beschmiert.

„Das eine ist aber für den Hugo“, ermahnte sie ihn.

Inzwischen hatte Hugo die Kühe im Stall losgebunden und trieb sie auf die Straße.

„Hugo, ich darf mit“, jauchzte Heinrich, die Schnur wie eine Gerte schwingend. Schon vor dem Stall begann er, sein Brot zu verzehren.

„Na, dann komm“, lachte Hugo, mit einem Stecken die Tiere antreibend. „Wir sollen sie heut im ›Mühlenrün‹ grasen lassen. Da stehen auch genügend Weiden für deine Peitsche."

Als nun die Kühe friedlich grasten, trafen auch andere Hirtenbuben ein, deren Tiere auf den umliegenden Matten weideten.

Zwei Hütejungen hatten bereits Holz dabei, das sie aus dem nahen Wald geholt hatten. Nun wurde ein Hirtenfeuer entfacht, Äpfel gebraten und Kartoffeln, vom nächsten Acker ausgegraben, geröstet.

„Die da drüben haben es gut", meinte einer der etwas älteren Buben, der bereits in die Unterschule ging. Mit dem Kinn deutete er auf die Berghänge oberhalb Fischerbachs. Dort sah man einige größere Herden von Kühen und auch Schafen mit ihren Hütejungen.

„Die haben ihren Heckenlehrer, der ihnen auf der Weide Lesen und Schreiben beibringt. Die brauchen nicht in die Schule. Die können den ganzen Sommer bis in den späten Herbst bei ihren Tieren bleiben, während wir in der Schule ›Tatzen‹ kriegen, wenn wir etwas nicht wissen."

Die anderen nickten bedeutungsschwer mit dem Kopf. Was brachte es, einen richtigen Lehrer zu haben, der wissen wollte, wie viele Amtsgerichte Baden habe oder wie man mit Dezimalen rechnete, jedoch nicht wusste, dass man Kühen, wenn sie zu viel Klee gefressen hatten und Koliken bekamen, Stroh und ihren warmen Dung ins Maul stopfen musste, damit sie das Gefressene wieder erbrachen!

Einer der Hütejungen Haslachs hatte einen alten Kochtopf dabei. Damit molken sie einige Tiere. Jedoch von jeder Kuh immer nur wenig, damit es nicht beim abendlichen Melken auffiel. In dieser Milch wurden nun die von schwarzer, verbrannter Schale ummantelten Kartoffeln zerstampft. Und bald gab es für die Hütebuben köstlich duftende, rahmige Kartoffelsuppe. Satt zogen Tiere und Hüter nach dem Angelusläuten in der Dämmerung wieder nach Haslach.

# Schulzeit in Haslach

## *1.*

Im nächsten Jahr nach Ostern war es für Heinrich so weit: Seine Mutter hatte ihn zur Schule angemeldet. Obwohl Heinrich mit fünf Jahren eigentlich noch zu jung für die Einschulung war, hatte Zäzilie Hansjakob dem Lehrer täglich ein Kännchen Kaffee versprochen, wenn er über diese Unzulänglichkeit hinwegsehen würde.

Wochen vor diesem einschneidenden Ereignis hatte Zäzilie bereits Schiefertafel, Schwamm und einen Griffel gekauft. Sie konnte es kaum erwarten, dass ihr Sohn von der Gasse wegkam.

„Sonst wirst du ein Tagedieb", erklärte sie ihm.

Doch Heinrich betrachtete diese Beschneidung seiner Freiheit mit Misstrauen.

Als der Tag der Einschulung gekommen war, weigerte er sich, das bereitgelegte Schulzeug zu nehmen.

„Ich will nicht in die Schule", meinte er trotzig.

„Willst du nicht lesen und schreiben lernen?", fragte Zäzilie ruhig.

„Nein", antwortete Heinrich störrisch.

„Dann bleibst du dumm", stellte die Mutter geduldig und mit bedauerndem Tonfall fest.

„Das ist mir egal."

„Wenn du nicht lesen, schreiben und rechnen kannst, wirst du niemals Großmutters Laden übernehmen können", versuchte Zäzilie ihn zu locken.

„Den will ich sowieso nicht“, antwortete der Kleine.

„Aber du wirst auch nicht Bäcker oder gar Bürgermeister werden können, wenn du nicht lesen und rechnen kannst“, machte Zäzilie einen letzten Versuch.

„Dann bleib ich halt bei euch“, meinte Heinrich lausbübisch grinsend.

Zäzilie wurde die fruchtlose Unterhaltung zu viel. „Schluss jetzt“, entgegnete sie energisch, packte das Schulzeug mit der einen Hand, nahm den widerstrebenden Sohn an die andere und ungeachtet der Tränen und Verzweiflungsschreie zog sie ihn aus dem Haus zum Rathaus hin. Im Obergeschoss des Rathauses war damals die ›Untere Schule‹[3] untergebracht, ganz in der Nähe des Sitzungssaals des Haslacher Gemeinderates.

Mehrere andere Mütter waren mit ihren weinenden Zöglingen bereits im Schulzimmer versammelt, als Zäzilie mit dem schluchzenden Heinrich erschien. Jede der besorgten Mütter legte es dem jungen Lehrer Bareth ans Herz, anfänglich Milde mit den kleinen Geschöpfen zu haben.

Nach einer Weile rissen sich die Mütter von den ihre Röcke umklammernden Kindern los und verließen geschlossen den Raum. Wiederum nach einer Weile hörten die Tränen auf zu fließen, denn der Lehrer hatte seine Violine genommen und spielte den Kindern etwas vor.

Am nächsten Morgen ging Heinrich zwar im-

3 Es gab die Untere- und die Obere Schule, ähnlich wie Grund- und Hauptschule.

mer noch ungern, aber dennoch alleine und ohne zu weinen zur Schule. Er war etwas früher unterwegs als die anderen Kinder, denn er musste dem Lehrer eine Kanne Kaffee bringen, den seine Mutter extra gekocht hatte.

Lehrer Bareth war ebenfalls im Rathaus untergebracht, über dem Klassenzimmer, in einer Dachkammer. Bevor Heinrich mit der Faust an die Tür klopfte, öffnete er noch schnell das mitgebrachte Kännchen mit dem für ihn verbotenen Kaffee. Betörender Duft stieg ihm in die Nase. Unterlehrer müsste man sein, dachte er, dann bekäme man jeden Morgen Kaffee statt Brotsuppe.

Die Türe öffnete sich und der blasse Mann mit der gebogenen Nase und dem spärlichen schwarzen Bart nahm ihm das Körbchen mit dem Frühstück ab. Er war noch im Schlafrock. In dieser Bekleidung sollten ihn seine Schüler zukünftig jeden Tag während des Unterrichtes sehen.

## 2.

Vier Jahre ging Heinrich Hansjakob zu diesem Lehrer, lernte, sang oder verbrachte auch einfach nur die Zeit.

Dann, an einem frühen Vormittag im Jahre 1846, betrat ein strenger, fremder Herr in einem geistlichen Gewand das Lärm erfüllte Klassenzimmer. Bei seinem Eintreten ebbte der Lärm sofort ab. Mit offenem Mund starrten die Kinder die Ehrfurcht heischende fremde Gestalt an.

„Wo ist euer Lehrer?“ Das dumpfe Grollen in seiner Stimme ließ die Schüler erstarren. Keiner wagte freiwillig ein Wort zu sagen. Heinrich Hansjakob stand direkt vor dem schwarz gewandeten Mann.

„Na?“, sah er den eingeschüchterten Jungen direkt an und erwartete eine Antwort.

„Er wird oben beim Frühstück sein“, schluckte Heinrich.

„Dann hole ihn sofort“, befahl der gestrenge Herr.

Heinrich stürzte davon und lief die Treppe hinauf. Er trommelte mit beiden Fäusten an die Tür, bis der Lehrer öffnete.

„Herr Lehrer, da ist ein Herr in einer Soutane unten. Ihr sollt sofort kommen“, keuchte Heinrich.

Lehrer Bareth wurde noch bleicher, als er schon war. Ihm schwante nichts Gutes. Hinter seinem Schüler eilte er im Schlafrock der Klasse zu.

„Oberkirchenrat Zimmermann“, stellte sich der gestrenge Herr vor und warf einen entgeisterten Blick auf die in einem Klassenzimmer ungewöhnliche Kleidung des Lehrers. „Ich möchte Euch bitten, mir ein Exempel Eures Unterrichts zu geben.“

Am Ende des nur mäßig erfolgreichen Unterrichts ließ der aufgeregte Unterlehrer Bareth die Kinder gemeinsam ein Lied singen und begleitete sie dabei auf seiner alten Fiedel. Aber seine Spielkunst, die den Kindern immer die meiste Freude während des Unterrichts verursacht hatte, vermochte ihn auch nicht vor dem vernichtenden Urteil zu retten, das sich der Oberkirchenrat über ihn gebildet hatte. Nur wenige Tage später war er nicht mehr da, und Heinrich brachte den morgendlichen Kaffee wieder seiner Mutter zurück.

„Gott sei Dank hat dieser Unsinn mit dem Kaffeebringen ein Ende“, sagte Philipp Hansjakob. „Was der Bub bei diesem Lehrer gelernt hat, war den Kaffee nicht wert.“

„Ich war froh, dass Heiner frühzeitig in die Schule durfte, sonst hätte er noch mehr Zeit mit den Stromern und Nichtsnutzen verbracht, die zu uns in die Wirtschaft kommen“, verteidigte sich Zäzilie.

„Aber wir können uns solche Extraausgaben nicht mehr leisten. Dieser Frühling und der Sommer waren zu trocken. Die Gerste trägt kaum Ähren“, meinte der Bäcker düster. „Ich weiß nicht, ob wir genügend Mehl vom Müller bekommen, um den nächsten Winter zu überstehen. Gnade uns allen Gott, wenn das Mehl ausgeht.“

Die dunklen Ahnungen des Bäckers bestätigten sich. Die Getreideernte war ein Totalausfall. Gleichzeitig wurden viele andere Lebensmittel auch teurer, denn das Gemüse und die Kartoffeln hatten ebenso unter der Trockenheit gelitten. Der Stadtrat überlegte sich, wie die Bevölkerung an zusätzliche Einnahmen kommen könnte. Stroh gab es genügend, aber keine Ähren. Warum also nicht Stroh zu Geld machen?

Aus Furtwangen wurde eine Strohflechterin verpflichtet, die, von der Stadt bezahlt, die Mädchen und Jungen während des Unterrichts in der Kunst des Strohflechtens unterrichtete. Nun wurden nachmittags auf den Gassen und Wegen und abends zu Hause Strohhüte, Strohschuhe und Strohmatten geflochten und an Einheimische und Durchreisende, Händler und Bauern verkauft. Auch an Händler aus dem Württembergischen, die von der Not in Baden gehört hatten und nun in Haslach vor der Gaststätte ›Adler‹ aus großen Fässern ›mäßlewies Habermehl‹ verkauften. So gab es zweimal täglich Hafermus für Heinrich, etwas, das er bisher noch nicht kannte. Allein schon deshalb mochte er die Hungersnot.

Doch die Not wurde für die ärmeren Haslacher durch die Preissteigerungen immer größer. Der Winter hatte die letzten Vorräte aufgezehrt. Der Hunger ging um in der Stadt. So richtete Haslach im Februar 1847 im Spital eine Suppenküche ein, in der die Armen dreimal täglich eine mit Fleisch und getrocknetem Gemüse oder Gerste verfeinerte Suppe erhielten. Obwohl die Familie des Bäckers Hansjakob nicht zu den Armen zählte, war auch Heinrich ohne Wissen seiner Eltern öfters in der Armenküche, denn wie üblich fand er die Spitalsuppe köstlicher als das Essen zu Hause.

## 3.

„Der Junge muss auf eine bessere Schule", räsonierte die resolute Großmutter kurz vor Ostern. „Was er bisher in der Schule gelernt hat, sind Lieder und Strohflechten. Wobei er nicht mal richtig flechten kann. Wenn er aber später mein Geschäft übernehmen soll, muss er rechnen können. Am besten wär es", wandte sie sich an Zäzilie, „wir würden ihn nach Freiburg schicken. Dort sind die Lehrer gebildeter, und er kann bei Xaver[4] wohnen."

---

4 Der Kaufmann Xaver Walter war einer der Schwiegersöhne der Luitgard Kaltenbach.

Da die wohlhabende Großmutter die Schul- und alle anderen Kosten übernehmen wollte, hatten weder der Beckephilipp noch seine Frau Zäzilie etwas dagegen.

„Was meinst du dazu, Heiner", fragte die Mutter. „Möchtest du in die Schule nach Freiburg?"

Heinrich war es eigentlich einerlei, ob die Schule dort besser sei oder ob er dort eher die Kenntnisse eines Kaufmannes erlernen würde. Aber die große Stadt, von der die Erwachsenen in der Gaststube immer so viel erzählten, entzündete seine Fantasie. Freiburg war für ihn wie ein Weltwunder.

„Oh ja", äußerte er sich daher begeistert. „Nach Freiburg würde ich gerne gehen."

Es war Mitternacht, als Heinrich Hansjakob mit seiner Mutter leichten Herzens den Wagen des ›Bachsepp‹ bestieg. Der Bachsepp war ein Haslacher Getreidehändler, der jeweils dienstags und freitags mit leerem Wagen nach Offenburg fuhr, um dort auf dem Markt Getreide einzukaufen. Mit ihm auf dem Wagen zu reisen war billiger, als mit der Post im Kutschwagen zu fahren. Außerdem konnte man sich während der Fahrt auf die leeren Säcke legen und getrost weiterschlafen, bis der Bachsepp am Bahnhof in Offenburg zum Aussteigen aufforderte.

Auf dem Wagen hatte es sich der Barbier Pfundstein gemütlich gemacht, der auch nach Freiburg wollte, um frische Blutegel zu kaufen. Während der Bachsepp, ebenso ein weitläufiger Verwandter der Hansjakobs wie Pfundstein, weiter zum Offenburger Markt fuhr, betraten der Barbier, Zäzilie Hansjakob und Heinrich den kaum beleuchteten Bahnhof.

Heinrich hatte schon auf der Fahrt im Pferdewagen trotz der Säcke, die er sich über die Beine gezogen hatte, gefröstelt. Jetzt aber übergab ihn die Mutter an den Barbier, der im offenen Stehwagen, einem Transportwaggon ohne Sitzgelegenheit, gen Freiburg fuhr. Nicht jeder hatte so viel Geld, um in der dritten Klasse zu reisen.

„Mutter, ich will aber zu Euch in den Wagen", bettelte Heinrich seine Mutter an.

Doch die blieb hart. „Zweimal dritter Klasse können wir uns nicht leisten, Heiner. Das wird zu teuer. Herr Pfundstein wird sich um dich kümmern."

„Ich hab aber auf dem Pferdewagen schon gefroren."

„Willst du, dass *ich* auf dem Stehwagen fahre, während du in der dritten Klasse fährst?"

Heinrich schaute stumm zu seiner Mutter auf. Er schien sich die Sache zu überlegen.

Einschmeichelnd fuhr Zäzilie fort: „Bald kommt die Sonne heraus und in zwei Stunden sind wir ja schon in Freiburg. Jetzt sei brav und steig auf den Waggon."

Kurz, nachdem der Zug losgefahren war, fing es an zu regnen. Heinrich war nicht groß genug, um über die Brüstung des Wagens sehen zu können, so dass er eingepfercht zwischen nassen, schimpfenden, armen und übel riechenden Geschöpfen stand, an denen das Wasser wie aus einer undichten Dachrinne ablief und zusätzlich zum Regen auf den armen Jungen tropfte. Doch bald wurde es heller und endlich erblickte er über der Brüstung des ratternden Waggons die Spitze des alles überragenden Münsters.

Kurze Zeit später saß er in einer behaglich geheizten Stube bei dem dicken Onkel und seiner schmächtigen Tante, hatte seiner Mutter verziehen und labte sich an einem feudalen Frühstück, das von Dienstboten aufgetragen wurde.

„Zäzilie, du wirst den Buben aber bei unseren Nachbarn unterbringen müssen", sagte Onkel Xaver jovial. „Essen kann er natürlich bei uns", fügte er schnell hinzu, als er das enttäuschte Gesicht seiner Schwägerin sah. „Aber zum Schlafen haben wir einfach zu wenig Platz."

Zu Heinrich gewandt, bemerkte er: „Die Witwe Wolf hat mehrere Studenten in Untermiete. Sie wohnt nebenan im Haus beim Bäcker Kuhnle. Da fühlst du dich wie daheim. Im Haus den Brotduft und um dich herum noch andere Studiosi, die dir beim Lernen helfen können."

Onkel Xaver lachte dem Buben freundlich zu.

Heinrichs Begeisterung für Freiburg hatte einem mulmigen Gefühl Platz gemacht. Ganz allein bei fremden Leuten, das gefiel ihm nicht. Er sah seine Mutter an. Vielleicht würde sie ihn wieder nach Hause mitnehmen, wenn der Onkel keinen Platz hatte. Doch er sah, wie die Mutter ihrem Schwager zunickte. „Wir gehen nachher hinüber und regeln das mit den Kosten."

„Dann können wir deine Wäsche gleich in den Schrank räumen", wandte sich seine Tante an Heinrich. Aufmunternd sah sie ihren Neffen an: „Du hast dort zum ersten Mal ein Zimmer ganz für dich allein. Das wird dir sicher gefallen."

Die Mutter ging noch vor dem Abend und Heinrich blieb allein in der winzigen Kammer zurück.

Augenblicklich überfiel ihn ein gewaltiges Heimweh. Er fühlte sich einsam und allein gelassen, ohne Eltern und Kameraden. Selbst seine Schwestern, die er zu Hause nicht beachtet hatte, fehlten ihm. Wie gerne hätte er nun auf seinen kleinen Bruder aufgepasst, eine Tätigkeit, gegen die er sich bisher mit aller Macht gesträubt hatte.

Auf einmal kam ihm alles, was er bisher gehasst hatte, nicht mehr so unerträglich vor wie zuvor in Haslach. Er warf sich aufs schmale Bett und weinte bitterlich. Dicke Tränen liefen ihm über die Wangen, bis er endlich vor Erschöpfung einschlief.

Als ihn mitten in der Nacht der Duft frischen Brotes, der durch die Ritzen der Türe drang, aufweckte, dachte er zunächst, er sei zu Hause, und Vater, Sepp und Hugo hätten das tägliche Brot gebacken. Doch dann fühlte er die fremde Umgebung und wieder überkam Heinrich eine tiefe Verzweiflung. Es dauerte lange, bis er, ermattet vom krampfhaften Weinen, erneut einschlief.

Früh am nächsten Morgen wurde er von der Witwe Wolf geweckt. Nachdem Heinrich sich in der Waschschüssel, die auf einer Kommode im Zimmer stand, mit kaltem Wasser gewaschen hatte, verließ er mit seinen Schulsachen das Gebäude. Er eilte zu seiner Tante, die ihn schon erwartete.

„Das Frühstück steht im Salon“, rief sie ihm fröhlich entgegen. „Greif nur tüchtig zu. Danach kannst du dir in der Küche dein Schulbrot machen.“

Heinrich kamen schon wieder fast die Tränen. Zu Hause hatte ihm immer die Magd das Schulbrot gemacht. Doch er wurde sogleich von seinen heimwehkranken Gedanken abgelenkt. Es gab keine Suppe, wie er es von daheim gewöhnt war. Es gab frische, duftende Brötchen mit Butter und Marmelade und sogar Kaffee zum Frühstück.

Als seine Tante ihn eine halbe Stunde später zur Schule begleitete, war Heinrich zunächst mit seinem Leben in der Fremde versöhnt. Doch kaum hatte er an ihrer Hand die Schule betreten, brachen Furcht und Heimweh erneut über ihn herein. Die massig vor ihm aufragende Gestalt und die vornehme Kleidung des neuen Lehrers lösten in ihm Beklemmungen aus.

Nachdem seine Tante das Klassenzimmer verlassen hatte, wurde Heinrich von Lehrer Strohmeier über seine bisherigen Kenntnisse ausgefragt. Überhebliches Lachen ertönte bald im Klassenzimmer, als die Mitschüler merkten, wie weit Heinrich hinter ihrem Wissen herhinkte. Lehrer Strohmeier runzelte missmutig die Stirn. Heinrichs Augen wurden vor Scham und Mutlosigkeit wieder feucht, was die Mitschüler noch mehr dazu ermunterte, sich über den blassen, verängstigten Knaben zu belustigen. So saß der junge Hansjakob, vorher einer der kleinen Helden in Haslach, den Rest des ersten Schultages still und verzweifelt unter den anderen Schülern.

Mit der Zeit nahm Heinrich seine Misserfolge nicht mehr so schwer, doch das Heimweh nach den Kameraden, den Eltern, der Großmutter, der alten Lenebas und den Bergen des Kinzigtales blieb. Und manches Mal weinte er doch noch, wenn ihm wieder einmal in der Schule gesagt wurde, wie dumm er den Stadtbuben gegenüber war.

„Heiner, warum heulst du denn“, begrüßte Onkel Xaver den Jungen, der mit gesenktem Kopf den Krämerladen betrat, um sein Mittagessen bei Onkel und Tante einzunehmen.

Heinrich wischte sich mit dem Handrücken verlegen über die Augen.

„Es ist nichts!“, sagte er leise. „Ich wär nur so gern wieder in Hasle.“

„Jetzt holst du erst einmal für heute Nachmittag das Bier für die Ladendiener aus dem Buck'schen Brauhaus. Du bekommst auch ein Glas davon. Du wirst sehen, die Welt sieht dann gleich viel lustiger aus“, lachte der Onkel.

Gleich nach dem Essen zog Heinrich los. In der Braustube saßen ein paar Studenten an einem hölzernen Tisch, sogen an langen Pfeifen duftenden Tabak in die Lungen, tranken Bier und sangen lustige Lieder. Voller Andacht sah Heinrich zu ihnen hin. Mit ihren bunten Mützen, prächtigen Samtröcken und hohen Stiefeln waren sie für ihn der Inbegriff eines herrschaftlichen Lebensgefühles. Mit offenem Mund starrte er sie an, während die Kellnerin geschickt den Krug mit dem schäumenden Bier füllte.

„Was glotzt du uns so an?“, fragte einer der Studenten, der schon etwas zu viel von dem frischen Bier getrunken hatte.

„Ach, lass ihn in Ruhe“, meinte ein anderer und nahm die Pfeife aus dem Mund. Er sah freundlich aus. Zu Heinrich gewandt, fragte er: „Wie heißt du denn, Junge?“

„Hansjakob“, antwortete Heinrich.

Erstaunt fragte der Student nochmals: „*Wie* heißt du?“

„Hansjakob. Heinrich Hansjakob.“

Die anderen Studenten wurden aufmerksam.

„Franz, wen hast du denn da aufgegabelt? Deinen Bruder?“

Doch der Student beachtete sie nicht. „Wo kommst du her?“

„Aus Hasle, ich meine Haslach“, verbesserte sich Heinrich. „Nicht das Haslach hier bei Freiburg. Das Haslach im Kinzigtal.“

„Sieh mal an, aus Haslach“, grinste der freundliche Studiosus. „Am Ende sind wir beide verwandt. Ich heiße auch Hansjakob, bin aber aus Offenburg.“

„Habt ihr zu Hause vielleicht den ›Engel‹ in Offenburg?“, fragte Heinrich verdutzt.

Nun war der Student überrascht. „Woher weißt du denn das?“

„Meine Mutter hat mir erzählt, wir wären auch mit dem reichen Engelwirt in Offenburg verwandt. Wir sind neulich an seinem Haus vorbei zum Bahnhof gefahren. Allerdings hab ich von dem Haus nicht viel gesehen. Es war noch dunkel.“

Der Student lachte. „Arm ist mein Vater tatsächlich nicht. Für mich reicht es gerade, was er mir zukommen lässt. Wenn du willst, zeig ich dir mein Zimmer. Ich will sowieso gehen. Wenn du dann mal etwas brauchst, weißt du, wo ich wohne.“

Eifrig sagte Heinrich: „Ich bring schnell das Bier zu meinem Onkel, dann komme ich wieder.“

„Haben wir noch mehr Hansjakobs in Freiburg?“

„Nein“, meinte Heinrich altklug. „Ich bin der Einzige. Ich wohne bei meiner Tante. Aber die hieß früher Kaltenbach. Ihrem Mann, dem Xaver Walter, gehört der Krämerladen am Martinstor. Dort esse ich auch immer.“

Rasch war Heinrich wieder zurück im Brauhaus, begleitete seinen Vetter zur Vorstadt und bewunderte seine Studentenbude. Zum Abschied schenkte der Vetter Heinrich einen ganzen Kronentaler.

Heinrich sah das silberne Geldstück mit dem Portrait des Großherzogs in seiner Hand an. Eine solch wertvolle Münze hatte er bisher nie besessen. Er bezweifelte, dass er jemals wieder so viel Geld in der Hand halten würde. Das sollte ihm gehören? Ungläubig sah er den Studenten an und hoffte gleichzeitig, dass der es ihm nicht wieder wegnehmen würde. Während sich die kleine Hand fest um das Geldstück schloss, sagte er: „Das kann ich nicht annehmen."

„Behalt es ruhig", sagte Franz Hansjakob. Den seelischen Kampf Heinrichs hatte er lächelnd zur Kenntnis genommen.

Die Herbstferien kamen. Ein paar Tage zuvor sagte Lehrer Strohmeier zu Heinrich: „Komm nach der Stunde zu mir. Ich muss mit dir sprechen."

Heinrich schluckte ängstlich, obwohl er sich keiner Schuld bewusst war. Besorgt sah er den Lehrer an, der mit ernster Miene auf ihn herabblickte.

„Ich habe deiner Großmutter geschrieben, die dich damals hier angemeldet und das Schulgeld bezahlt hat. Es ist besser, wenn dich deine Leute nach den Ferien zu Hause lassen."

Im Gesicht von Heinrich Hansjakob zeichnete sich Erleichterung ab. Das war eine gute Nachricht. Er durfte wieder heim nach Haslach, zu seinen Kameraden, zu Lenebas, seinen Eltern, seinem Zuhause. Er fing vor lauter Freude an zu weinen.

Der Lehrer deutete dies falsch. „Jetzt höre auf, wie ein Mädchen zu flennen“, sagte er ärgerlich.

Doch Heinrich konnte nicht aufhören. „Kann ich jetzt gehen, Herr Lehrer?“, fragte er, wobei sich sein Gesicht trotz der Tränen zu einer freudigen Grimasse verzog.

„Ja, geh nur“, sagte Lehrer Strohmeier verdutzt und drehte sich um.

Bevor die Ferien anbrachen, fand eine Abschlussprüfung statt. Heinrichs Onkel Xaver Walter war gekommen. Er saß in der ersten Reihe der Zuschauer, als Lehrer Strohmeier rief: „Heinrich Hansjakob, komm vor zur Tafel!“

Heinrich sollte rechnen, aber die Zahlen und Zeichen tanzten vor seinen Augen. Was sollte er nur tun? Es war alles unverständlich und verworren. Er starrte zur Tafel, unfähig, einen logischen Gedanken zu fassen. Wieder stiegen ihm die Tränen in die Augen, als der strenge Lehrer nach kurzer Wartezeit befahl: „Setz dich wieder, Heinrich!“

Er wagte nicht, seinen Onkel anzusehen. Er war durchgefallen. Damit fand seine Zeit in Freiburg ein jähes Ende.

## *4.*

In Frankreich war erneut eine Revolution ausgebrochen und hatte den französischen Thron Louis Philipps hinweggefegt. Auch in Deutschlands Südwesten gärte es, wurde die Forderung nach Freiheit und Demokratie immer leidenschaftlicher. In Paris hatten sich Deutsche unter dem Dichter und Demokraten Herwegh zu einer Legion zusammengeschlossen, um den Menschen in Deutschland, die nach Freiheit strebten, Mut zu machen und ihnen beizustehen.

Die Regierungen in Baden und Württemberg bekamen Angst. Gerüchte, vom Staat selbst in Umlauf gebracht, besagten, dass in Frankreich arbeitslose Handwerksgesellen und Arbeiter raubend und mordend über den Rhein kämen und in Baden und Württemberg einfallen würden. Eine Welle der Unsicherheit und Furcht vor den französischen Nachbarn breitete sich aus, die sich sogar in den Kinderspielen niederschlug.

In den ersten Monaten des Jahres 1848 stellten die Buben Haslachs im Spiel eine stattliche Kompanie auf, die der Kreuzwirt mit schönen hölzernen Gewehren ausstattete. Sonntag für Sonntag spielten die Jungen Krieg.

Auch an diesem Sonntag übten die Haslacher Buben den Kampf gegen die Steinacher, die, zumindest in der Fantasie, als Franzosen galten. Steine flogen wie vor Beginn jeder sonntäglichen Schlacht. Aber an diesem Sonntag war eine Entscheidungsschlacht geplant. Die städtischen Haslacher Buben wollten die bäuerlichen Steinacher, auf deren Seite sich, nicht unerwartet, noch die Schnellinger geschlagen hatten, bis ins feindliche Dorf treiben. Kanonen aus alten Flintenläufen, gefüllt mit Schwarzpulver und Sägespänen, waren auf Lafetten aufmontiert, die der Sohn des Wagners gefertigt hatte. Sie bereiteten das anschließende Handgemenge vor und erzeugten zunächst ungläubiges Staunen unter den

Steinacher Bauernbuben. Frisch gedengelte Sensen, scharfe Messer und alte Säbel, auf Dachböden und in Scheunen gefunden, übten auf beiden Seiten eine Furcht einflößende Wirkung aus.

Heinrich Hansjakob war als Fähnrich des Haslacher Haufens ausersehen worden, hatte er doch auf dem Boden der Großmutter einen alten Kavalleriesäbel entdeckt. Er trug die schwarzrotgoldene Fahne der Haslacher Buben und hatte den Säbel umgeschnallt, dessen Spitze am Boden schleifte. Zur Seite hatte er eine Ehrengarde, je rechts und links, die die Ehre der Fahne im feindlichen Getümmel mit verteidigen sollte.

Die Schlacht begann, kurz nachdem die Haslacher die Kinzigbrücke Richtung Schnellingen überschritten hatten. Mit lautem Gebrüll rannten die Steinacher und Schnellinger ›Franzosen‹ gegen die Schlachtreihe der Haslacher an. Sägespäne rieselten auf die wild heulenden Angreifer. Steine flogen auf beiden Seiten. Einer traf den Constantin vom Zachmann-Maurer, eine der Stützen des heldenmütigen Haslacher Kampfes. Wie tot lag der auf der feuchten, kalten Wiese, eine Platzwunde an der Stirn. Entsetzt starrten die Buben auf den gefällten Goliath. Die Haslacher Reihen, die bereits vor dem eigentlichen Kampf begonnen hatten zu wanken, lichteten sich. Erste Rückwärtsbewegungen kündeten die baldige Flucht an.

„Los, in den Saustall da drüben!“, drängte Heinrich seine beiden ebenfalls nicht mehr siegessicheren Ehrengardisten. Zu dritt rannten sie gebückt zu dem Schweinestall und versteckten sich hinter der Box einer alten, schweren Muttersau. Unbemerkt waren sie entkommen und hofften nun, dass die siegreichen Steinacher und Schnellinger nicht die Sauställe nach fahnenflüchtigen Haslachern durchsuchen würden.

„Hoffentlich sitzen wir nicht auch noch im Saustall vom ›Fingerstutzerle‹“, sagte einer der Buben.

Der Fingerstutzerle hatte dem Polizeidiener von Haslach, als der noch ein Kind war, drei Finger abgeschnitten. Nur weil er Kirschen stibitzt hatte. Seither verfolgten die Kinder von Haslach den grausamen Bauern, sobald er ins Städtchen kam. Sie verhöhnten ihn und ließen nicht ab, bis er Haslach wieder verlassen hatte. Der Polizeidiener aber hieß wegen der abgeschnittenen Finger ›Stumperle‹.

„Nein, es ist der Saustall von meiner Großmutter“, beruhigte der zweite der Gardisten, der sonst so stille Rudolf Siefert, die beiden anderen.

Nach einer halben Stunde war der Schlachtenlärm verebbt. Die drei Helden schlichen aus dem Stall, denn die Steinacher hatten sich wieder zurückgezogen und feierten ihren leicht errungenen Sieg.

Den gefällten Goliath hatten sie großmütig in Ruhe gelassen. Er war inzwischen zu Hause und ließ sich seine Stirn verbinden. Die restlichen Haslacher standen noch an der Kinzigbrücke und diskutierten ihre unrühmliche Niederlage. Da kamen die drei Deserteure gerade recht. Der Metzger-Karle kannte keinen Pardon, auch wenn Heinrich sein Vetter war. Finster sah er die Ankommenden an.

„Wenn einer, der die Fahne trägt, wegläuft, ist er ein feiger Deserteur“, stellte er verächtlich fest.

Die Verlierer der Schlacht waren froh, einen Schuldigen zu haben. Sie stimmten ihm zu. Auch der Specknazi meinte träge:

„Das ist Feigheit, die anderen im Stich zu lassen. Wo wart ihr eigentlich?“

Die drei standen da und überlegten, ob sie den verächtlich blickenden Mitstreitern ihr Abenteuer im Schweinestall beichten sollten, als Heinrich der rettende Gedanke kam.

„Das soll Feigheit sein, wenn wir die Fahne retten?“, wandte er sich an den Specknazi, der am leichtesten von einer Meinung überzeugt werden konnte.

Die Kinder schwiegen erstaunt, warteten auf weitere Erklärungen. Selbst die beiden Ehrengardisten blickten ungläubig, welche Rettungstat sie da vollbracht haben sollten.

„Die höchste Ehrentat ist es, wenn man eine feindliche Fahne erbeutet. Das hat mir einmal mein Vater gesagt. Der muss es wissen, schließlich ist er der Hauptmann der Bürgergarde“, erklärte Heinrich selbstbewusst. „Deshalb ist es auch die höchste Heldentat, wenn man das eigene Banner rettet, während ihr davongerannt seid und die Fahne habt den Franzosen überlassen wollen.“

Verblüffung spiegelte sich in den Mienen der Ankläger und gleich darauf Bewunderung.

„Wenn man es so sieht“, sagte Specknazi und auch der Metzger-Karle stimmte ihm kleinlaut zu: „Eigentlich hast du Recht. Wenn die jetzt unsere Fahne hätten, wir könnten uns nicht mehr blicken lassen.“

Die Ehre Heinrich Hansjakobs war gerettet.

Natürlich machte die Heldentat Heinrichs auch in Haslach die Runde und schmunzelnd meinte der in Sagen und Legenden belesene Sepp am Abend in der Backstube: „Heiner, weißt du, dass sich hier in der Gegend sogar einmal ein Kaiser im Schweinestall versteckt hat?“

Ungläubig sah Heinrich ihn an.

„Doch“, nickte Sepp. „Er hat Wenzel geheißen und war eigentlich ein Böhme. Einmal, als er im Harmersbachtal auf der Jagd war, hat er flüchten müssen, weil Feinde ihn verfolgt haben. Ein Bauer von Zell hat ihn im Schweinestall bei seinen drei Schweinen versteckt. Deshalb hat ihm der Kaiser für seine Rettung ein Wirtshaus geschenkt, und Zell ist freie Reichsstadt geworden.“

Immer noch sah Heinrich ihn ungläubig an. Wollte ihn Sepp auf den Arm nehmen?

„Du kannst es glauben. Das Wirtshaus gibt es heute noch. Und immer noch heißt es ›Zu den drei Sauköpfen‹. Frag nur deinen Vater.“

## 5.

Heinrich wurde durch lautes Geschrei und heftiges Klopfen an der Haustür aus dem Schlaf geweckt. Er schreckte hoch. In dem fensterlosen Raum, in dem er mit seinem kleinen Bruder und dem Lehrling Sepp schlief, war es stockdunkel. Dennoch, glaubte er, musste es mitten in der Nacht sein. Doch Sepp, der Bäckerlehrling, war anscheinend schon in der Backstube. Heinrich hörte, wie die Türe zur Backstube geöffnet wurde und sein Vater etwas fragte. Sofort darauf vernahm er die aufgeregte Stimme der ›wüsten Neumeierin‹, der resoluten Frau des Schniedermiehle.

Angsterfüllt rief sie: „Die Franzosen kommen!“

Heinrich hörte es genau: „Offenburg brennt. Ich komm grad das Tal herauf!"

Es war Krieg.

Heinrich zog sich im Dunkeln so schnell wie möglich an. Er vermied es, seinen kleinen Bruder zu wecken. Dann eilte er, so schnell er konnte, die Treppe vom zweiten Stock hinunter. Überall liefen die Leute, geweckt durch den Lärm und erschreckt durch die Rufe, halb angezogen auf die Straße. Von allen Seiten stürmten die Bürger, Jung und Alt, zum Rathaus; fragend, rufend, lamentierend. Einzelne aufmunternde Stimmen wurden laut: „Wir werden's den Franzosen schon zeigen!" – „Hasle verbrennen die nicht!" – „Wir müssen Munition machen!"

Das war jetzt das Wichtigste. Das vorher sicher gelagerte Pulver wurde zum Rathaus geschafft. Beim Büchsenmacher in der vorderen Gasse gossen ein paar Helfer in Formen Blei zu Kugeln für die Vorderlader. Die Buben wurden angewiesen, die gegossenen Kugeln zum Rathaus zu transportieren. So schleppten die Kinder Bleikugeln in Säckchen oder auch, in Ermangelung eines Beutels, in den Hosentaschen zum Rathaus und rannten dann sofort wieder zum Büchsenmacher zurück, um Nachschub zu holen.

Bei Tagesanbruch kamen aus den verschiedensten Seitentälern der Kinzig und von den höchsten Höhen der umliegenden Berge die Bauern und ihre Knechte zu Hunderten mit Sensen, Dreschflegeln und Mistgabeln bewaffnet, um ihre Heimat gegen die einfallenden Franzosen zu verteidigen.

Auf dem Viehmarkt sammelten sich die Verteidiger. Der Beckephilipp, der Hauptmann der Bürgergarde, sandte Heinrich nach Hause, damit er ihm den Degen hole. Die Jungen hatten sich mit Stöcken bewaffnet, um ihren Teil zur Verteidigung beizutragen. Die Reichen der Stadt wiesen ihre Frauen an, Geld und Wertsachen vor den sicherlich plündernden Franzosen zu vergraben. Es wurde Kriegsrat gehalten.

„Wir sollten den Franzosen entgegengehen, um sie so weit wie möglich von der Stadt fern zu halten", war zunächst die vorherrschende Meinung.

Doch der Beckephilipp, in seiner Eigenschaft als Kommandant der Bürgergarde, war dagegen. „Wenn wir uns zu weit von Haslach entfernen, haben wir keinen Nachschub. Wenn uns dann die Kugeln ausgehen..." Er ließ den Satz bedeutungsschwer unvollendet.

„Aber wenn wir hier warten, brauchen sie nur die Häuser anzuzünden wie in Offenburg!", rief jemand.

„Deshalb werden wir sie vor den Toren der Stadt erwarten", entschied Philipp Hansjakob. Dann ist der Nachschub gesichert und die Franzosen sind weit genug von den Häusern weg."

„Aber wir wissen ja gar nicht, wann sie kommen", gab einer der Verteidiger zu bedenken.

„Ich werd ihnen auf meinem Braunen entgegenreiten", kündigte selbstbewusst der Sonnenwirt Fauz an. „Sobald ich sie sehe, komme ich im Galopp zurück. Ihr habt dann genügend Zeit, euch auf einen feurigen Empfang vorzubereiten".

Bewundernd sah ihm die Menge nach, wie er stolz und todesmutig auf seinem Kaltblüter dem nahenden Feind entgegenritt.

Bereits vor Steinach, nach fünfzehn Minuten aufmerksam sichernden Rittes, kamen dem Sonnenwirt auf der Straße Fuhrleute entgegen. Sie fuhren im Galopp das Tal herauf.

„Was ist los?", rief er ihnen entgegen.

„Die Franzosen kommen", riefen sie und waren schon vorbei.

Der Sonnenwirt hatte keine Zeit mehr, zu fragen, wo sie den Feind gesehen hätten. Panik ergriff ihn, als er sich vorstellte, er stünde mutterseelenallein diesen Haufen wilder Angreifer gegenüber. Er musste zurück. Sonst wäre er unrettbar verloren. Rasch wendete er seinen Gaul und floh zurück nach Haslach. Immer wieder sah er nach hinten, doch es verfolgte ihn kein Franzose.

„Kommen sie?", riefen ihm die Verteidiger erschrocken entgegen.

„Nein, ich hab keine gesehen", antwortete Fauz, nach seiner Mutprobe kleinlauter, aber wahrheitsgetreu.

„Wir müssen auf die Berge", rief einer. „Von dort kann man viel weiter das Tal hinabsehen."

Philipp Hansjakob nickte zustimmend. „Wir werden eine Patrouille auf den Fehrenbacher Hof schicken. Vom Berg über Hofstetten kann man am weitesten sehen."

„Wir gehen mit", rief Heinrich, und die ihn umstehenden Kameraden nickten freudig erregt.

„Da können wir keine Buben gebrauchen", meinte einer der Späher bedächtig, aber bestimmt.

Die Gruppe Freiwilliger machte sich auf den Weg. Die Verteidiger Haslachs warteten. Stunde um Stunde verging, doch die Patrouille kehrte nicht zurück.

Hoffnung und Ungeduld zeichnete sich in den Mienen der Wartenden ab. Vielleicht kamen die Franzosen doch nicht. Schließlich, gegen Abend, war es Gewissheit geworden. Die Franzosen würden weder heute noch morgen kommen. Offenburg hatte nicht gebrannt. Alle konnten wieder unversehrt, jedoch ohne Schlachtenerfahrung, nach Hause gehen. Auch die Späher kamen wieder zurück, beseelt vom Kirschwasser und satt vom Schinkenspeck des Fehrenbacher Hofes.

## 6.

Eines Morgens, kurz nach dem ›Franzosenlärm‹, verteilte Oberlehrer Blum an die Schulkinder Kokarden für die Hecker-Hüte. Wahrscheinlich hatte er sie am 19. März von der Volksversammlung in Offenburg mitgebracht, wo die Radikaldemokraten die Fortsetzung des revolutionären Prozesses in Deutschland mit dem Ziel eines Übergangs zur Republik gefordert hatten.

Erste Erfolge waren ja bereits erzielt worden. Die liberale Regierung hatte die Pressefreiheit wieder hergestellt, beschlossen, Geschworenengerichte einzuberufen und einer Bürgerbewaffnung zugestimmt. Seither hatte in Haslach eine Waffenzählung stattgefunden, bei der sich ergab, dass viel zu wenig Waffen für eine Bürgerbewaffnung vorhanden waren. Die Schmiedemeister bekamen von der Stadt den Auftrag, achtzig Spieße und Sensen zu fertigen.

Inzwischen hatte der Rechtsanwalt und glühende Republikaner Hecker seinen ›Freien Volksstaat‹

ausgerufen. Hecker marschierte von Konstanz aus mit zunächst 57 Freiwilligen in Richtung Freiburg. Hunderte, Tausende begeisterter Freiheitskämpfer schlossen sich ihm auf seinem Marsch an. Doch bereits acht Tage später wurde seine ›Armee‹ von badischen und hessischen Truppen geschlagen. Hecker entkam in die Schweiz. Auch seine Mitstreiter Struve und Sigel, die eigene Haufen aufgestellt hatten, erlitten vier Tage später vor Freiburg eine Niederlage. Die in Frankreich vom Dichter Herwegh aufgestellte Legion aus Emigranten, die, zur Unterstützung bereit, jedoch von Hecker abgelehnt worden war, wurde zu spät um Hilfe gebeten. Als sie ankam, waren die Freischaren von Struve und Sigel bereits geschlagen, und so hatten die regulären Truppen Badens auch mit den Legionären leichtes Spiel.

Der Putsch Friedrich Heckers war gescheitert – allerdings nur militärisch. In Haslach lebte, wie überall im badischen Volk, die durch nichts zu erschütternde Begeisterung für Hecker fort. Hatte er schon vor dem Putsch einen Namen wegen seiner seit Jahren gehaltenen freiheitlichen Reden, so stieg sein Ruhm durch die Tatsache, dass er für die Freiheit des Volkes und die Einführung der Republik gekämpft hatte. Jedem Haus in Haslach wurde sein Bild von eilends angereisten Pfälzer Bilderhändlern angeboten. Überall begegnete man so dem groß gewachsenen Mann mit dem langem Vollbart und dem wallenden Haar unter dem grauen Schlapphut, der mit schwarzrotgoldener Kokarde und Hahnenfeder geschmückt war. Und nur wenige, wie der Bürgerwehrkommandant Philipp Hansjakob, verschmähten es.

Jeder Mann in Haslach, der zeigen wollte, dass er ein Herz fürs Volk habe, ließ sich einen Heckerbart wachsen. Die Hähne in Haslach hatten eine schwere Zeit. Überall wurden sie gejagt und erst, nachdem man sie ihrer Schwanzzier beraubt hatte, wieder laufen gelassen. Als selbst die größeren Knaben begannen, sich Federn auf ihre Kopfbedeckung zu stecken, wurden auch die Hennen nicht mehr geschont. Denn das Federmaterial bei den Hähnen war ausgegangen. Nun konnten sich die Burschen auch die von Oberlehrer Blum erhaltenen Kokarden aufstecken. Die Leidenschaft für die Sache des Volkes wuchs.

Diese Begeisterung für die Freiheit bekam auch der Oberamtmann Dilger zu spüren, Leiter des Bezirksamtes. Heinrich war dabei, als die freiheitstrunkenen Haslacher den konservativen Beamten, den Repräsentanten der Staatsgewalt, mit dem ohrenbetäubenden Lärm einer ›Katzenmusik‹ verhöhnten. Gutgelaunt kam er nach diesem Bravourstück nach Hause. Dort allerdings wartete der Stock des wütenden Vaters auf ihn.

Als an Silvester 1848 wieder eine Katzenmusik angesagt war, blieb Heinrich deshalb lieber zu Hause. Dieses Mal sollte der Pfarrer Kurz das Opfer sein, ein Freund und Studienkamerad des Oberamtmannes. Zu gerne wäre Heinrich dabei gewesen, zumal ihn vor nicht allzu langer Zeit die Köchin des Pfarrers mit lautem Geschrei vertrieben hatte, als er Hahn und Hennen ihres Federschmucks berauben wollte. Aber er erinnerte sich nur zu gut an die väterliche Tracht Prügel, was sich im Nachhinein als ein Glück herausstellte, denn in dieser Nacht floss in Haslach das erste Blut der Revolution. Ein Gendarm, der in der Nähe des Pfarrhauses wohnte, gab einen Schuss ab auf einen der Haupträdelsführer der Katzenmusik, den ›Jörgle von's Stegenwebers‹, und traf ihn in den Oberschenkel. Mehr als ein Jahr war der Jörg krank, bevor er nach Amerika flüchtete.

Die Begeisterung der Haslacher für die Revolution machte die Behörden aufmerksam. Kaum hatte sich die Aufregung über den verhängnisvollen Schuss des Gendarmen etwas gelegt, rückten badische Soldaten in das Städtchen ein. Doch nicht lange, dann arbeiteten die Soldaten an den Werktagen für ihre Quartiergeber. Am Sonntag wurden sie dafür zu Bier und Wein eingeladen. Alles verlief in Harmonie und Eintracht. Kaum waren die Soldaten jedoch wieder abgezogen, loderte die Flamme der Freiheit abermals auf.

Am 12. Mai kam es zudem in Rastatt und in anderen Garnisonen zu Rebellionen badischer Soldaten. Zu einer am 13. Mai einberufenen Landesversammlung der Volksvereine fuhren schon am frühen Morgen die Bewohner des Kinzigtales in Scharen auf Leiterwagen nach Offenburg. Dort forderten sie den Rücktritt der Regierung, die Ausrufung der Republik und soziale Reformen. Die Soldaten schlossen sich der demokratischen Volksbewegung an.

Erst am Abend strömten die Massen wieder nach Haslach zurück. Schon von weitem waren die Rufe zu hören: „Der Großherzog ist geflohen!“ – „Die Soldaten in Karlsruhe haben gemeutert!“ – „Brentano hat eine provisorische Regierung gebildet!“

Haslach war erneut im Freiheitsfieber. Das Volk regierte nun.

In den Hutmachereien wurden Hecker-Hüte

gewalkt, die Schneider nähten Blusen für die Freischaren, Schuster und Sattler machten Patronentaschen und Tornister und die Knaben rupften weitere Hennen. Nur die Rasierer hatten immer weniger zu tun. Bald kamen zwei Feldwebel der meuternden Soldaten, um die Nichtsoldaten das Exerzieren zu lehren. Dabei ging dem ›Biremichele‹ das Gewehr nach hinten los. Das zweite Mal, dass in Haslach wegen der Revolution Blut floss.

Des ungeachtet predigte der Nagler Bührer, einer der eifrigsten Befürworter der neuen Republik, dass „man den Rock vom Leibe verkaufen muss, um an Waffen zu kommen". Selbst vor dem Priester vertrat er seine Überzeugung.

„Hochwürden", sagte er zum Pfarrer, „wir brauchen alle Waffen, die es in Haslach gibt. Also frage ich Euch, habt auch Ihr eine Waffe?"

„Ich habe nur eine alte Pistole ohne Schloss", sagte der Pfarrer, „eigentlich nur ein Schmuckstück."

„Dieses Schmuckstück brauchen wir auch", entgegnete der Nagler. „Nach dem Sieg über Fürsten und Pfaffen bekommt Ihr es wieder."

Der Priester schwieg zu dieser Provokation. Fortan trug der Nagler während der Revolution die unbrauchbare Pistole im Gürtel.

Einzelne Bürger, wie Heinrichs Vater, der bei der Bürgerwehr durch einen patriotischeren Befehlshaber ersetzt worden war, mahnten: „Es ist eine Narrheit, dass wir Badener Deutschland in eine Republik verwandeln wollen. Die Macht der Fürsten ist zu groß, um sie zu brechen."

„Wir sollten es machen wie die Franzosen", rief die kleine Frau des Schneiders Eisenmann. „Wer gegen die Republik ist, ist ein Feind des Vaterlandes. Dem sollte auf dem Strohschneidestuhl der Hals abgeschnitten werden."

Dem stimmten allerdings nur wenige zu. Bis zum Äußersten wollte man in Haslach nicht gehen.

Philipp Hansjakob ließ sich in seiner Meinung nicht beirren. „Wenn ihr alle Fürsten eingefangen habt und sie in meiner Scheune einsperrt, will ich an eure Sache glauben und euch helfen, den Fürsten den Meister zu zeigen für alle Zeit", grollte er.

„Den Meister wird den Fürsten schon das neue Parlament zeigen, die Nationalversammlung", rief einer.

Der Beckephilipp drehte sich zu ihm hin und höhnte: „Das ist kein Parlament, das ist ein Geschwätzwerk. Ihr werdet sehen, am Ende ist alles schlimmer als zuvor." Wütend verließ er die Versammlung.

Zu Hause erwartete den Bäcker und ehemaligen Hauptmann der Bürgerwehr weiteres Ungemach. „Ich werde eine Anleihe bei der neuen Republik zeichnen", erklärte seine Schwiegermutter. „Mir scheint das eine gute Geldanlage zu sein."

Der Beckephilipp war fassungslos. „Was wollt Ihr?"

„Ich werde ein paar tausend Gulden Staatsanleihe zeichnen."

„Habt Ihr den Verstand verloren?", entsetzte sich der Schwiegersohn. „Ihr wollt einige tausend Gulden in diese Advokatenkomödie hineinstecken? Am Ende werdet Ihr Euer ganzes Geld verlieren!"

„Es ist mein Geld!", gab sich Luitgard Kaltenbach kämpferisch.

„Kommt nur nicht später und klagt, dass ich Euch nicht von dieser Dummheit abgehalten habe. Ihr setzt Euer ganzes Geld und das Erbe Eurer Töchter aufs Spiel. Ich jedenfalls will Euch dann in meinem Haus nicht mehr sehen."

Bisher hatte Zäzilie Hansjakob ihrem Mann nur entgeistert zugehört. Jetzt mischte sie sich ein, was sie nur selten tat: „Philipp, wie kannst du..."

Doch der Beckephilipp ließ sie nicht ausreden. „Ich habe jetzt genug von diesem Weibergeschwätz", rief er zornig und schlug die Türe hinter sich zu.

Auch die Schwiegermutter war wütend.

„Was glaubt denn der, wie er mit mir reden kann", meinte sie hitzig und verließ ebenfalls die Stube. Doch sie war von der Gegenwehr ihres Schwiegersohns so überrascht, dass sie ihre Absicht nochmals überdachte. Am Ende schob sie den Entschluss, das ganze in langen Jahren ersparte Geld in die Hände der Revolutionäre zu legen, noch etwas hinaus.

Philipp Hansjakobs Wut war noch nicht verraucht, als Hugo und Sepp auftauchten. Sie wollten um Erlaubnis fragen, am Abend mit den anderen jungen Burschen Waffenübungen durchzuführen.

„Eure Übungen könnt ihr hier in der Backstube am Backtrog durchführen", bestimmte der Bäcker. „Für solche Kindereien haben wir keine Zeit. Seid froh, wenn es nicht ernst wird."

Beide wagten nicht, sich zu widersetzen. Doch am Abend erschien eine Gruppe Jugendlicher hinter dem Haus. Sie hatten die Blusen der Revolutionäre an. Philipp Hansjakob sah sie kommen, denn die Türe der Backstube stand weit offen.

„Was wollt ihr?", rief er.

„Wir holen den Sepp und den Hugo zur Wehrübung“, rief ihr Anführer, ein Gerberlehrling.

„Das werdet ihr nicht“, dröhnte die Stimme des altgedienten Grenadiers. Der Beckephilipp griff nach seinem Gewehr, das er vorsichtshalber neben der Türe abgestellt hatte. „Wer in mein Haus mit Gewalt eindringt, wird mit Gewalt empfangen.“

Mit einer solchen Entschlossenheit hatte der jugendliche Haufen nicht gerechnet. Verblüfft starrten die Jugendlichen zunächst den Bäcker mit seinem Gewehr, dann ihren Anführer an. Doch der zog es vor, die Entschlossenheit des ehemaligen Bürgerwehrhauptmannes nicht auf die Probe zu stellen. Der Haufen zog ab; sehr zum Leidwesen von Hugo und Sepp, die sich einen freien Abend erhofft hatten.

## 7.

Doch die Tage der Erhebung gegen die Herrschenden, der Traum von der Republik, waren, wie es der Beckephilipp prophezeit hatte, bald vorüber. Geschlagen von preußischen Truppen zerfiel das Freiheitsheer. Schon bald vernahm man den Schreckensruf: „Die Preußen sind schon in Offenburg!“

Die Rädelsführer der Revolution flohen noch am gleichen Tag in die Schweiz, die ängstlichen Mitläufer in die Wälder. Die überwiegende Mehrheit der Haslacher Bürger aber blieb. Dennoch veränderte sich das Bild der Bevölkerung in den Gassen der Stadt. Während zuvor die Männer mit Vollbart und Heckerhut ihre Gesinnung offen zur Schau gestellt hatten, traf man plötzlich nur noch auf glatt rasierte

Mannsvölker. Die Rasierer machten das beste Geschäft seit Jahren. Die Hüte mit den Hahnenfedern verschwanden, die Bürgerversammlungen wurden abgeschafft. Auch das Interesse von Heinrich Hansjakob und seinen Freunden am Kriegsspiel hatte mit der Flucht ihrer Helden deutlich nachgelassen.

Am Nachmittag des 24. Juli 1849 waren Heinrich und des Saubruckers Karle auf dem Weg zurück von der Breitebene. Sie hatten Tauben vom Roserbauer zurückgeholt, die Heinrich von ihm vor einiger Zeit gekauft hatte, die aber wieder zum ursprünglichen Taubenschlag zurückgeflogen waren.

„Heiner, da unten kommt der Heiner vom Gygermetzger", machte Karl seinen Freund auf einen Klassenkameraden aufmerksam, der den von Regengüssen und Schmelzwasser ausgewaschenen Feldweg heraufkam.

„He, Heiner!", rief er.

Der sah auf, erkannte die beiden und rief aufgeregt: „Die Preußen sind in Hasle."

Die Preußen. Das Herz Heinrich Hansjakobs schlug schneller. Er hatte schon von den Preußen gehört. Sie hätten die modernsten Waffen und den härtesten Drill, hatte der Vater gesagt.

„Sie haben den Bürgermeister und andere eingesperrt und wollen sie erschießen", berichtete Heinrich Geiger.

„Bist du auch auf der Flucht?", fragte Karl verblüfft.

Heinrich Geiger grinste breit: „Ich soll Schafe für meinen Vater holen. Die Preußen brauchen sicher Fleisch."

„Komm, vielleicht sehen wir noch, wie sie den Bürgermeister erschießen", meinte Heinrich Hansjakob mitleidslos. Er konnte nicht erwarten, die gefürchteten Preußen zu sehen. Rasch eilten sie den Berghang hinunter.

Plötzlich sahen sie in der Ebene vor sich das Aufblitzen von Waffen und Ausrüstung im Sonnenlicht. Tatsächlich, zwischen Haslach und Fischerbach marschierten auf der Straße lange Kolonnen Soldaten. Ehrfurchtsvoll standen die beiden Buben zwanzig Minuten später neben der Straße am Rande eines Feldes. An ihnen marschierten in langen Kolonnen Soldaten, den Tornister auf dem Rücken und das Gewehr über der Schulter, vorbei.

Ein Offizier zog plötzlich seinen Degen aus der Scheide und richtete ihn gegen die beiden Kinder. „Jungens, wollt ihr wohl diese verfluchten Hüte herunternehmen?" Sofort legten einige der Soldaten ihre Gewehre auf die beiden Burschen an.

Heinrich und Karl sahen in die todbringenden Mündungen der auf sie angelegten Gewehrläufe, gewahrten das empörte Gesicht des Leutnants und erschraken zu Tode. Plötzlich fiel ihnen ein, dass sie noch immer ihre Hüte mit dem Büschel Hennenfedern auf dem Kopf trugen, das Kainszeichen des Aufruhrs. Sie rissen sich die Hüte von den Köpfen und drückten sie an ihre Körper, an der den Preußen abgewandten Seite.

„Verdammte Freischärler!", ertönte ein neuer Ruf. „Weg mit diesen Hüten."

Wieder sah Heinrich ein Gewehr auf sich gerichtet. Böse blitzte das aufgepflanzte Bajonett. Tödliche Angst lähmte Heinrich. Den Hut wegwerfen konnte er nicht. Ein schneller Blick auf Karl zeigte dem kleinen Hansjakob, dass auch sein Vetter den Hut krampfhaft zu verstecken suchte.

„In den Korb zu den Tauben“, sagte Karl. Er hatte sich von dem Schrecken schneller erholt. Behände versteckten sie die verräterischen Kopfbedeckungen im Taubenkorb. Ein scheuer Blick auf die Soldaten zeigte, dass sie mit dem Leben davon kommen sollten, denn der erboste Leutnant war samt seinen Soldaten bereits weiter marschiert. Neue Truppenteile zogen an ihnen vorbei.

Plötzlich krachten einige Salven. Das Echo verstärkte die Wirkung. Die preußischen Kolonnen formierten sich Richtung Wald und luden ihre Gewehre in Erwartung eines Angriffs der Rebellen. Eine Abteilung Berittener stürmte in vollem Galopp zum Haslacher Steinbruch. Doch es hatte nur der Hans, ein Maurergeselle und Steinbrecher, der auf seine listige Art die Preußen ›begrüßen‹ wollte, ›geschossen‹. Dennoch machten Heinrich und Karl, dass sie nach Hause in Sicherheit kamen.

In Haslach war die Aufregung inzwischen groß. Zwar wurden keine Rebellen hingerichtet, aber die erfolgten Verhaftungen führten zu einer Panikstimmung in der Bevölkerung. Viele weitere Bürger begaben sich heimlich zu Verwandten in der Umgebung oder hielten sich in den umliegenden Wäldern versteckt.

Am folgenden Morgen kamen weitere zwanzigtausend preußische Soldaten aus dem unteren Kinzigtal. Viele tausend Mann aller Waffengattungen lagerten entlang der Landstraße oder hatten Quartier bei den Haslacher Bürgern genommen. Der

Kommandeur der Truppen befahl Philipp Hansjakob ins Rathaus.

„Philipp Hansjakob“, schnarrte er preußisch kurz zu dem in strammer Haltung vor ihm stehenden Bäckermeister, „wir haben im ›Fürstenberger Hof‹ eine Liste der Leute gefunden, die den Revolutionären verdächtig waren. Sein Name steht an erster Stelle.“ Er wartete einen Augenblick, aber Philipp Hansjakob entgegnete nichts. „Hat Er gedient?“

„Jawohl, Herr General“, antwortete Hansjakob. Noch nie hatte ein so hoher Offizier das Wort an ihn gerichtet. „Ich war Grenadier.“

„Brav“, meinte der General. „Ich habe vor, Ihn vorläufig zum Bürgermeister in diesem Rebellennest zu machen. Wir brauchen Leute wie Ihn, um die Ordnung wiederherzustellen.

„Herr General“, wandte Philipp Hansjakob ein, „ich bin nur ein einfacher Bäckermeister. Ich habe keine Ahnung von der Verwaltung einer Stadt.“

Der General runzelte die Stirn und meinte barsch: „Er wird das schon lernen.“

Der Bäcker jedoch hatte einen weiteren Einwand: „Herr General, ich habe eine große Familie und ein Geschäft, das ich führen muss. Solange ich im Rathaus bin, kann ich kein Brot backen. Ich muss für meine Familie sorgen.“

Der General wurde jetzt ungehalten. „Ich gebe Ihm einen Tag Bedenkzeit.“ Missmutig knurrte er: „Bis jetzt war ich der Meinung, einen besonders königstreuen Untertanen vor mir zu haben.“

„Ich habe mich bisher geschämt zuzugeben, dass ich etwas schwach in der Feder bin“, begann Philipp Hansjakob erneut.

„Ah“, hob der Kommandeur jetzt die linke Augenbraue, so dass das Monokel herabfiel. „Dann ist es etwas anderes. Das ist ein Grund, den ich verstehe.“ Er verschränkte die Hände hinter dem Rücken. „Warum hat Er das nicht gleich gesagt?“

Philipp schwieg.

Nach kurzem Nachdenken klemmte der Kommandeur das Monokel wieder vor dem linken Auge fest und musterte den weiterhin in strammer Haltung vor ihm Stehenden.

„Kann Er mir einen anderen Bürger für den Posten nennen, der vertrauenswürdig ist?“

„Der ehemalige Hammerschmied Kern ist schreibgewandt“, bemerkte der Bäcker. „Bei dem liegt es im Blut“, fügte er ironisch hinzu. „Schon sein Vater hatte den Spitznamen ›Fürstenhans‹, weil er so treu zum Großherzogtum stand.“

Der General blätterte in den Akten des Revolutionskommitees, die den Soldaten in die Hände gefallen waren. Auf der gleichen Liste, auf der die Namen derer standen, die man nach Meinung radikaler Revolutionäre um einen Kopf kürzer machen sollte, stand außer dem ehemaligen Bürgerwehrhauptmann Hansjakob, dem Oberamtmann Dilger, dem Pfarrer Kurz und einigen anderen Haslacher Bürgern auch der Hammerschmied Alois Kern.

„Er überlege es sich nochmals“, war der General nun versöhnlicher. „Wenn Er aber absolut nicht will, so möchte ich Ihn wenigstens in dem Ausschuss haben, der die Ausgaben der Stadt bewilligt. Da braucht Er nicht zu schreiben!“, fügte er, nachsichtig lächelnd, hinzu. „Geh Er jetzt!“ Und damit war Philipp Hansjakob entlassen.

Es waren aufregende Zeiten für Heinrich. Fast hätte er seine Begeisterung für die Freiheit und die Republik vergessen beim Umgang mit all den disziplinierten Soldaten, Unteroffizieren und Offiziersburschen, denen er gegen kleine Bezahlung allerlei Dienste leistete.

Bald aber kehrte wieder Frieden ins Kinzigtal ein. Die Truppen zogen ab, die Schule ging weiter. Doch der beliebte alte Oberlehrer Blum, dessen Vater und Großvater schon Lehrer in Haslach gewesen waren, war nicht mehr da. Wegen seiner Begeisterung für die Republik war er entlassen worden.

„Milliardensapperment, ich will euch Kerlen die Freischärlerei vertreiben!“, sagte der neue Oberlehrer Scherle, der plötzlich vor der Klasse stand. Er hieb mit dem Meerrohr auf die erste Schulbank, dass sie zitterte. Die Jungen und Mädchen sahen ihn verdutzt an. Die Jungen hatten zwar immer noch die schwarzrotgoldenen Kokarden in den Hosentaschen, aber woher konnte das der Lehrer wissen? Doch schon fuhr der fort:

„Mit dem bisher üblichen Lotterleben in der Schule ist es vorbei. Es gibt keine wöchentlichen Treibjagden mit den Aufrührern mehr, keine Hahnenfedern auf dem Hut und keine aufrührerischen Reden. Habt ihr verstanden?“

Die Klasse nickte.

„Das heißt: Jawohl, Herr Oberlehrer“, polterte Lehrer Scherle.

„Jawohl, Herr Oberlehrer“, klang es vielstimmig.

Zufrieden schlug sich der Lehrer mit dem Rohrstock in die geöffnete Handfläche. Doch kaum hatte er am Ende des Vormittags die Klasse verlassen, sang der Schniderlepold das von ihm abgeänderte Revolutionslied:

„Hecker, Struve, Zitz und Blum,
kommt und bringt den Scherle um."

Die Klasse wieherte. In der ersten Reihe saß der Sohn des neuen Lehrers, Julius. Heinrich sah alarmiert den neuen Schüler an. Doch der lachte mit. Für Heinrich war er damit in die Gemeinschaft seiner Freunde aufgenommen.

# Schwierige Jahre

## 1.

Die Zeit verging. Am Aschermittwoch des Jahres 1851 begann für Heinrich Hansjakob der Kommunionunterricht. Die Erstkommunion bedeutete auch das Ende der Schulzeit. Noch einmal war dies ein Ehrenfest in der Jugendzeit des halbwüchsigen Bäckersohnes. Doch gleichzeitig bedrückte ihn die Sorge, wie es nach der Schulzeit weitergehen sollte.

Eines wusste Heinrich gewiss: Bäcker wollte er nicht werden. Darin wurde er sogar vom Vater unterstützt, der meinte, dass die Bäckerei „das lumpigste Handwerk auf dem ganzen Erdboden" sei. Und den Krämerladen seiner Großmutter konnte er zu seiner großen Erleichterung auch nicht mehr übernehmen. Die jüngste Tochter seiner Großmutter, Tante Luitgard, hatte inzwischen auch geheiratet – einen Kaufmann, der den Laden übernommen hatte.

Dennoch musste Heinrich, bis eine Entscheidung über seinen weiteren Lebensweg getroffen war, in der elterlichen Backstube aushelfen. Dort war inzwischen der Geselle und Lehrling seiner frühen Kindheit, der Sepp, ausgeschieden und ein anderer Lehrling eingestellt worden, der Peter. Beim Warten auf das ›Gehen‹ des Vorteiges gab es keine spannenden Rittergeschichten mehr zu hören, und so konzentrierten sich die Gespräche mit dem neuen Lehrling auf Heinrichs Zukunftsträume.

Heinrich hatte immer noch das Bild der lustigen, singenden und trinkenden Studenten aus der Buck'schen Brauerei in Freiburg vor Augen. Ein Student sein wollte er. Peter unterstützte seine Wunschgedanken.

„Unser Pfarrer in Steinach war auch zuerst Schreiner und ist doch noch ein Herr geworden. Du bist nicht einmal Bäcker. Da fällt dir das Studieren noch leichter, als wenn du den ganzen Tag arbeiten musst", meinte Peter lausbübisch.

Heinrich dachte wieder an die Studenten. Die hatten ein ansprechendes Leben. Und so schwer konnte das Studieren nicht sein, wenn sie täglich beim Bier saßen.

Nach Wochen war sein Entschluss gefasst. Doch er musste zuerst die Großmutter für seinen Plan gewinnen.

„Großmutter, was meint Ihr, wenn ich auch studieren würde?"

Für Großmutter war ›das Studieren‹ gleichbedeutend mit ›Priester werden‹. Sie nickte beifällig:

„Freilich wäre es schön, wenn du ein richtiger Geistlicher werden würdest." Sie seufzte wohlig auf. „Das ist der schönste Berufsstand. Und wenn ein Priester krank wird, ist er versorgt und hat sein Lebtag pro Jahr 300 Gulden."

Für Heinrich war das zunächst zweitrangig, wenngleich diese Aussicht hundertmal besser war, als Bäcker zu werden. Daher fragte er: „Großmutter, würdet Ihr das auch Vater und Mutter sagen?"

„Natürlich, Heiner", bestätigte sie.

Als Philipp wieder einmal klagte: „Was fangen wir nur mit dem ›Kerle‹ an?", antworteten Mutter und Großmutter wie aus einem Mund: „Wir sollten ihn studieren lassen."

Zäzilie ergänzte: „Er wird kein guter Bäcker; das liegt ihm nicht."

Und ihre Mutter meinte: „Als Kaufmann wäre er auch nicht geeignet. Er rechnet zu schlecht. Aber vielleicht wird er ein guter Geistlicher."

„Um Pfarrer zu werden, muss er Latein können", brummte der Beckephilipp.

„Vielleicht kann ihm der neue Kaplan Unterricht geben. Er könnt ja in der Zwischenzeit in der Backstube aushelfen und nebenher Latein lernen", meinte Zäzilie. „Du solltest mal mit dem Kaplan reden."

„Ich werd zuerst mit dem Lehrer reden", entschied Philipp Hansjakob.

Heinrich lockerte zusammen mit dem Bäckerlehrling Peter und der Magd die Erde um die Saatkartoffeln auf. Wie immer, wenn sie auf dem Acker arbeiten mussten, erschien im Laufe des Vormittags der Beckephilipp, um die Arbeiten zu kontrollieren. Schon von weitem war er zu hören, wie er, ein Lied pfeifend, den Hohlweg beim ›Schinderhäusle‹ heraufkam. Nachdem er einige Worte mit der Magd Bärbel gewechselt hatte, kam er auf seinen Ältesten zu: „So, jetzt schaff nur recht auf dem Feld. Denn mit dem Studieren wird's doch nichts. Ich bin heut Morgen beim Lehrer gewesen. Der hat g'sagt, du wärst zu dumm dazu."

Ohne einen weiteren Kommentar ging der Vater wieder fort, ein weiteres Lied pfeifend.

Der Bäckerjunge und die Magd hatten alles mit angehört. Sie sahen den unglücklich dastehenden

Heinrich mit einer Mischung aus Ungläubigkeit und Mitleid an. Heinrich wurde rot vor Scham. Das war das Schlimmste, was man über ihn sagen konnte. Sein Stolz, seine Selbstgefälligkeit waren tief getroffen. Nein, der Lehrer konnte alles über ihn sagen, aber nicht, dass er dumm sei. Der Scherle hatte doch keine Ahnung. Wenn der seinen Schülern den Lehrstoff nicht richtig beibringen konnte, war es dann seine Schuld? Ohnmächtig vor Wut warf er seine Hacke zu Boden und beschuldigte Lehrer Scherle, ihn nicht richtig beurteilt zu haben. „Der alte Lehrer Blum, der hätte so was nicht von mir behauptet."

Peter und Bärbel starrten ihn zweifelnd an. Sie waren nicht überzeugt worden, das spürte Heinrich. Die Scham trieb Heinrich von den beiden weg, in den Wald. Dort endlich setzte er sich unter eine Tanne und ließ seinen Tränen ihren Lauf. Was sollte denn jetzt aus ihm werden? Er grübelte und grübelte, bald von Rachegefühlen für den ungerechten Lehrer übermannt, dann wieder von tiefer Verzweiflung über sein künftiges trostloses Leben als Bäcker oder Knecht gepeinigt. Er würde enden wie der Gänsjokele oder der Läuferjok.

„Heiner!", tönte es durch den Wald. „Heiner! Die Glocke läutet Mittag, wir müssen heim." Es war der Peter, der da rief.

Heinrich rieb mit seinen schmutzigen Händen über die Augen und stand auf. Schweigend kam er aus dem Wald und nahm seine weggeworfene Hacke vom Feld auf. Zusammen mit den beiden anderen, die seine Verzweiflung an seinen mit Schmutz verschmierten Wangen und Augenlidern ablesen konnten, strebte er dem Elternhaus zu.

Dort wurde seine verletzte Eitelkeit wieder etwas besänftigt, denn die Mutter wollte auch nicht glauben, dass ihr Ältester zu dumm zum Studieren sein solle. Zäzilie Hansjakob war davon überzeugt, dass es nur am Lehrer liege, wenn ihr Sohn in der Schule nicht eine ausgezeichnete Leistung erbringe. So bestürmte sie ihren Mann, den Kaplan dazu zu bewegen, Heinrich Nachhilfe in Latein zu geben; trotz der negativen Beurteilung durch den Lehrer.

„Ich werde es mir überlegen", sagte der Beckephilipp.

Wenige Tage später spalteten Heinrich und Peter hinter dem Haus trockenes Holz für den Backofen. Plötzlich erblickte Heinrich seinen Vater im langen, blauen Rock, wie der die Gasse Richtung Kirche hinaufging. Den blauen Rock hatte Philipp sonst nur am Sonntag an. Gespannt beobachtete Heinrich seinen Vater. Richtig, er bog beim ›Adler‹ in die Gasse zum Pfarrhaus ein. Peter war ebenfalls aufmerksam geworden und zog die gleichen Schlüsse wie Heinrich: „Heiner, wenn es jetzt beim Kaplan au nix isch, dann musch doch Bäcker werden."

„Ja, Peter", antwortete Heinrich scheinbar gefasst, „dann werd ich Bäcker und dann gehen wir beide zusammen in die Fremde."

Aber das bange Gesicht zeigte dem Peter, dass sein Freund diesen Entschluss nie würde in die Tat umsetzen können.

Es verging eine quälend lange halbe Stunde, bevor Heinrich seinen Vater wieder um die Ecke kommen sah. Er wagte kaum, zu ihm hinzuschauen; sein Herz schien vor Aufregung zu zerspringen. Doch der Vater ging auf die vordere Haustüre zu, ohne die beiden Buben zu beachten. Heinrich wusste, wenn er jetzt fragen würde, bekäme er keine Antwort. Er musste warten. Der Vater ließ sich nicht drängen.

Nur wenig später hörte er seinen Vater im Hausflur pfeifen. Ein Blick aus den Augenwinkeln zeigte ihm, dass er den blauen Rock abgelegt und sein geliebtes Wams wieder angezogen hatte. Heiner wagte nicht aufzusehen. Eine Zeit lang sah der Beckephilipp den beiden Jungen bei der Arbeit zu, dann rief er: „Heiner, komm mal her!"

Voller Angst, der Vater würde das Gleiche sagen wie Wochen zuvor auf dem Acker, sah Heinrich hoch. Langsam, im Gesicht seines Vaters nach einer Antwort forschend, näherte er sich dem Beckephilipp. Doch keine Regung verriet, was sein Vater ihm sagen wollte. Peter hatte aufgehört, Holz zu hacken und beobachtete die beiden.

Philipp griff in die Tasche seiner Weste und zog bedächtig ein Stück Papier hervor.

„Am Montag sollst du zum Kaplan kommen und die Bücher mitbringen, die auf dem Zettel da stehen."

Er drehte sich um und ging pfeifend wieder ins Haus.

Heinrich starrte auf den Zettel. ›Feldbausch‹ stand darauf, ›Lateinische Grammatik nebst Übungsbuch‹. Alle Befürchtungen, alle Zukunftsängste fielen von ihm ab. Ihm war, als hätte er das Studium schon begonnen. Er rannte zu Peter, las ihm den Zettel vor und rammte die Axt in ein Holzscheit.

„So, Peter, jetzt ist es aus mit dem Bäcker werden", jubilierte er. Dann rannte er zum Haus seiner

Großmutter und zur Lenebas, um die frohe Neuigkeit zu verkünden. Die Großmutter strich ihm lächelnd übers Haar, und die Lenebas, die wie so oft den Rosenkranz zwischen den dünnen Fingern hielt, schickte ein Dankgebet zum Himmel. Die Mutter, die sich zufällig ebenfalls im Haus der Großmutter befand, lächelte: „Du musst die Bücher jetzt gleich beim ›Bachsepp‹ bestellen."

Schon war Heinrich wieder unterwegs, um die Bestellung, die sein Leben veränderte, in Auftrag zu geben. „Vetter, Ihr sollt mir die Studentenbücher morgen mitbringen, ich darf studieren."

Der Bachsepp, der ihn mit seiner Mutter damals nach Offenburg gefahren hatte, als Heinrich in Freiburg eine bessere Schule besuchen sollte, sah ihn verschmitzt an. „Du wirst mir einen sauberen Studenten abgeben", schmunzelte er.

## 2.

Am Montagmorgen stand Heinrich vor dem Pfarrhaus. Er musste an die armen, verschreckten Hennen denken, die er während der Revolution gerupft hatte, und an den alten Pfarrer Kurz, dem man zu jener Zeit die ›Katzenmusik‹ gespielt hatte. Jetzt war er froh, dass er wegen der Prügel seines Vaters nicht daran teilgenommen hatte. Brav zog er an dem eisernen Ring neben der Haustüre und hell erklang im Innern des Pfarrhauses eine kleine Glocke. Die Türe war offen und Heinrich trat zögernd in das Haus ein.

Hier im Parterre lagen der Keller und die Scheuer.

Eine hölzerne Treppe führte in den ersten Stock, und an der obersten Stufe stand eine der beiden Pfarrköchinnen, Magdalene, eine hübsche Person, die ihn mit misstrauischem Blick beäugte.

„Was willst du?“, fragte sie Heinrich, der inzwischen die Treppe halb heraufgestiegen war.

Heinrich wollte gerade antworten, da trat aus einer Türe eine weitere Frau, hünenhaft, die schwarzen Haare streng nach hinten gekämmt. Heinrich schluckte.

„Ich soll zum Kaplan. Er will mich in Latein unterrichten.“

Die gewaltige zweite Pfarrköchin fragte: „Du bist doch der älteste Sohn vom Beckephilipp, der unsere armen Hennen gerupft hat?“

Heinrich errötete. Er nickte.

Doch das Strafgewitter blieb aus. Marie, die hünenhafte, trat zur Seite, damit Heinrich an ihr vorbei konnte.

„Das Zimmer vom Kaplan ist da oben“, deutete sie mit dem Kinn auf eine weitere Holztreppe, die in den zweiten Stock führte.

Heinrich war froh, die beiden Schwestern, die dem Pfarrer und seinem Kaplan den Haushalt führten, passiert zu haben. Rasch stieg er die zweite Treppe hinauf. ›Anton Schele, Kaplan‹ stand an der ersten Tür im obersten Stock. Heinrich klopfte zaghaft. Die Tür ging plötzlich auf und da stand der zukünftige Lateinlehrer.

Heinrich hatte ihn bisher nie in der Haslacher Kirche, aber einige Male kurz auf der Straße gesehen. Der Kaplan musste sich gewöhnlich um die Gemeinde in Hofstetten kümmern, die zum Bereich des Pfarrers in Haslach gehörte. Nun stand er also in der Tür. Mit seinen schwarzen, lockigen Haaren, den großen, dunklen Augen und dem frischen, rotwangigen Gesicht flößte er Heinrich gleich Vertrauen ein. Und als er kurz darauf davon sprach, wie einfach und leicht zu erlernen die lateinische Sprache sei, war von Heinrich jegliche Angst genommen. Selig eilte er nach der ersten Stunde heim.

„Peter, ich kann schon die ersten Worte in Latein: Mensa est longa." Und als er dem Peter erklärte, was dies in Deutsch bedeutete, sagte der staunend: „Heiner, jetzt glaub ich, dass du ein richtiger Herr wirst."

Wenige Wochen später trug Heinrich voller Stolz ein Brieflein des Kaplans nach Hause. Kaplan Schele hatte ihm zuvor vorgelesen, was er geschrieben hatte. Da der Vater wie gewöhnlich das Brot austrug, nahm die Mutter den Brief in Verwahrung. Zum Abendessen, als die Familie am Tisch versammelt war, öffnete der Vater den Brief und las, dass der Heinrich fleißig und brav sei, Liebe und Anlagen zum Lateinisch-Lernen zeige und deshalb zum ferneren Studium empfohlen werde.

## 3.

„Wir müssen den Jungen im Herbst am Gymnasium anmelden", sagte Zäzilie ein Jahr später zu der Großmutter. „Ich werde dem Schwager Xaver schreiben. Ich denke, bei dem ist er in Freiburg am besten aufgehoben. Dort kann er auch essen. Sie sollen ihn am Gymnasium anmelden."

Doch eine Woche danach kam ein Brief ihrer Schwester:

*„Liebe Zäzilie,*

*ich muss Dir leider mitteilen, dass das Gymnasium hier ziemlich überfüllt ist. Deshalb wollen sie keine auswärtigen Schüler aufnehmen. Wir haben zudem unser Geschäft vergrößert und mehr Ladendiener eingestellt, so dass wir am Tisch keinen Platz mehr für Heinrich haben…"*

Enttäuscht ließ die Mutter den Brief sinken, ohne weiter zu lesen.

„Dann muss der Junge eben nach Offenburg", bestimmte sie.

Im Haus des Sattlermeisters Hugelmann war vielleicht noch ein Quartier frei, erfuhr Heinrich von einem älteren Schüler, der in Offenburg seit zwei Jahren das Gymnasium besuchte.

„Heiner, ich bekomm den Einspänner und den Fuchs[5] vom Stadtmüller", verkündete Zäzilie Hansjakob ihrem aufgeregten Sohn am Abend. „Wir fahren morgen früh nach Offenburg. Gib dem Kaplan Bescheid, dass du morgen nicht zum Unterricht kommst."

Am nächsten Morgen fuhr Heinrich mit seiner Mutter nach Offenburg. Sie sahen sich das ersehnte Zimmer an.

„30 Gulden kostet das im Monat", sagte Hugelmann. „Dazu kommt die Verköstigung…"

„30 Gulden?", entrüstete sich Zäzilie Hansjakob. „Ohne Essen?"

---

5 Schwarzwälder Pferderasse

„Natürlich“, antwortete der geschäftstüchtige Sattler.

„Das ist zu viel“, erregte sich Heinrichs Mutter.

„Zimmer sind in Offenburg knapp“, meinte Hugelmann kalt. „Dann zieht eben ein anderer Gymnasiast hier ein.“

„Das ist Wucher!“, giftete Zäzilie. „Komm, Heiner, wir suchen ein anderes Zimmer.“

Doch es wurde Abend, und Zäzilie und Heinrich hatten immer noch kein Zimmer gefunden. Enttäuscht fuhren beide nach Haslach zurück. Die Großmutter war im Haus, als die beiden ankamen.

„Wie ist es gelaufen?“, fragte sie, nachdem Zäzilie Pferd und Wagen an den Knecht übergeben hatte, der beide wieder dem Stadtmüller zurückbrachte.

„Wir haben in Offenburg kein Zimmer gefunden. Der Sattler Hugelmann ist habsüchtiger als ein Jud“, sagte Zäzilie. Inzwischen war auch der Beckephilipp zu den beiden Frauen getreten.

„Vielleicht ist es ganz gut so“, meinte die Großmutter. „Ich glaube sowieso nicht, dass der Junge ein guter Pfarrer geworden wäre. Wenn ich daran denke, wie wenig Interesse der an der Religion hatte, als wir auf der Wallfahrt mit dem Schreiner Buchholz nach Mariä Einsiedeln fuhren. Vor lauter ›Wunderfitz‹ kam der nicht dazu, den Rosenkranz zu beten.“

Heinrich begann, wegen der Vorwürfe und der Aussichtslosigkeit der Lage zu weinen. Der Traum vom herrlichen Studentenleben zerplatzte wie eine Seifenblase.

„Ihr solltet den Jungen mit dem Beten nicht überfordern“, mischte sich nun der Schwiegersohn ein. „Er ist noch ein Kind.“

Die Großmutter schwieg, leicht beleidigt.

„Es gibt vielleicht eine weitere Möglichkeit", fuhr der Beckephilipp fort. „Der Joseph Braun, mit dem ich vor zwanzig Jahren zum Militär nach Rastatt ging. Der ist damals nach dem Wehrdienst in Rastatt geblieben und ist dort Schuhmacher."

Bedächtig fuhr er nach einem Blick auf seinen still weinenden Sohn fort: „Wenn das auch nichts wird, muss der Kerl eben doch Bäcker werden."

„Wenn ich schon so viel Latein könnte wie du, würde ich nie Bäcker werden", meinte Peter später in der Backstube. „Frag doch mal den Kaplan, vielleicht weiß der noch etwas anderes."

„Wenn alle Stricke reißen", tröstete der Kaplan Heinrich am nächsten Tag, „versuchen wir es im Schwäbischen."

Doch einige Tage später kam bereits die Antwort von Schuhmacher Braun.

„Heiner, du hast großes Glück gehabt", sagte Zäzilie Hansjakob zu ihrem Sohn. „Der Adolf vom Schuhmacher Braun, der in Rastatt studiert, geht zum Schulanfang nach Konstanz. Deshalb hat der Braun ein Zimmer frei. Und das Geld, das er für dich bekommt, kann er dann seinem Adolf für ein Zimmer in Konstanz schicken. Am ersten Oktober ist die Aufnahmeprüfung."

Als Heinrich mit seiner Mutter einen Tag vor dieser Prüfung in Rastatt aus dem Zug stieg, wartete Meister Braun schon am Bahnsteig. Er begleitete beide zum Gymnasium, stellte sie dem Direktor vor und zeigte dann Heinrich und seiner Mutter das Haus, das für einige Jahre Heinrichs Heimstätte werden sollte. Das Zimmer, das er mit einem Sohn des Schuhmachermeisters teilen musste, war der freundlichste Raum des kleinen Hauses, in dem nun elf Personen wohnten, aßen und arbeiteten.

Voll banger Erwartung betrat Heinrich Hansjakob am nächsten Tag um neun Uhr das Gymnasium. Schuldiener Schill, der die Bewerber auf die jeweiligen Prüfungszimmer verteilen musste, erspähte den schlaksigen Jungen sofort. Er fragte Heinrich mit Ehrfurcht heischender, unwirscher Miene, woher er käme und was er hier wolle.

„Ich bin von ›Hasle‹ und möcht das Examen für die Unterquarta[6] machen", antwortete Heinrich eingeschüchtert.

„So, von Haslach, aus dem Freischärlernest, wo sie die Gendarmen verfolgt haben", bemerkte der ehemalige Polizist. Er zog die Augenbrauen grimmig zusammen und wies ihn und einen weiteren Aspiranten für die Unterquarta in eines der Prüfungszimmer.

Heinrich bekam einen Riesenschreck. Wenn der etwas zu sagen hatte, dann war er, das fühlte er sofort, bereits durchgefallen. Und wenn er erst etwas von seinem Heckerhut erfahren würde ... Doch da betrat bereits der zukünftige Klassenlehrer das Zimmer.

„Was befähigt dich, in die Unterquarta dieser Lehranstalt einzutreten?", fragte Professor Donsbach streng.

„Ich habe zur Vorbereitung Unterricht gehabt

6 Damals begann das Gymnasium mit der Prima, dann Sekunda, Tertia, Quarta, Quinta bis zur Sexta.

beim Kaplan von Haslach“, antwortete Heinrich verängstigt.

„Bei einem Kaplan?“, fragte Donsbach mit hochgezogenen Augenbrauen. „Das dürfte wohl kaum die richtige Vorbereitung gewesen sein. Einen erstklassigen Unterricht kann nur der akademisch und philologisch gebildete Lehrer erteilen“, meinte er wichtigtuerisch. „Ich glaube daher nicht, dass du in meine Klasse Aufnahme findest. Nur – “ und dieses ›nur‹ dehnte er, „tüchtig und regelrecht gebildete Schüler finden bei mir Zutritt.“

Wieder konnte Hansjakob die Tränen nicht zurückhalten. Es war zum Verzweifeln. Sobald eine Schwierigkeit beseitigt war, gab es sofort ein neues Problem. Missbilligend schaute Lehrer Donsbach auf Heinrich, der nur wenig kleiner als er selbst war. „Nun gut“, sagte er beschwichtigend und nun auch den zweiten Schüler mit einbeziehend, „ich werde euch nun einen lateinischen Text vorlesen und ihr werdet ihn gleich übersetzen.“

Nach einer Stunde war die Prüfung zu Ende. Professor Donsbach ließ sich die Übersetzungen zeigen und erklärte beide Bewerber für aufgenommen.

Zäzilie Hansjakob fuhr am selben Nachmittag zufrieden nach Haslach zurück.

Gleich am nächsten Tag bekam Heinrich seinen Lehrplan. Griechisch, Geometrie, Geschichte, Naturgeschichte und Geographie waren lauter spanische Dörfer für Heinrich. Schon die ersten Schulstunden brachten es ans Licht: Obwohl Heinrich älter war als die anderen Schüler, waren die ihm an Wissen weit voraus, mit Ausnahme des Faches Latein. In Deutsch sollte er nun statt Alemannisch

Schriftdeutsch sprechen und wurde verspottet, als er das nicht konnte. Französisch hatte ihm der Kaplan zwar etwas beigebracht, nachdem er die Lateinstunden gekürzt hatte, aber sein Französischlehrer gab bereits nach zwei Wochen ein vernichtendes Urteil ab: „Geh wieder heim, mit dir ist es doch nichts!"

Heinrich lernte jeden Abend nach der Schule, nachdem er sein dünn gestrichenes Butterbrot gegessen hatte. Doch für sein ungeheiztes Zimmer bekam er kein Licht. Er musste mit der Wirtin, deren Tochter und der Magd abends am Tisch um eine Kerze herum sitzen und lernen, während die Frauen nähten, spannen und schwatzten. Er konnte sich nicht auf seine Bücher konzentrieren. Er war völlig verzweifelt.

Eines Nachmittags ging Heinrich wieder von der verhassten Schule zu seiner Unterkunft zurück, still vor sich hin weinend, weil ein Lehrer ihn während des Unterrichtes als den „dümmsten und liederlichsten Gesellen" in der Klasse tituliert hatte.

„Heiner, Heiner!", hörte er plötzlich eine ihm wohlbekannte Stimme. Er sah auf. Es war sein Freund Peter, der auf ihn zu rannte.

Sofort versiegten die Tränen. Ein freudiges Leuchten trat in Heinrichs Augen. „Peter, was machst du denn in Rastatt?"

„Ich bin auf der Wanderschaft. Vor vier Tagen habe ich ausgelernt und jetzt will ich etwas von der Welt sehen. Ich soll dich von deinen Eltern grüßen."

Er griff in die Tasche, zog einen ledernen Beutel heraus und entnahm ihm eine Münze. „Dein Vater hat mir das Geld für dich mitgegeben. Ich hab erzählt, dass ich dich besuchen werde."

Heiner betrachtete überrascht das Geld. „Peter, ich lade dich zu einem Bier ein. Du musst mir erzählen, wie es zu Hause geht."

Peter nickte zustimmend.

Später, am Wirtshaustisch, nachdem er alles erzählt hatte, was in Haslach inzwischen geschehen war, fragte Peter: „Und jetzt erzähl du einmal: Wie geht es denn dir?"

Heinrich erzählte ihm schonungslos sein ganzes Elend. Mit tiefstem Mitleid sagte Peter: „Heiner, du tust mir in der Seele Leid. Ich kann es nicht begreifen, dass du plötzlich so dumm geworden sein sollst, nachdem du in Haslach so gescheit warst."

Als daraufhin Heinrich wieder die Tränen kamen, weinte Peter mit ihm.

## *4.*

Wenige Wochen später begannen die Weihnachtsferien. Heinrich hatte sich zum Ärgernis seines Hauswirtes angewöhnt, mit einem Glas Bier den Kummer hinunterzuspülen. Er vergaß dann die Schelte mancher Lehrer, das Hohngelächter der Klasse, den Ärger wegen des oft minderwertigen Essens bei seinen Hausleuten und die schwierigen Bedingungen beim abendlichen Lernen.

Der Schuhmacher gab ihm einen Brief an seinen Vater mit. Heinrich ahnte, was darin stand. Gleichzeitig musste er seinen Eltern enthüllen, dass von den siebzehn Schülern der Klasse nur einer schlechter abgeschnitten hatte als er.

Als Heinrich in die Stube im elterlichen Haus

eintrat, wurde gerade geschlachtet. Der Vater und ein Nachbar standen um den Metzger herum, der Fleisch und Fett für die Leberwürste mahlte und diese Masse mit einer Gewürzmischung und gehackten Kräutern verfeinerte, deren Zusammensetzung er geheim hielt.

„Vater, ich bin wieder da. Ich hab Weihnachtsferien“, machte Heinrich auf sich aufmerksam.

Da trat die Mutter in die Stube. In einer Schüssel brachte sie eine Suppe aus Fleischbrühe, geplatzten Würsten und gekochten Fleischstücken. Sie strich ihrem Sohn erfreut über den Kopf.

„Heiner, da bist du ja. Rechtzeitig zur ›Metzelsuppe‹.“ Sanft schob sie ihn etwas von sich weg. „Du bist ja schon wieder gewachsen.“ Bevor er etwas sagen konnte, sprach sie bereits weiter: „Wie waren die ersten Monate in der Schule?“

Stumm zog Heinrich das Zeugnis und den Brief aus der Tasche und gab sie seiner Mutter.

Sie setzte die Schüssel ab, wischte sich die Finger an ihrer Schürze ab, las, wurde etwas blass und gab Zeugnis und Brief schweigend an ihren Mann weiter. Der las ebenso und gab beides ohne ein Wort dem Nachbarn, der nach dem Durchlesen seinen Kommentar abgab. „Ich hab es dir gesagt: Der Kerl wird nichts in Rastatt. Lass ihn daheim in der Backstube, sonst hast du in ein paar Jahren einen Lump zu versorgen.“

Heinrich begehrte auf: „Ich hab gelernt. Jeden Abend hab ich da gesessen und geübt, aber da muss man Fächer lernen, von denen ich bisher nie was gehört hab.“ Deprimiert fuhr er fort: „Und die Lehrer können mich auch nicht leiden. Dauernd werd ich gehänselt, weil ich nicht so gut Hochdeutsch kann. Und sie geben mir Strafen auf und ich weiß gar nicht warum."

Er merkte, dass ihm niemand glaubte. Das machte ihn zudem noch wütend. Erbost stieß er nochmals hervor: „Keiner in der Klasse hat so viel gelernt wie ich."

„Wo, im Wirtshaus?", fragte die Mutter aufgebracht. Der Vater sagte gar nichts. Er verließ mit grimmiger Miene das Zimmer. Während der Ferien sprach er kein Wort mehr mit seinem Sohn, der ihn so enttäuschte.

Heinrich war froh, dass seine Großmutter ihm seit Beginn des Unterrichts in Rastatt eine Stube freigemacht hatte, so dass er nicht mehr mit dem Bäckergesellen und seinem kleinen Bruder in einem Raum schlafen musste. So brauchte er abends seinem Vater nicht mehr unter die Augen zu treten, sondern konnte sich immer in das Haus der Ahne zurückziehen.

Die Großmutter und die Mutter beschlossen, dass Heinrich nach Neujahr trotz aller Bedenken weiterhin nach Rastatt zur Schule gehen müsse.

„Ich könnte es nicht ertragen, wenn es in Hasle heißen würde, ›des Beckephilipps Heinrich hat man zum Studieren nicht brauchen können‹", meinte die Großmutter. „Sein Großvater, der Wälder-Xaveri, war so ein kluger Mann und sein Enkel soll der Zweitdümmste in der Klasse sein?"

Sie schwieg und fügte dann hinzu: „Ich geb ihm Geld mit. Er soll sich einen älteren intelligenten Schüler suchen, der ihm Nachhilfe gibt."

## 5.

In den folgenden Osterferien musste Heinrich seinen Eltern kleinlaut berichten, dass er durch mehr Lernen und die Bemühungen seines Hilfslehrers inzwischen der drittschlechteste Schüler sei. Dies war der kleine Hoffnungsfunke, an den sich Zäzilie und Philipp klammerten. Langsam, hofften sie, würden Heinrichs miserable Zeugnisse besser werden.

In Wirklichkeit hatte sich Heinrich inzwischen an seine schlechten Leistungen gewöhnt. Auch die Klasse war es leid geworden, ihn wegen seiner fehlenden Kenntnisse zu verhöhnen. Er bemühte sich mit allen Mitteln, die Achtung seiner Mitschüler zu erwerben. Und ganz allmählich wurde er in die Klassengemeinschaft aufgenommen. Dennoch fehlte etwas in seiner Vorstellung vom Studentenleben. Wo war sie, die Glückseligkeit der Studenten, die im Buck'schen Gasthaus getrunken, geraucht und gesungen hatten? In Rastatt war den Schülern der Aufenthalt in Wirtshäusern von den Lehrern verboten worden. Es gab keine nachmittäglichen Zusammenkünfte und keine lauten Debatten, keine heftigen Trinkgelage und keine fröhlichen Gesänge.

„Wir gründen ein geheimes Schülerkorps nach Art der Studentenverbindungen“, machte Heinrich in seiner Klasse eines Tages einen aufregenden Vorschlag. „Ich hab schon mit dem dicken Wirt vom Salmen gesprochen. Wir bekommen das Hinterzimmer für unsere heimlichen Versammlungen. Dort sieht uns keiner. Da können wir diskutieren, singen und trinken. Wer macht mit?“

Einige, darunter die besten und die schlechtesten Schüler, waren von der verbotenen Idee begeistert. „Meine Schwester kann uns Korpsbänder häkeln", rief der junge Friedmann aus Plittersdorf begeistert. „Die tragen wir dann bei unseren Zusammenkünften." Alle neuen Korpsmitglieder stimmten begeistert zu.

An den freien Nachmittagen des Mittwoch und Samstag schlichen die Mitglieder des Schülerkorps einzeln wie Verschwörer ins Hinterzimmer des Salmen. Die bunten Korpsbänder wurden angelegt, die langen Pfeifen entzündet, das schäumende Bier bestellt.

Heinrich vergaß dann seinen Kummer vom Morgen, wenn er wieder einmal als der ›dumme Hansjakob‹ tituliert worden war; er sang am lautesten, qualmte, ohne dass ihm schlecht wurde, und labte sich am kühlen Bier. Die Schule, die Lehrer, die schlechten Noten waren bis zum Abend vergessen. Vergessen, bis er wieder im flackernden Licht der Kerze am Tisch saß und zu lernen versuchte, während das ›Wibervolk‹ um ihn herum laut schwatzte und lachte. Wenn er dann nichts von dem Gelernten behalten konnte, kam sie wieder; die bleierne, lähmende Verzweiflung, die Ratlosigkeit, was er tun würde, wenn er das Klassenziel nicht erreichen sollte.

Dennoch hatte er einen Hoffnungsschimmer, der immer mehr zu einem Rettungsanker wurde: Gerade der Lehrer, der immer am meisten auf ihm ›herumhackte‹, bestimmte ihn zum Vortragen eines Gedichtes bei der bald stattfindenden Abschlussfeier. Das konnte nur bedeuten, dass er die nächste Klasse erreicht hatte. Einem ›Sitzenbleiber‹ würde der Lehrer eine solche Aufgabe nicht übertragen, redete er sich beharrlich ein. So festigte sich in ihm immer mehr die Überzeugung, dass er noch einmal Glück hatte. Schließlich wurde seine Hoffnung für ihn Gewissheit. Er schrieb an Eltern und Großmutter, dass er in der Prüfung eine kleine Rede vortragen würde und bat sie, an der Abschlussfeier teilzunehmen.

Doch einige Tage später kam die Enttäuschung. Es war durch Indiskretionen von Lehrern durchgesickert, dass von den zwanzig Schülern der Klasse sechs sitzen bleiben würden. Heinrich kannte seinen und seiner Mitschüler Notendurchschnitt, ahnte, dass der Kelch nicht an ihm vorübergehen würde; trotz des Vortrages.

Als nun der Tag der Zeugnisvergabe kam und in der Kirche das ›Te Deum‹ angestimmt wurde, kniete Heinrich in der Bank und schickte Stoßgebete zum Himmel. Mitsingen konnte er das feierliche Lied nicht.

„Alles, was Dich preisen kann“, begann der Chor die zweite Strophe. Heinrich aber dachte: Lieber Gott, lass ein Wunder geschehen und mich in die nächste Klasse kommen.

Nach dem Te Deum schlich er mutlos ins Klassenzimmer. Sein Herz klopfte ihm bis zum Hals, als Lehrer Donsbach mit den Zeugnissen unter dem Arm erschien. Alle Schüleraugen starrten auf diese Hefte, die freudigste Jubelstürme auslösen und tiefste Verzweiflung hervorrufen konnten.

„Was dumme und faule Buben gewesen sind, die müssen sitzen bleiben“, gab der Lehrer zur Einleitung der Klasse kund. Er begann mit der Zeugnisverteilung an den besten Schüler. Name um Name wurde aufgerufen, und jedes Mal gab der Lehrer seinen Kommentar zu den Leistungen und dem Zeugnis ab. Als er jedoch beim dreizehnten Namen angekommen war, fiel zum ersten Mal das Wort ›Repetieren‹. Heinrich erstarrte innerlich. Er war nicht unter den ersten zwölf Glücklichen gewesen. Acht Schüler würden sitzen bleiben. Und sein Name gehörte zu einem von diesen acht Rettungslosen. Er hatte jedoch keine Zeit für weiteres Selbstmitleid, denn nun fiel sein Name.

„Hansjakob“, sprach Lehrer Donsbach, sarkastisch lächelnd, „du kannst das Studieren aufstecken, sonst musst du noch heiraten auf dem Gymnasium, so alt wirst du!“

Diejenigen Schüler, die das Klassenziel erreicht hatten, lachten. Heinrich aber schossen die Tränen in die Augen. Wie durch einen Schleier starrte er auf das aufgeschlagene Zeugnis, in dem unten auf der Seite das Urteil stand: ›Muss repetieren!‹

## 6.

Sechs Stunden später lag unter einem Apfelbaum bei Ohlsbach ein kleines Häufchen Mensch, ermattet von der Augusthitze und überwältigt von Zukunftsängsten. Heinrich war in Offenburg aus dem Zug ausgestiegen. Nun wanderte er der Heimat zu. Weitere vier Stunden Weg bis Haslach. Doch Heinrich wollte, der Weg würde nie enden. Er fürchtete sich vor dem entsetzlichen Augenblick, an dem er seinen Eltern entgegentreten musste. Er fürchtete die

Anklage im Gesicht seiner Mutter, die Verachtung im Blick seines Vaters. Wie konnte er seiner Großmutter unter die Augen treten? Welche Scham, vor den Nachbarn zugeben zu müssen, dass er bereits im ersten Jahr in Rastatt sitzen geblieben war.

Aus den Augenwinkeln sah er auf der Straße von Ortenberg her jemanden des Weges kommen. Er schaute weiter zur Seite. Er wollte mit niemandem reden. Nicht einmal grüßen wollte er den Fremden. Doch der blieb stehen.

„Wo willst du hin, Junge?"

Widerwillig wandte er dem Fragenden sein Gesicht zu. „Heim nach Haslach", antwortete er kurz angebunden, weil er in seinem Selbstmitleid gestört wurde.

„Kommst du von Offenburg?", wollte der junge Herr wissen.

„Nein, aus Rastatt", antwortete Heinrich.

Der Fremde ließ sich nicht beirren.

„Wollen wir nicht zusammen ein Stück gehen? Dann ist es kurzweiliger. Ich muss auch nach Hause. Nach Gengenbach."

„Na, gut", antwortete Heinrich zögerlich.

„Gib mir deinen Ranzen", sagte der junge Herr. „Du hast noch einen weiten Weg vor dir. Bis Gengenbach kann ich den tragen." Er ließ keinen Einwand gelten und nahm den Ranzen auf. „Was hast du in Rastatt so alleine gemacht?"

„Ich studiere da", antwortete Heinrich zögernd.

„Ah, und was willst du einmal werden?", erkundigte sich der Mann.

Trotzig stieß er hervor: „Ich weiß es nicht. Zunächst einmal bin ich sitzen geblieben."

„Oh“, meinte der Weggenosse mitfühlend.

„Dabei habe ich jeden Tag bis in die Nacht gelernt“, sagte Heinrich, nun doch froh, dass er sich den Kummer von der Seele reden konnte. „Wartet, ich werde es Euch beweisen.“

Er nahm den Ranzen wieder an sich, zog das Zeugnis aus dem Bündel und zeigte es seinem Begleiter. „Seht Ihr, in Fleiß und Betragen habe ich ein ›Gut‹.“

Aufmerksam studierte der das Zeugnis. Dann sah er wieder den verzweifelten Jungen an.

„Nimm es nicht so tragisch. Dein Fleiß zeigt, dass du dich bemühst“, tröstete er ihn. „Meistens wird dann alles gut. Du siehst nicht wie ein dummer Mensch aus. Ich muss es wissen. Ich bin Arzt in Gengenbach und kann Talent schon am Gesicht erkennen.“

Er steckte das Zeugnis wieder in den Ranzen. „Komm, wir werden uns im ›Badischen Hof‹ stärken. Dann sieht die Welt gleich wieder freundlicher aus.“

Dankbar nahm Heinrich Hansjakob das verlockende Angebot an und wanderte später, gestärkt durch Bier und Käsebrot, weiter dem heimatlichen Haslach zu. Je näher er aber dem Städtchen kam, umso verzagter wurde er wieder.

Vor der Stadt kam Rudolf, ein ehemaliger Schulkamerad, auf ihn zu: „Heiner, komm schnell. Dein Vater ist schwer krank. Sie haben einen Professor aus Freiburg kommen lassen.“

Heinrich konnte es nicht fassen. „Was hat er denn?“, fragte er erschrocken.

„Ich weiß es nicht. Er liegt im Bett, fantasiert und

kann nicht mehr aufstehen, sagt man. Deine Mutter hat den alten ›Husacher Beck‹ eingestellt, der jetzt das Brot macht."

Heinrich bekam Angst. Er fing an zu laufen. Rudolf lief kurz mit, fiel dann aber zurück und blieb stehen. Er hatte alles gesagt, was er wusste. Es war nicht nötig, dass er seinen Schulkameraden weiter begleitete.

Heinrich betrat kurz darauf die Stube, in der die Großmutter das Kommando übernommen hatte. Die Mutter war in der Schlafstube beim Vater.

„Da bist du ja", sagte die Großmutter. „Dein Vater ist schwer krank."

„Ich weiß", antwortete Heinrich außer Atem. „Der Rudolf Holzer hat es mir schon gesagt. Kann ich zu ihm?"

„Nein, es ist besser, wenn er seine Ruhe hat. Du kannst jetzt nichts für ihn tun. Außerdem wirst du müde sein. Bei mir im Haus ist deine Schlafstube schon gerichtet."

„Ja, aber ..."

„Nein, geh jetzt. Er erkennt niemanden."

Heinrich war tatsächlich todmüde. Außerdem war dies eine Gelegenheit, das Enthüllen seiner Schmach hinauszuzögern. Wenn er seiner Familie auch noch bekennen musste, dass er versagt hatte... Der Gedanke daran versetzte ihn wieder in Panik. Mit diesem Abend im Bett hatte er einen Tag gewonnen.

„Ist gut, Großmutter", sagte er also, nahm sein Ränzel und ging, für den Augenblick erleichtert, zum Haus der Großmutter. Am Zimmer der Lenebas schlich er vorsichtig vorbei.

Als Heinrich am nächsten Morgen durch ein Räuspern erwachte, stand die Großmutter an seinem Bett.

„Dein Vater hat eine schlechte Nacht gehabt. Ich glaub nicht, dass er je wieder gesund wird. Vielleicht wär es doch besser gewesen, du wärst Bäcker geworden. Dann hätte deine Mutter jetzt eine Hilfe."

Das ist die ersehnte Rettung, erkannte Heinrich. Jetzt war es leichter, seine Schande zu gestehen. Nun war es fast eine göttliche Fügung, dass er in der Schule sitzen geblieben war.

„Großmutter", sagte er fast fröhlich, „Bäcker kann ich werden, denn mit dem Studieren ist es nichts. Ich muss repetieren."

„Was ist das, repetieren?", fragte die Großmutter.

„Ich muss die Klasse wiederholen", sagte Heinrich deutlich kleinlauter.

Großmutter schlug erschrocken die Hände vor den Mund. Einen kurzen Augenblick blieb sie stumm. Doch dann brach es aus ihr heraus:

„Um Himmels willen, Bub, hat dich der Geist Gottes ganz verlassen? War denn all mein Beten umsonst?" Verachtung glaubte Heinrich aus ihren Worten herauszuhören, als sie fortfuhr: „Dein Großvater war der gescheiteste Mann im ganzen Kinzigtal und du schlägst so aus der Art."

„Großmutter!" Heinrich sprang aus dem Bett. Er achtete nicht darauf, dass er nur das Nachthemd übergestreift hatte. Er eilte zu seinem Ranzen in der Ecke des Zimmers. „Großmutter, schaut doch, in Fleiß und Betragen habe ich ein ›Gut‹." Flehend schaute er auf seine Ahne, deren Miene sich allmählich wieder entspannte.

Sie sah ihn mitleidig an. Er kann ja nichts dafür, dachte sie. Er hat sich bemüht. Das zeigt sein Zeugnis. So sagte sie nur in barschem Ton: „Zieh dich an. Wir werden jetzt deine Mutter von dem Unglück unterrichten müssen."

Zäzilie Hansjakob nahm die Hiobsbotschaft ohne Regung auf. Sie sah ihren Sohn an und sagte nur: „Geh in die Backstube und hilf dem Husacher Beck. Der wird sonst nicht fertig."

Die erste Erleichterung über diese Reaktion wich bald einem mulmigen Gefühl. Heinrich mied seine alten Kameraden, denn die wollten Neuigkeiten über sein ›Studium‹ wissen. Zu Hause lähmte die Angst um den Vater, der meistens ohne Besinnung war, Mutter und Geschwister. In der Backstube erstickte die lustlose Art des Husacher Becks jegliche Freude an der Arbeit. Zu all dem kam die Gewissheit, dass bald ganz Haslach Heinrichs Schmach belachen oder bedauern würde.

Immer wenn die Arbeit beendet war, floh Heinrich an die Kinzig. Am Steinrucken, wo keine Gänse mehr weideten, saß er am träge fließenden Flüsschen und dachte wehmütig an vergangene Kindertage.

## 7.

Einige Tage später stand plötzlich einer von Heinrichs ehemaligen Klassenkameraden aus Rastatt vor der Türe. Er machte Ferien im Kinzigtal.

„Mutter, darf ich ihm das Hausacher Schloss zeigen? Der Peter vom Steuereinnehmer geht auch mit."

Zäzilie Hansjakob nickte geistesabwesend.

Bereits eineinhalb Stunden später standen die drei auf dem verfallenen Burggemäuer und genossen die Aussicht ins Tal der Kinzig.

„Jetzt brauch ich was zum Trinken. Ich habe einen gewaltigen Durst", meinte Peter.

„Da unten liegt die Brauerei vom Speckehans", antwortete Heinrich. „Der hat angeblich das beste Bier im ganzen Tal."

„Worauf warten wir?", lachte Peter.

In der Wirtsstube vertranken Hochzeitsmusikanten unter ihrem Kapellmeister, dem Scherenschleifer Fehrenbacher aus Haslach, ihren Lohn. Dazu wurde lustige Musik gemacht. Die Stimmung im Gasthaus stieg. Auch die drei tranken fleißig mit.

Schon bald, unter dem Einfluss des steigenden Alkoholspiegels, kam in Heinrich Neid auf. Die beiden anderen hatten jeden Grund, lustig zu sein und zu trinken. Sein Schulkamerad hatte die nächste Klasse erreicht und Peter war bereits auf dem Lehrerseminar in Ettlingen. Beide hatten etwas erreicht. Nur er selbst war zu dumm zum Studieren. Scham und Verzweiflung übermannten ihn. Er bestellte einen weiteren Schoppen und noch einen weiteren. Er wollte nur noch vergessen, das erbärmliche Gefühl des Versagens betäuben. Mit jedem Bier gelang es Heinrich besser.

Am nächsten Morgen wachte Heinrich in seiner Stube bei der Großmutter auf. Der Schädel brummte. Ihm war speiübel. Wie er ins Bett gekommen war, wusste er nicht mehr. Auch sein Freund aus Rastatt, der bei ihm übernachten wollte, war verschwunden.

Mühsam zog sich Heinrich an und ging hinüber in sein Elternhaus. Der Boden unter ihm schwankte.

In der Stube waren Großmutter und seine sechs Geschwister beim Frühstück versammelt. Obwohl er nur quälenden Durst hatte, wusste er, dass er etwas essen musste, damit es ihm wieder besser ging.

„Großmutter, kann ich etwas zu essen haben?"

Kleinlaut ließ er sich auf einen Stuhl an der Ecke des Tisches fallen, stützte seinen Kopf zwischen die Hände und schloss die Augen.

„Du bekommst heute Morgen nichts", beschied die Großmutter energisch.

Erstaunt sah er zu ihr auf. Hatte er sich verhört? Er brauchte eine Weile, bis er die Worte begriffen hatte. Die Miene der Großmutter war hart. Ihm schwante nichts Gutes.

„Kinder, kommt zu mir!", bestimmte sie. „Schaut euch diesen Schandpfahl unserer Familie an", fuhr sie angewidert fort, als sich die Geschwister Heinrichs um sie geschart hatten. „Gestern Abend haben sie ihn im größten Rausch heimgebracht." Ihre Stimme zitterte vor Empörung: „Der Vater ist todkrank und der Bub ein Lump."

Heinrich trafen die Worte wie Keulenschläge. Er schlug vor Scham die Hände vors Gesicht.

Doch schon fuhr seine Ahne mit ihrer Anklage fort: „Er ist ein Lump und bleibt ein Lump. Sonst würde er uns unter diesen Umständen keine solche Schande machen."

Das war das Schlimmste, was man je zu Heinrich gesagt hatte. Hinter vorgehaltener Hand konnte er nur noch stöhnen.

„Ich will dich nicht mehr sehen", beendete Großmutter ihre Schelte. „Geh zum Husacher Beck und hilf ihm beim Öhmden."

Wortlos stand Heinrich auf und schlich gesenkten Hauptes aus der Stube.

„Du musst dich nicht so grämen", sagte kurz darauf der dicke Hausacher Bäcker. „Beim Speckehans hat sich schon mancher einen Rausch geholt."

Aber das war kein Trost für Heinrich. Die Worte seiner Großmutter hatten ihn tief getroffen.

Die Ferien vergingen. Mutter und Großmutter sprachen kein Wort mehr mit Heinrich, der froh war, wenn er ihnen nicht unter die Augen treten musste. Die Ärzte umstanden hilflos das Lager des schwerkranken, meist bewusstlosen Vaters. Sie waren mit ihrer Kunst am Ende. Zäzilie Hansjakob wusste sich nicht mehr anders zu helfen.

„In Altenheim gibt es eine Wunderdoktorin, die jeden Samstag in Offenburg Sprechstunde hält. Zu der werde ich gehen. Wenn die auch nicht mehr helfen kann, ..." Zäzilie brach den Satz düster ab.

Am darauf folgenden Samstag brach sie schon früh auf und kam bereits nachmittags wieder.

„Die Wunderdoktorin wird für Vater beten", berichtete sie vor der versammelten Familie. „Er wird nicht sterben, hat sie vorhergesehen, aber er wird auch nie mehr gesund werden."

Sie sah die Kinder an, eines nach dem anderen, besonders ihren Ältesten, den Heinrich.

„Wir müssen alle mithelfen, hat sie gesagt. Acht Tage lang müssen wir bei Wasser und Brot fasten und jeden Tag drei ›Rosenkränze‹ beten; morgens, mittags und abends."

Alles hätten die Kinder getan, damit der Vater nicht sterben musste. Aber die Aussage der Bäuerin aus Altenheim hatte eine weitere bittere Auswirkung auf die Familie Hansjakob. Zäzilie Hansjakob beschloss, die nun unergiebige Bäckerei aufzugeben. Heinrich brauchte also doch nicht Bäcker zu werden. Ihm war dies recht. Die Schande, in Rastatt bei noch jüngeren Schülern in der Klasse zu sein, war geringer, als in Haslach zugeben zu müssen, dass er im Gymnasium gescheitert sei.

„Aber bevor der Bub wieder nach Rastatt geht, macht er mit mir eine Wallfahrt nach Zell zur Muttergottes ›zu den Ketten‹", bestimmte die Großmutter resolut. „Und wenn du dieses Mal wieder nicht betest wie letztes Mal in Mariä Einsiedeln", drohte sie Heinrich, „dann kannst du von mir aus so ein versoffener Lump werden. Dann brauchst du nicht mehr zu studieren."

## *8.*

Am dritten Oktober 1853 rief Professor Donsbach, als er den baumlangen Heinrich unter fünfundzwanzig neuen Schülern und drei ›Sitzenbleibern‹ entdeckte, spöttisch: „Sieh mal an, der Hansjakob ist auch wieder da. Der lässt sich nicht vertreiben."

Doch schon an Weihnachten konnte Heinrich zu Hause stolz verkünden, dass unter den achtundzwanzig Schülern nur fünf besser waren als er. In der Unterquinta war Heinrich von den verbliebenen zwölf Schülern an siebter Stelle. Immer hatte er in Betragen ein ›gut‹.

„Herr Hansjakob, Sie müssen heute vorsichtig sein, mein Vater kontrolliert heute Nachmittag wieder einmal die Wirtshäuser, ob nicht Schüler dort unerlaubt Bier trinken", flüsterte ihm die Tochter des Schuldieners Schill zu, der Heinrich schon am ersten Schultag Angst eingejagt hatte.

„Wenn ich Sie nicht hätte", antwortete Heinrich zuvorkommend, und die junge Frau, obwohl einiges älter als Heinrich, wurde rot. „Danke", fügte er hinzu, schelmisch grinsend. „Dann müssen wir heute in der Kaserne trinken."

Heinrich hatte mit den neuen Klassenkameraden, die meistens viel jünger waren als er, kaum Kontakt. Das einst gegründete ›Schülerkorps‹ war auseinandergefallen, da die meisten der trinkfreudigen Mitglieder sitzen geblieben und dann zum großen Teil aus der Schule ausgetreten waren. Nun hatte Heinrich unter den Soldaten, die in Rastatt stationiert waren, einen Haslacher Korporal gefunden. Der hatte Heinrich mit anderen Unteroffizieren bekannt gemacht. Sie waren nun seine neuen Zechkumpane.

„Letzte Woche hat Sie mein Vater im Hinterzimmer der ›Blauen Katze‹ gesehen", flüsterte die Tochter Schills wieder, als Heinrich gehen wollte.

„Was?", fragte Heinrich erschrocken. Er wusste, dass in der ›Blauen Katze‹ Lehrer und der Schuldiener verkehrten, deshalb war er mit den Unteroffizieren immer unbemerkt in einem kleinen Nebenzimmer, wo er nicht gesehen werden konnte.

„Er wollte es am nächsten Tag dem Direktor melden", fuhr sie fort. Sie tat verlegen. „Mutter und ich haben es ihm ausgeredet." Wieder wurde sie blutrot.

Heinrich war ebenfalls verlegen. Er war es nicht gewohnt, Mädchen zu umschmeicheln. Ihm fiel nichts Besseres ein, als zu fragen: „Ihre Mutter auch?"

„Sie sagt immer, Sie hätten die schönsten und längsten Haare unter allen Schülern." Fräulein Schill schlug die Augen nieder. „Ich muss jetzt gehen. Passen Sie auf. Ich weiß, dass einige Lehrer Sie nicht mögen. Die würden es gern sehen, wenn man Sie erwischen würde." Damit enteilte sie.

Heinrich sah ihr etwas verwirrt nach.

Er sah auf die Uhr. Es war höchste Zeit für den Klavierunterricht beim Musiklehrer Bender. Heinrich hasste diesen zusätzlichen Unterricht. Er wusste, er hatte kein Talent, ein Instrument zu spielen. Aber die Großmutter hatte ihm, ohne ihn zu fragen, ein Klavier gekauft und es nach Rastatt schicken lassen, damit er dort neben seinen Studien ordentlich üben konnte. Doch heute war die letzte Stunde bei Bender. Gestern hatte er sein Klavier verkauft. 10 Gulden hatte er dafür bekommen. Er brauchte nicht lange zu rechnen. Das reichte für dreihundert Schoppen Bier oder vierhundert ausgezeichnete Zigarren. Seine Stimmung besserte sich zusehends. Heute war wieder einmal ein Glückstag.

Als er spätabends – in der Kaserne war bereits der Zapfenstreich geblasen worden – in seine kalte Kammer zurückkam, lag ein Brief seiner Mutter auf dem Tisch. Darin schrieb sie, dass der Vater nach Achern in die Nervenheilanstalt gebracht worden sei. Trotz der zehn Schoppen Bier, die Heinrich getrunken hatte, war er sofort völlig nüchtern. Als kleiner Junge hatte er mitbekommen, wie sie den Schneider

Hils aus der Nachbarschaft in einer Zwangsjacke in das ›Narrenhaus‹, die Illenau, abtransportiert hatten. Hils hatte entsetzlich geschrieen und getobt. Aber wegen der Zwangsjacke hatte er sich nicht wehren können. Nun war auch sein Vater im Narrenhaus.

Heinrich bekam Angst. Nicht so sehr um seinen Vater, als um sich selbst. Seit Monaten konnte er nachts kaum schlafen. Er hatte Angst vor dem Einschlafen. Er kämpfte gegen den Zustand der Besinnungslosigkeit an, vor Furcht, nicht mehr aufzuwachen. Außerdem hatte er seit neuestem krampfartige Magenschmerzen. Ob der Vater ihm sein Nervenleiden vererbt hatte? Erschöpft sank er in einen unruhigen Schlaf.

Als Heinrich in den Osterferien nach Hause kam, war sein Vater bereits wieder zu Hause. Doch er war ein gebrochener Mann. „Es ist ein Elend auf dieser Welt“ war der Satz, den er immer wieder von sich gab. Dabei seufzte er und brütete still vor sich hin. Im Sommer auf der Bank vor dem Haus, im Winter am Fenster seiner Schlafstube.

## 9.

„Ihr bekommt einhundertfünfzig Gulden Stipendium?“, fragte Heinrich erstaunt seine beiden Mitschüler.

„Ja, natürlich“, antworteten beide.

„Und wenn ihr später gar nicht Pfarrer werdet, müsst ihr das Geld dann zurückzahlen?“

„Nein. Aber wir müssen auf jeden Fall Theologie studieren.“

Heinrich wusste, es fiel seiner Mutter immer schwerer, die vierundzwanzig Gulden, die sie ihm Monat für Monat nach Rastatt schickte, zu entbehren. Sie hatte schon einen Antrag auf Schulgeldbefreiung gestellt. Doch er brauchte das Geld, das sie ihm sandte. Seine Vorlieben für Bier und Tabak verschlangen immer mehr von dem, was er nach Abzug von Miete und Essen zur Verfügung hatte. Er war schon dazu übergegangen, das Geld, das er eigentlich für das Heizen seines Zimmers verwenden sollte, in Bier anzulegen. Er kam sowieso immer spät heim und legte sich dann in seinem eiskalten, ungeheizten Zimmer sofort ins kalte Bett. Dort lernte er, bis er endlich einschlief. Morgens nahm dann die Magd das Tintenfass zum Auftauen mit in die Küche. Wenn die Tinte wieder flüssig war, machte Heinrich seine schriftlichen Aufgaben, bis er zur Schule musste.

Sein Vater würde nie mehr eine Bäckerei führen können. Auch den Ausschank, der zur Bäckerei gehörte und vorher einen guten Nebenverdienst ergeben hatte, hatten seine Eltern aufgegeben. Zurzeit lebte die Familie Hansjakob von der kleinen Landwirtschaft, den geringen Mieteinnahmen durch Mieter im oberen Stockwerk ihres Hauses und dem früher Ersparten. Irgendwann wäre auch dieses Geld zu Ende. Heinrichs Entschluss stand fest. Er würde einen Antrag auf ein Stipendium einreichen.

Mutter und Großmutter waren selig. Der Bub wollte Priester werden. Für Zäzilie war ein Stipendium eine willkommene Entlastung. Nur sein kranker Vater hatte Bedenken. Er konnte inzwischen wieder etwas gehen, aber nicht arbeiten.

„Heiner, ich will einen Spaziergang machen. Begleitest du mich?"

„Natürlich, Vater."

Der Beckephilipp bewegte sich nur mühsam. Am Bildstock, am Ende des Apothekergartens, blieb er stehen. „Ich muss mit dir reden, Heiner."

Heinrich sah ihn erwartungsvoll an.

„Es geht um die Sache mit dem Stipendium."

Heinrich überlegte, was sein Vater dagegen haben könnte, sagte aber nichts, sondern sah ihn nur fragend an.

„Du weißt, dass du dann nicht heiraten kannst, wenn du Priester wirst."

„Ja, natürlich", sagte Heinrich leichthin.

Sein Vater sah ihn zweifelnd an, ob er wirklich so begriffsstutzig war. „Ich meine, du wirst nie ein Mädchen lieben können." Philipp suchte nach Worten: „Du weißt schon, was ich meine. Du wirst immer alleine bleiben müssen, keine Kinder haben."

„Das macht mir nichts aus, Vater."

Philipp Hansjakob sah ihn forschend an, dann zuckte er mit den Schultern. „Ich halte nichts vom Zölibatszwang. Aber wenn du unbedingt Pfarrer werden willst… " Er ließ den Satz unvollendet.

Doch Heinrich dachte nur an das zusätzliche Geld vom Stipendium. Ein Keuschheitsgelübde lag in weiter Ferne. Da brauchte er sich heute noch keine Gedanken zu machen. Aber das sagte er nicht.

Zu Beginn der Sommerferien des Jahres 1858 lag die alte Lenebas im Sterben. Heinrich hatte sie, seit er in Rastatt war, auch in den Ferien nur selten in ihrer Kammer besucht. Nun stand er das erste Mal seit langer Zeit wieder in ihrer kleinen, dunklen Stube an ihrem Bett, während sie mit dem Tode kämpfte. Sie hatte ihren geliebten Rosenkranz in den kalten Händen.

„Lenebas, erkennt Ihr mich? Ich bin es, Heiner."

Doch die alte Frau röchelte nur. Sie schien durch ihn hindurch zu sehen. Schuldgefühle kamen in Heinrich auf. Er dachte an die Spaziergänge mit ihr, ihre Belehrungen über die Heilwirkung der Kräuter, die Besuche in dem Loretokirchlein, an seinen Kinderhimmel.

„Lenebas, Ihr werdet wieder gesund", beschwor er sie. „Ihr müsst doch meine Priesterweihe erleben."

Flehend sah er auf die kleine, zarte Gestalt hinab. Er beugte sich vor, nahm ihre Hand und streichelte sie zärtlich. In diesem Augenblick war er überzeugt, dass er Priester werden würde. Er ahnte, dass sie ihn nun verstanden hatte, denn er fühlte ihren Blick auf sich gerichtet, als würde sie in seinem Innersten lesen. Ihre Augen leuchteten für Sekunden auf, die vorher trüben Pupillen wurden weiß und strahlend. Heinrich lief ein Schauer über den Rücken. Nochmals seufzte Lenebas tief. Dann brachen ihre Augen.

Als Heinrich kurz darauf in Lahr bei einem großen Fest das neue Pfarrhaus sah, dachte er zum ersten Mal, dass er sich solch ein schönes Haus sehr wohl als zukünftiges Domizil vorstellen könnte.

# 10.

„Herr Hansjakob, der Kasernenverwalter Marx hat dem Direktor gemeldet, dass Sie verkleidet auf einem Maskenball getanzt haben." Schills Töchterlein hatte Heinrich nach dem Unterricht ›zufällig‹ in der Nähe des Gymnasiums getroffen.

„Ich auf einem Maskenball?", wehrte Heinrich alarmiert ab. Es war für Schüler streng verboten, sich an solch einem unsittlichen Treiben zu beteiligen.

„Ich weiß sogar, dass Sie ein Domino-Kostüm anhatten und dauernd mit einer verheirateten Frau getanzt haben!" An ihrem beleidigten Ton erkannte man eine kleine Eifersucht.

Heinrich sah ein, dass weiteres Leugnen sinnlos war. „Dieser elende Hebräer", stieß er heraus. „Ich möchte wissen, was das diesen Juden angeht."

„Sie brauchen sich nicht so zu ärgern", besänftigte die junge Frau. „Der Direktor hat sich nicht viel daraus gemacht."

Heinrich ging mit düsterem Blick weiter. Er dankte ihr nicht einmal für die Warnung. Sie sah ihm enttäuscht nach.

Dieser Verrat fiel ihm jedoch wieder ein, als er sich am freien Samstagnachmittag mit einigen Sextanern im ›Kreuz‹ in Ottersdorf traf. Sie hatten sich ins Nebenzimmer gesetzt, um ungestört von den Bauern und Dorftölpeln trinken und rauchen zu können. Schon beim Betreten des Wirtshauses waren Heinrich einige Juden aufgefallen, die sich in der Schankstube aufhielten. Nun floss das Bier und

Heinrich [illegible] uf den Tisch mit den Jud [illegible]

„Was mach [illegible] bat im Wirtshaus?“

„Das Gleiche wie wir“, lachte einer der Schüler. „Saufen!“

„Am Sabbat sollten die aber in der Synagoge sein und beten“, bemerkte Heinrich spitz. „Das hier ist gegen ihre Gebote.“ Er schaute grinsend in die Runde: „Was haltet ihr davon, wenn wir ihnen das Lied ›Von der Sau und dem Juden‹ vorsingen?“

Alle lachten bierselig.

„Ich sing die Verse und ihr den Refrain“, bestimmte Heinrich und schmetterte den ersten Vers.

„Schalomachei, o waih, o Jud, o Jud, o Judele…“, stimmten die Kameraden den Refrain an.

Einer der Gäste in der Wirtsstube erhob sich und stand plötzlich mitten im Nebenzimmer. Der Gesang verstummte.

„Ich verbitte mir dieses Lied“, sagte er erbost.

„Wir singen, was wir wollen“, rief Heinrich. Er stand drohend vom Stuhl auf. Die anderen grölten zustimmend und erhoben sich ebenfalls. Daraufhin verließ der Jude den Raum und schloss die Türe.

„Oh, oh, oh!“, rief Heinrich. „Wir lassen uns nicht wegsperren. Jetzt kann ja keiner von denen mehr unser Lied hören.“

Unter dem Gelächter der Mitschüler hob er die Türe aus den Angeln und stellte sie an die Wand. „Zweite Strophe“, kündigte er an und begann, weiter zu singen.

Neugierig schielten die Schüler nach draußen, um zu sehen, wohin ihre Provokation führe.

Ein weiterer Jude stand auf und kam in das Nebenzimmer. besonders den Vorsänger chen sangen unbekümmert we efrain endete, sagte er zu Heinrich: „Ic weiß, dass Sie alle aus dem Gymnasium in Rastatt sind. Wir werden uns sofort beim Direktor beschweren.“

„Tun Sie das“, antwortete Heinrich scheinbar unbeeindruckt. „Wenn Sie seine Wohnung im Gymnasium nicht finden sollten, statt einer Klingel hat er einen Sauschwanz an der Tür hängen.“

Die Sextaner brüllten vor Lachen. Die Juden verließen das Lokal.

Spät am Abend machten sich die Sextaner gruppenweise auf den Heimweg. In Begleitung Heinrichs befanden sich der Untersextaner Sohler von Berghaupten und der Obersextaner Schaible. Heinrich bekam zuerst gar nicht richtig mit, warum ein Streit unter beiden begann. Doch als er schlichten wollte, schlug ihn der blindwütige Sohler dermaßen hart ins Gesicht, dass seine Brille zerbrach und das Augenglas tief in das Fleisch unter dem Auge getrieben wurde. Blut lief ihm über die Wange. Heinrich versuchte, die Wunde mit dem Wasser der Murg zu kühlen und das Blut zu stillen. Es nützte nichts. Die drei klingelten den Apothekergehilfen in Rastatt aus dem Bett. Dem gelang es schließlich, das Bluten zum Stillstand zu bringen.

Am nächsten Morgen stand Heinrich mit einem mächtigen Verband unter dem Auge auf der Empore. Er hatte sich zu Beginn der Sexta zum Chor gemeldet, weil die Jungen auf der Empore völlig unbeobachtet zwischen den Liedern schwatzen, die Mädchen und Frauen unten in den Bänken beobachten konnten und auch sonst während des Gottesdienstes der Aufsicht durch die Lehrer entzogen waren. Nur der Chorleiter war auf der Empore, während die Professoren die Schüler unten im Kirchenraum im Auge hatten und mit Argusaugen jede Kopfbewegung ihrer Zöglinge beobachteten.

Da unten kniete die Tochter des Schuldieners Schill. Er musste unbedingt mit ihr reden. Dreh dich um, dachte er beschwörend. Sieh herauf zu mir. Dann, kurz nach der Wandlung, war es so weit. Als sie vor dem ›pater noster‹ von der Bank aufstand, drehte sie ihr Gesicht nach hinten. Sie sah zum Chor hoch. Heinrich zeigte kurz mit dem Finger auf sich selbst und dann in ihre Richtung. Ich muss mit Ihnen sprechen, hieß das. Sie ließ nicht erkennen, ob sie ihn verstanden hatte. Doch nach der Kirche blieb sie in der Nähe der Kirchmauer stehen und wartete.

„War einer von den Hebräern gestern Abend beim Direktor?“, fragte Heinrich besorgt.

Sie antwortete auf die Frage nicht, sondern erkundigte sich nur besorgt: „ Was haben Sie denn unter dem Auge? Haben Sie sich geschlagen?“

„Nein, ich habe mich mit dem Rasiermesser geschnitten“, antwortete Heinrich mürrisch. „Sie haben meine Frage nicht beantwortet. War ein Jude beim Direktor?“

Die junge Frau nickte. Dann lächelte sie vertraulich. „Ganz erregt war er. Ich habe etwas von Verhöhnung und einem Sauschwanz verstanden. Aber der Direktor blieb ruhig. Was war denn passiert?“

„Ich war den Juden etwas schuldig, weil mich einer vor kurzem verraten hat. Sie wissen ja, wer. Auf jeden Fall danke, dass Sie es mir gesagt haben. Ich mach es irgendwann gut."

Mit leuchtenden Augen sah ihm Fräulein Schill nach, als er ging.

Der befürchtete Karzer blieb aus. Doch nach einer Unterrichtsstunde hielt ihn der Direktor im Klassenzimmer zurück.

„Hansjakob, ich muss mit Ihm reden."

Heinrich wusste, was ihn erwartete.

„Ich habe gehört, dass Er der Leithammel bei diesen Bierlümmeln ist. Er soll sogar den Titel Kneippräsident tragen. Und Er soll derjenige sein, der behauptet, ich hätte einen Sauwedel als Glocke."

Heinrich senkte schuldbewusst den Kopf. Jetzt musste die Strafe kommen.

Doch der Direktor traf ihn an seiner empfindlichsten Stelle. „Wozu braucht Er eigentlich theologische Stipendien? Er hat zu allem anderen eher das Zeug als zu einem Theologen."

Dieser Vorwurf hatte ihn getroffen.

„Herr Direktor, ich möchte meinen Antrag auf ein Stipendium zurückziehen", sagte Heinrich tödlich beleidigt. Er wusste sehr wohl, dass sein bisheriger Lebenswandel nicht dem eines zukünftigen Priesters entsprach. Und eigentlich lag ihm nichts ferner, als Geistlicher zu werden. Doch seine Mutter, seine Großmutter erwarteten es von ihm. Und er hatte es Lenebas versprochen. Aber noch war er kein Priester. Noch wollte er leben, bevor er immer nur Vorbild sein musste. Es war lange hin, bis er Priester wäre. Er war doch noch so jung.

Der Direktor sah ihn nur ernst an. Ihm war die angespannte finanzielle Situation der Hansjakobs bewusst. Und damit auch der Zwang, dieses theologische Stipendium anzunehmen, um weiter studieren zu können. Daher drehte er sich wortlos um und verließ das Klassenzimmer.

„Ich möchte meinen Antrag zurücknehmen!", lief ihm Heinrich hinterher. Er rief lauter: „Herr Direktor!" Doch der ließ ihn stehen, ohne ihn einer Antwort zu würdigen. Heinrich schlug wütend mit der Faust gegen die Wand.

## *11.*

Das Ende der Schulzeit im Rastatter Gymnasium nahte. Schon Wochen vorher wurde eine Abschiedsfeier zu Ehren der auf die Universität abgehenden Obersextaner organisiert. Das Bier, das den Sextanern in den Kneipen stets am besten geschmeckt hatte, kam aus dem kleinen Ort Sinzheim südlich von Baden-Baden. Dort, im Brauhaus Rheinbold, wollten sie ein letztes Mal zusammensitzen, noch einmal trinken und singen. Es würde ein gewaltiges Fest werden, denn einer der Schulabgänger hatte für die zwanzig Obersextaner einhundert Liter Bier gestiftet.

Von Baden-Oos aus, wohin sie mit der Bahn gefahren waren, zogen die künftigen Studenten an einem sonnigen, heißen Augusttag singend in das friedliche Dörfchen Sinzheim. Zuerst wurde im Biergarten der Brauerei gesungen und getrunken. Als die Sonne unterging, war das erste Fass leer. Die Schüler zogen um in ein Nebenzimmer des Brauhauses. Nicht dass die Nachbarn des Brauhauses das

Fest wegen Ruhestörung verbieten ließen. Dort, im Nebenzimmer, stachen sie das zweite Fass Bier an.

„Eigentlich müssten wir jetzt nach Hause, wenn wir rechtzeitig in Rastatt sein wollen“, wagte einer zu sagen.

„Unmöglich, wir haben gerade erst das Fass angestochen“, bestimmte Heinrich. „Jetzt wird es doch erst lustig. Außerdem ist morgen Sonntag. Da müssen wir erst um neun Uhr in der Kirche sein.“

„Wir schlafen hier im Zimmer, wenn das Fass leer ist. Auf dem Boden“, meinte ein Dritter.

„Herr Rheinbold, Herr Rheinbold“, rief Heinrich. Als der kam, sagte er: „Wir müssen hier übernachten. Wir kommen nicht mehr rechtzeitig nach Rastatt.“

„Alle können nicht hier bleiben“, schüttelte der Wirt den Kopf. „So viele Betten haben wir nicht.“

„Dann schlafen wir eben auf dem Boden“, ließ sich der Sextaner, der den Vorschlag bereits einmal gemacht hatte, vernehmen.

„Ich werde einen Teil von euch in den anderen Wirtshäusern unterbringen“, versprach der Brauereibesitzer.

„Auch gut“, entschied Heinrich Hansjakob. „Aber jetzt wollen wir weitersingen.“

Im Laufe des Abends wurde der Gesang immer lauter, der Text der Lieder unverständlicher, die Töne falscher. Leute blieben auf der Straße vor dem Wirtshaus stehen. Dem Gastwirt wurde immer banger vor den Folgen des Gelages.

Das zweite Fass war fast leer, als Rheinbold die rettende Idee kam. Er kam wieder ins Nebenzimmer. Langsam wurde der Lärm geringer, so dass er sich verständlich machen konnte: „Männer, was haltet ihr davon, wenn ihr eine Wanderung zur Yburg macht und dort den Sonnenaufgang erwartet?"

„Das ist eine glänzende Idee", war Heinrich sofort begeistert.

„Das zweite Fass ist sowieso fast leer", meinte der kleine Alfred Holder, der die hundert Liter gespendet hatte, sich selbst aber beim Trinken zurückhielt, weil er nur wenig vertragen konnte.

„Dann trinken wir es leer und gehen dann", meinte Heinrich mit etwas schwerer Zunge.

Gesagt, getan. Nach kurzer Zeit brachen die Schüler auf; zur Erleichterung des Brauereibesitzers, der ihnen sogar einen Arbeiter mitgab, damit sie den Weg fanden und ja nicht wieder umkehrten.

„Dies ist ein gastfreundliches Haus", verabschiedete sich Heinrich im Namen der anderen Sextaner vom Wirt. „Das Bier war ausgezeichnet. Ich verspreche Ihnen, wir kommen wieder." Er schüttelte dem Brauer lange die Hand.

Der Weg führte aus Sinzheim hinaus über die grünen Rebhügel nach Varnhalt. Schon fehlten einige der Gipfelstürmer. Sie hatten sich zwischen den Rebstöcken rechts und links des Weges im Gras zur Ruhe gelegt.

Es war Mitternacht. Die Umrisse der ersten Häuser Varnhalts tauchten im Mondlicht auf. Der Ort lag ansonsten in völliger Dunkelheit.

„Da kommt uns einer mit einer Laterne entgegen", rief plötzlich der Sextaner Kuhn.

Sie erkannten einen Nachtwächter.

„He, Sie", rief ihn einer der Sextaner an. „Können Sie uns sagen, wo der Lehrer wohnt?"

„Was willst du von dem?“, fragte Heinrich.

„Ich kenne ihn. Der kann uns begleiten.“

Die anderen lachten.

„Warum nicht? Wenn wir schon in stockdunkler Nacht auf den Berg klettern müssen“, meinte Heinrich. „Aber dann brauchen wir auch etwas zu trinken.“

Der Nachtwächter war inzwischen herangekommen und musterte sie argwöhnisch.

„Guter Mann, gibt es hier ein Wirtshaus?“, fragte Heinrich.

Der Varnhalter deutete mit der Laterne hinter sich. „Gleich da hinten an der Straße. Aber das hat schon längst geschlossen.“

„Nicht mehr lange“, antwortete der Haslacher Schüler wichtig tuend. Die angetrunkenen Kameraden lachten.

„Und wo ist das Schulhaus?“, wollte der Schüler wissen, der den Unterlehrer von Varnhalt suchte.

„Noch weiter dahinten, wenn Sie die Straße bis zur Kurve weitergehen“, meinte der Nachtwächter.

„Wir danken Ihnen“, meinte Heinrich gestelzt und verbeugte sich wie ein Edelmann des vergangenen Jahrhunderts.

Die Meute zog lachend weiter, schellte zuerst den Wirt aus dem Bett, um sechs Flaschen ›Varnhalter‹ als Wegzehrung mitzunehmen und bestürmte dann lauthals den aus dem Schlaf gerissenen Unterlehrer, den Trupp zu begleiten.

Hinter dem Dorf führte der Weg steil bergauf durch einen dichten Tannenwald und wieder forderte der übermäßige Alkoholgenuss seine Opfer. Mann um Mann zog es vor, sich im Wald auszuruhen.

Nur vier der trinkfestesten Sextaner, der Unterlehrer und der Führer von der Brauerei erreichten den verfallenden Turm der Yburg. Ein altes, hässliches Weib ließ sie nach wiederholtem Klopfen in ein finsteres Zimmer ein, wo sie auf Bänken erschöpft zwei Stunden ruhten. Um vier Uhr morgens standen die Sechs aber auf dem Turm. Gut eine halbe Stunde später ging strahlend die Sonne auf und beschien die fruchtbare Rheinebene, die lieblichen Rebhänge des Schwarzwaldes und die im Dunst liegenden Vogesen im Hintergrund.

Doch die Sextaner hatten keine Freude an der herrlichen Landschaft. Es war eine Sache der Ehre gewesen, das, was sie sich vorgenommen hatten, auch auszuführen.

„Wir müssen den ersten Zug in Steinbach bekommen", stöhnte Heinrich und massierte den schmerzenden Kopf. „Wenn wir nur schon am Bahnhof wären."

Ein Teil der Kumpane hatte sich bereits in Steinbach eingefunden. Doch die Begrüßung der Helden, die den steilen Berg allen Widrigkeiten zum Trotz erstiegen hatten, fiel sehr viel weniger lautstark als sonst aus. Der Rest der Klasse, der es am Abend zuvor nicht so weit geschafft hatte, erwartete die Kameraden am Bahnhof Oos. Um neun Uhr aber waren alle in der Kirche. Die Gesänge der vom Kopfschmerz geplagten Schüler ertönten an diesem Morgen etwas leiser.

„Ich möchte euch bitten, von eurem versprochenen weiteren Besuch in meiner Brauerei abzusehen", sagte der zuvor so freundliche Brauereibesitzer Rheinbold am nächsten Markttag in Rastatt, als er einen der trinkfreudigen Schüler traf. „Ich schicke euch lieber ein Fass Bier hierher. Das Nebenzimmer, in dem ihr wart, sieht aus wie ein Schlachtfeld. Ich muss es neu tapezieren und streichen lassen."

## *12.*

Die schriftlichen Prüfungen für den Abschluss nahten, und die so hilfreiche Tochter des strengen Schuldieners Schill hatte in den Unterlagen, die dem Direktor aus Karlsruhe zugeschickt worden waren, die Prüfungsthemen ausspioniert. Nun konnten sich die informierten Prüflinge in den letzten Tagen vor dem Examen ganz auf diese Aufgaben konzentrieren. Dennoch fielen fünf Schüler durch. Heinrich Hansjakob hatte von den fünfzehn Schülern, die das Abitur bestanden hatten, das drittbeste Zeugnis und bekam eine Belobigung.

„Heiner, ich gratuliere dir zu deinem Abitur", sagte Doktor Feederle, der sich als Arzt in Haslach niedergelassen hatte und inzwischen im Hause seiner Eltern als Untermieter wohnte. „Darauf müssen wir ein ›Nusswässerle‹ trinken. Berta", rief er sein blasses Dienstmädchen herein, „schenk uns mal ein kleines Gläschen ein." Er wandte sich wieder Heinrich zu. „Und was willst du jetzt studieren?"

„Theologie", sagte Heinrich, der am Likör nicht wie der Arzt nippte, sondern ihn auf einmal hinunterstürzte.

„Du willst ein Schwarzrock werden?", wunderte sich der Arzt. Dann überzog ein breites Grinsen sein Gesicht. „Das ist ein Witz, oder?"

„Nein“, sagte Heinrich. Man merkte ihm an, dass er darüber nicht gerne diskutierte. „Ich hab ein theologisches Stipendium erhalten. Ich werde Priester.“

Feederle wurde ernst. „Das solltest du dir nochmals überlegen. Immer Vorbild zu sein, das ist nichts für dich.“ Er schmunzelte: „Und was ich bisher mitbekommen habe, so ist das Beste am Pfarrersleben für dich der Messwein.“

Heinrich grinste etwas gequält: „Ihr werdet es schon sehen!“

Der noch jugendliche Arzt lachte: „Nenn mich Hubert. Wir können ja heute Abend darüber diskutieren.“ Er zwinkerte: „Ich lade dich in den ›Bayrischen Hof‹ ein. Du solltest zu unserer ›Polyhymnia‹ kommen. Der Oberamtsrichter und zwei weitere Beamte vom Amtsgericht, der Notar, der Apotheker, der Fabrikant Schick, der Kreuzwirt und ich gehören dazu. Jetzt, wo du dein Abitur hast, können dir die Mitglieder unseres Vereins später vielleicht nützen, falls du doch nicht zu den Pfaffen willst.“ Verschwörerisch senkte er die Stimme. „Wir haben unsere kleine Gesellschaft nach dieser Muse genannt, weil an den Wänden unseres Nebenzimmers allerlei Musikinstrumente hängen. Allerdings ähnelt unser Gesang zu später Stunde oft eher dem Schlachtruf von Rothäuten.“ In der Erinnerung daran musste er laut lachen.

Heinrich dachte an die glückliche Zeit im Schülerkorps in Rastatt, den lustigen Gesang und die Trinkgelage in den Wirtshäusern am Nachmittag. Dann fiel ihm mit Entsetzen ein, dass solche Vergnügungen beendet wären, sobald er sich im Priesterseminar auf den entsagungsreichen Beruf des Geistlichen vorbereiten würde. Er brauchte nicht mehr zu überlegen. „Ich komme gern, Hubert“, sagte er.

Schon nach wenigen Tagen hatte er sich mit dem jungen Arzt angefreundet und begleitete ihn oft zu den Bauernhöfen in der Umgebung. Meist ließen die beiden ihren Einspänner im jeweiligen Dörfchen stehen und wanderten zu Fuß auf steilen, schlecht befestigten Wegen zu den Höfen, wo Hubert die Patienten untersuchte, Wunden versorgte oder auch mal Tote sezierte. Manchmal begleitete er auch den Notar, den er in der ›Polyhymnia‹ ebenfalls schätzen gelernt hatte, auf die Jagd, schoss Schnepfen in Haslachs Höhen oder erlegte Hasen und Füchse auf der Breitebene, dem Tochtermanns- oder Flachenberg.

Ab und zu plagte Heinrich aber das Gewissen. Er sah deutlich zu Hause den wirtschaftlichen Niedergang. Der beklagenswerte Gesundheitszustand des Beckephilipp hatte sich in den letzten Jahren nicht mehr gebessert. Die finanziellen Mittel der Familie waren fast aufgebraucht.

Heute nun lag er in seinem Bett im Haus der Großmutter und grübelte. Wenn er studieren wollte, musste er sich dringend an der Universität immatrikulieren. Aber er wollte nicht Priester werden. Nicht eingezwängt werden in dieses Korsett aus Gehorsam und Dienen. Er fühlte sich nicht zum Priester berufen. Beschämt dachte er daran, dass selbst seine Großmutter zu ihm gesagt hatte: „Eher werd ich selbst in meinem Alter noch eine Klosterfrau, als dass du dich zum Geistlichen eignest.“

Auch sein kranker Vater hatte ihn gewarnt, dass er den Zölibat nicht würde einhalten können und hatte erklärt, dass er diesen Zwang auch nicht für natürlich halte. Über all diese Fragen wollte Heinrich nicht nachdenken. Er hatte bisher zwar ab und zu Gefallen an Mädchen gefunden, aber so schwer konnte es nicht sein, ohne Frau leben zu müssen. Diese unbestimmten Sehnsüchte waren immer wieder von selbst vergangen, wenn andere, wichtigere Zerstreuungen seine Freizeit bestimmten.

Seine Gedanken kehrten zum Studium zurück. Welche anderen Möglichkeiten blieben ihm? Überall in Haslach hatte er mit seinem Studium angegeben. Seit zwei Jahren hatte er Nachbarn und Freunden lächelnd erklärt, er werde Priester, auch wenn die ihn ausgelacht hatten. Es stimmte, er hatte sich mit den Konsequenzen dieser Berufswahl nie auseinandergesetzt. Die Auswirkungen waren immer so weit weg gewesen. Er wollte etwas Besseres werden als seine ehemaligen Schulkameraden in Haslach, die inzwischen zu ihm aufsahen. Er hatte es fast geschafft. Er verkehrte mittlerweile mit den einflussreichsten Männern Haslachs. Heinrich seufzte. Es blieb ihm nichts anderes übrig. Das Studium der Theologie war die einzige Möglichkeit, der Mittelmäßigkeit in seinem späteren Leben zu entfliehen. Zudem würde er seiner Mutter mit diesem Entschluss ihren größten Wunsch erfüllen. Und die Großmutter wäre stolz auf ihn, auch wenn sie jetzt nicht viel von ihm hielt. Außerdem fiel ihm das Versprechen wieder ein, das er der Lenebas gegeben hatte. Lenebas. An die hatte er schon lange nicht mehr gedacht.

Seine Gedanken kehrten wieder zurück zum Studium. Daneben, dachte er, konnte er an der Universität ja auch noch andere Fächer belegen. Heinrich schlief ein, von Alpträumen gepeinigt.

Am 14. September 1859 bat Heinrich das erzbischöfliche Konvikt in Freiburg um unentgeltliche Aufnahme. Den umfangreichen Unterlagen beigefügt war eine Aufstellung des elterlichen Vermögens, das der Haslacher Gemeinderat beglaubigt hatte. Es bewies, dass der einstmals vermögende Beckephilipp mit seiner Familie inzwischen verarmt war. Drei Wochen später kam das Einverständnis und die Zusage für ein Stipendium, unterzeichnet vom Erzbischof. Auch die Studiengebühren an der Universität wurden Heinrich Hansjakob erlassen.

# Im Konvikt

## *1.*

„Mutter, ich muss jetzt zum Omnibus“, verabschiedete sich Heinrich von seiner Mutter, um auf dem Pferdewagen nach Offenburg und von dort mit dem Zug nach Freiburg zu fahren.

Es war früh am Tag und noch dunkel an diesem Oktobermorgen. Heinrich hatte ein flaues Gefühl im Magen. Nun war sie gefallen, die Entscheidung. Am Abend des gleichen Tages würden sich die Pforten des Konviktes hinter ihm schließen.

Zäzilie zog ihren ältesten Sohn noch einmal an ihre Brust und tätschelte liebevoll seinen Rücken. Dann schob sie ihn von sich und sah ihn ernst an: „Schreib auch gleich wieder, wenn du etwas anderes studierst.“

Heinrich konnte im Augenblick vor Betroffenheit nichts sagen. Seine Mutter hatte seine quälenden Ängste gespürt und hatte ihm einen Ausweg aufgezeigt, falls er nicht durchhalten konnte. Sie hatte ihn verstanden. Obwohl er im ersten Augenblick erschrocken war, wie leicht sie ihn durchschaut hatte; nun fühlte er sich freier. Er sah sie dankbar an, nickte und drehte sich um.

Am späten Vormittag erreichte Heinrich mit einem früheren Kameraden, Abetz, der ebenfalls aus finanziellen Gründen das Theologiestudium anstrebte, Freiburg. Der erste Weg führte nicht zum

Konvikt, sondern zum Pfeifenmaler in der Gerberau. Dort bestellten die beiden zukünftigen Theologiestudenten Pfeifenköpfe mit dem Bild des jeweils anderen auf dem Porzellankopf.

„In welche Verbindung wollt ihr denn eintreten?“, fragte der Pfeifenmaler jovial.

Beide lachten. „In die Konviktsverbindung“, sagte Abetz. Sein Begleiter Hansjakob nickte grinsend.

Der alte Pfeifenmaler arbeitete weiter am Konterfei des Abetz, meinte aber trocken: „Von euch beiden ist keiner länger als vier Wochen im Konvikt.“

Wieder lachten die zwei, dieses Mal aber war es ein Verlegenheitslachen.

Nachdem sie ihre schmucken Pfeifen in Empfang genommen hatten, machten sie sich auf, sich beim Konviktsdirektor zu melden. Bedrückt starrten sie auf das düstere Gebäude in der Nähe des Münsters, das ihre zukünftige Heimstatt werden sollte. Selbst der zum Konvikt gehörende Garten war von einer hohen Mauer umgeben.

„Wie ein Gefängnis“, murmelte Abetz. „Da bin ich wirklich keine vier Wochen.“

„Es hilft alles nichts“, meinte der junge Hansjakob unglücklich. „Gehen wir!“

Im Innern des Gebäudes ging es zu wie in einer Kaserne. Neue Studenten sahen eingeschüchtert zu, wie Studenten des zweiten und dritten Kurses ihre Sachen aus den Räumen in neue Zimmer schafften, ihr Mobiliar ordneten und in den alten Studierzimmern allmählich Platz für die Neuen schafften.

„Wir müssen uns zuerst beim Direktor melden“, erinnerte Heinrich den Kameraden, der ihn beklommen anschaute.

Der Konviktsdirektor, Dr. Kübel, stand an seinem Schreibpult am Fenster, als sich die zwei Neuankömmlinge bei ihm meldeten. Heinrich hatte einen alten, greisen Mann erwartet. Er war erstaunt, einen Mann Mitte dreißig zu sehen. Als er bei der Anmeldung erwähnte, dass sie beide das Abitur in Rastatt gemacht hätten, lachte Dr. Kübel.

„Da war ich früher auch. Versorgt der ›Heidelberger Binsebu‹ die Schüler immer noch mit den Binsen für die Pfeifenreinigung, wenn sie ihren verbotenen Tabak rauchen?“

Mit dieser Bemerkung wurde der Direktor Heinrich sympathisch. Er grinste. „Natürlich, Herr Direktor.“ Und er imitierte den Binsebu: „Binsen, meine Herren, abscheulich lang, niederträchtig frisch, impertinent wohlfeil.“

Der Direktor wurde wieder ernst. Jeder der beiden bekam die Nummer seines Studierzimmers und seiner Schlafstelle und wurde entlassen.

„Hansjakob, bist du auch hier?“, erscholl auf dem Flur ein Ruf.

Heinrich erblickte seinen alten Bekannten Beckert, der bereits sein drittes Konviktsjahr antrat. Die Beklemmung wich etwas. „Beckert, gut, dass wir dich treffen. Kannst du uns helfen, unsere Zimmer zu suchen?“

Beckert lachte. „Ganz einfach. Im zweiten Stockwerk ist der erste Kurs, im ersten Stockwerk der zweite und der dritte Jahrgang“. Er ging voran, die Treppe hoch. „Die Studierzimmer sind nach den Namen belegt. Hier vorne alle, die mit ›A‹ anfangen. Warte mal. Hier ist es.“ Beckert schob Heinrich ins Zimmer. „Du kannst gleich dein Pult einräumen.“

Heinrich betrat ein kleines, dunkles, einfenstriges Gemach. Durch das Fenster sah man in einen schmutzigen, alten Hof und auf die Dächer benachbarter Häuser. Über allem ragte ernst der Münsterturm hervor. Es gab sechs hölzerne Stehpulte in dem Raum. Die übrigen fünf Mitbewohner waren bereits mit dem Einräumen ihrer Bücher in die Pulte beschäftigt. Hier nun soll ich ein ganzes Jahr verbringen, dachte Heinrich entmutigt. Dann sah er seine künftigen Mitbewohner genauer an.

„Hirn, bist du auch da?“, staunte er. Der Angesprochene aus Fischerbach bei Haslach war früher in Rastatt gewesen, dann aber nach Freiburg ins Gymnasium gewechselt.

„Hallo, Hansjakob“, sagte er, kam heran und schüttelte Heinrich die Hand. „Schön, einen aus der Heimat zu sehen.“

Heinrich schauderte es vor dem elenden Zimmer. „Beckert, zeigst du mir jetzt mein Zimmer, in dem ich schlafen kann? Ich räume später ein.“

„Zimmer?“, amüsierte sich Beckert. „Dann komm einmal mit!“

Er führte ihn in einen geräumigen, luftigen Saal, der in viele kleine Alkoven unterteilt war.

„Das ist der Schlafsaal für den ersten Kurs“, erklärte er. „Du hast eine Nummer vom Direktor bekommen. Die zeigt deinen Schlafplatz.“

Zwischen zwei Brettern, durch einen Vorhang von der Mitte des Saales abgetrennt, standen ein Bett, ein Stuhl und ein Waschtisch mit einer Waschschüssel. Rechts und links seines Bettes befanden sich die Betten anderer Kursteilnehmer. Von einem Matratzenlager unterschied sich dieser Raum nur wenig.

Beckert musste Heinrichs bestürzte Miene bemerkt haben, denn er meinte beschwichtigend: „Bald wird es dir hier gefallen. Mir ging es auch so wie dir jetzt."

Heinrich antwortete auf diese Feststellung nichts. Er stellte nur den Koffer ab. „Ich gehe jetzt erst einmal zu meinem Onkel. Der wohnt nicht weit von hier."

## 2.

„Heiner, Zäzilie hat vor kurzem geschrieben, dass du bald hierher kommst", sagte seine Tante kurze Zeit später. „Wie lange bist du schon in Freiburg?"

„Ich bin erst vor drei Stunden angekommen", antwortete Heinrich.

„Hast du dein Zimmer schon bezogen?", fragte Onkel Xaver.

„Zimmer?", meinte Heinrich. „Das Studierzimmer ist ein dunkles Loch, in das sechs Studenten eingepfercht werden. Schlafen werden alle zusammen in einem Schlafsaal. Die Schlafplätze sind nur getrennt durch zwei Bretter."

„Du wirst da nicht glücklich werden", meinte Onkel Xaver. „Warum studierst du nicht Jurisprudenz. Du könntest bei uns wohnen, wie damals, als du hier in die Schule gingst."

„Ach, Onkel", sagte Heinrich. Er dachte an das Stipendium. Ohne dieses Geld würde er nicht studieren können. Aber er schämte sich, das zu sagen. „Ich versuch es halt trotzdem."

„Komm, wir gehen im ›Deutschen Kaiser‹ ein

Bier trinken“, machte Xaver Walter einen Vorschlag. „Bevor du wieder ins Konvikt musst.“

Dort trafen sie einen Studenten aus dem zweiten Konviktskurs, den der Onkel kannte. Auch der riet Heinrich ab. „Wenn ich eine solche Gelegenheit bekäme, wäre ich schon lange aus dem Konvikt weg“, meinte der.

Doch Heinrich blieb standhaft. Diesem Studenten hätte er sowieso nicht auf die Nase gebunden, warum er gar nicht anders konnte, als Theologie zu studieren. Gegen sechs Uhr wanderte er ins Konvikt zurück.

Zunächst verteilte der Direktor im Speisesaal die Plätze. Direkt nach dem Essen begannen die geistlichen Exerzitien. Und gleich erschreckte ein berühmter Kapuzinerpater mit einer scharfen Ermahnungsrede über den theologischen Beruf die Studenten. Spät abends, als sie endlich den Schlafsaal aufsuchen durften, flüsterte Abetz dem Hansjakob zu: „Da bleib ich nicht, und wenn ich nach Amerika müsste, um junge Affen zu fangen!“

Heinrich nickte düster. Er hätte gerne etwas geantwortet, aber andere Kommilitonen blickten bereits missbilligend.

Drei Tage lang musste Heinrich den größten Teil des Tages in der Kirche verbringen, Predigten anhören, Betrachtungen anstellen und in der Freizeit absolutes Stillschweigen beachten.

Am Morgen des vierten Tages endeten die geistlichen Übungen mit gemeinsamer Kommunion. Am Mittag gab es ein kleines, zweigängiges Festessen. Alle waren froh, dass die strengen Exerzitien vorbei waren und während des Essens wurde überall an den Tischen Brüderschaft getrunken.

Da es insgesamt nur drei ›Rastatter‹ in den drei Kursen gab, saß Heinrich mitten unter ehemaligen Schülern aus den Gymnasien von Freiburg und Konstanz.

„Trinken wir Bruderschaft“, sagte Honold, ein ehemaliger Konstanzer, zu Heinrich.

„Ich trinke nur Bruderschaft mit Menschen, die ich genau kenne“, sagte Heinrich mürrisch.

Die anderen Zimmergenossen am Tisch sahen sich ungläubig an. Was bildete sich dieser Haslacher ein? Sofort waren sich die Stubengenossen bis auf seinen alten Kameraden Hirn einig: Dieser aufgeblasene, hochgeschossene Mensch passte nicht in ihre Kameradschaft. Sie ließen ihn links liegen.

Heinrich Hansjakob hatte sich an der Universität als Student der Theologie und Philologie immatrikulieren lassen. So hatte er sein Stipendium und trotzdem die Möglichkeit, Gymnasiallehrer zu werden.

Am nächsten Morgen hing der Studienplan aus, der vorschrieb, welche Vorlesungen die Theologiestudenten besuchen mussten: Kirchengeschichte, Einleitung in die Schriften des Alten Testamentes, Exegese der Apostelgeschichte, Erklärung der Psalmen und Enzyklopädie der Theologie.

Dazu hörte Heinrich am späten Nachmittag und frühen Abend Vorlesungen über die Literatur der römischen Prosa, die der griechischen Hirtendichter und weitere Vorlesungen über ›alte Geschichte‹.

Ergänzt wurden die vormittäglichen Vorlesungen in Theologie abends durch sogenannte Repetitionen,

Abfragung des Lehrstoffes durch einen Repetitor. Für den ersten Kurs war der Repetitor der Redakteur des Freiburger Kirchenblattes. Die Kursteilnehmer nannten ihn respektlos heimlich ›Spezel‹. Er war kaum älter als sie selber.

## *3.*

„Heiner, du sollst zum Direktor kommen“, rief der Kurskamerad Hirn, als Heinrich nach der Philologievorlesung die Studierstube betrat. „Sofort.“

„Heute Abend noch?“, wunderte sich Heinrich.

Hirn nickte. „Du scheinst in Ungnade gefallen zu sein. Vielleicht ist es wegen dem Spezel.“

Die anderen Stubenkameraden zeigten weder Mitgefühl noch Schadenfreude. Sie hatten immer noch nicht überwunden, dass sich Heinrich von einer Verbrüderung distanziert hatte.

Heinrich legte seine lederne Tasche am Schreibpult ab und sagte gleichmütig: „Dann eben auf in die Höhle des Löwen.“

Dr. Kübel stand am Schreibpult und schrieb, als Heinrich nach einem kurzen Klopfen das Arbeitszimmer des Direktors betrat. Mehrere Öllampen erhellten den spärlich eingerichteten Raum. Heinrich blieb abwartend stehen, bis der Direktor den Kopf hob und ihn durch seine runden, blitzenden Brillengläser ernst ansah.

„Hansjakob, es gibt schwerwiegende Klagen gegen Sie.“

Heinrich brauchte nicht lange zu überlegen. Vermutlich hatte Hirn Recht und der Spezel hatte sich beklagt, weil er die fünf Kirchengebote nicht gewusst hatte. Die gehörten nicht zum Stoff der Vorlesung. Aber der Spezel konnte es sich nicht verkneifen, immer wieder irgendwelche Fragen aus dem Katechismus zu stellen, um die Religiosität seiner ihm anvertrauten Studenten zu überprüfen.

Schon bestätigte sich Heinrichs Vermutung:

„Dr. Braun hat sich nicht nur darüber beklagt, dass Sie die Kirchengebote nicht kannten. Sie sollen außerdem gesagt haben, dass sie diese auch nicht vorsagen würden, selbst wenn sie Ihnen bekannt wären."

Er sah kurz in seine Notizen. Dabei schob er seine Brille, die er wegen einer starken Kurzsichtigkeit trug, auf der Nase nach unten.

„Sie würden sich nicht examinieren lassen wie ein Schuljunge, sollen Sie wörtlich erklärt haben."

Dr. Kübel machte eine kurze Pause und rückte seine Brille wieder zurecht. „Was haben Sie zu den Anschuldigungen zu sagen?"

Heinrich sah dem Direktor fest in die Augen und nickte: „Das stimmt, Herr Direktor."

Wieder warf Dr. Kübel einen Blick in seine Unterlagen. Der Vorgang mit der Brille wiederholte sich.

„Ferner hat sich ein Student des dritten Kurses darüber ausgelassen, dass Sie hier an der falschen Stelle seien. Sie hätten überhaupt keinen Glauben. Er meinte, dies melden zu müssen, bevor wir einen Ungläubigen zum Priester ausbilden würden. Stimmt auch diese Beschuldigung?"

Hansjakobs Miene wurde trotzig.

„Herr Direktor, es stimmt alles, was gegen mich vorgebracht wird. Aber ich habe geglaubt, dass das

Konvikt nicht nur dazu da ist, um fromme, religiös wohlunterrichtete Studenten aufzunehmen, sondern auch solche, die schlecht unterrichtet und nicht so fest im Glauben sind. Zu diesen gehöre ich."

Direktor Kübel wollte etwas erwidern, aber Heinrich Hansjakob bemerkte das gar nicht. Ungestüm stieß er hervor:

„Ich kann Ihnen versichern, dass ich kein Heuchler bin. Ich wollte das zweite Jahr mit dem Lehrstoff über die Dogmatik der Theologie abwarten. Wenn ich dann immer noch ein Zweifelnder bin, wenn ich dann nicht überzeugt bin, dass der Glaube ›vernünftig‹ ist, werde ich diese Anstalt verlassen."

Direktor Kübel zog eine Augenbraue hoch und sah Hansjakob lange in die Augen. Der hielt dem aufmerksamen Blick stand. Dann nickte der Leiter des Konviktes: „So sei es."

## *4.*

Es war wirklich eine ungeheuere Wissbegierde, fast eine Leidenschaft wie zuvor das Biertrinken, die Heinrich Hansjakob in diesem Wintersemester 1860/61 beflügelte. Vorbei waren die wilden Zeiten der Ausgelassenheit, des ausschweifenden Lebens. Bier trank er zu dieser Zeit lediglich in den Ferien in größeren Mengen. Nur die Zigarren waren ihm weiterhin ein liebes Laster; zumal er die von seiner Tante umsonst bekam.

Zu Beginn des zweiten Kurses hatte er ein kleineres Zimmer zum Studieren erhalten, das er nur mit zwei Kursteilnehmern teilen musste, stillen und ernsten Studenten. Er hörte neben den theologischen Vorträgen noch die ›Geschichte der prosaischen Literatur der Griechen‹, Vorlesungen über die ›Germania‹ des Tacitus, ›Wolken‹ von Aristophanes, und weil ihn der Sternenhimmel immer fasziniert hatte, weitere Vorlesungen über ›populäre Astronomie‹. Täglich besuchte Heinrich vor Beginn der Vorlesungen die heilige Messe.

In diesem Semester starb auch der zweite der beiden Studenten, die Heinrich an Körpergröße noch überragt hatten. Der erste war schon im ersten Kurs an der Schwindsucht verschieden. Nun der zweite. Und wieder war es die Schwindsucht. Heinrich bekam Angst. So viele starben an dieser Krankheit, meistens hoch gewachsene Menschen. Auch er hatte in letzter Zeit Gewicht verloren, hustete morgens. Er ging zum Arzt.

„Ihre Lunge ist in Ordnung“, befand der Doktor. Heinrich atmete erleichtert aus, doch der Arzt war noch nicht fertig: „Nur Ihr Herz zeigt eine gewisse Vergrößerung. Ich brauche nicht zu fragen, ob Sie rauchen. Man riecht es. Aber Sie sollten künftig nur eine halbe Zigarre am Tag rauchen.“

„Eine halbe Zigarre?“, fragte Heinrich. „Herr Doktor, dann lieber gar keine, als eine halbe.“

„Noch besser“, meinte der Arzt trocken.

Es war dies der 15.Juni 1861, als Heinrich Hansjakob vor dem Arztbesuch die letzte Zigarre seines Lebens geraucht hatte.

Noch im Herbst des gleichen Jahres begann der entscheidende dritte Kurs. Gleichzeitig erhielt Heinrich die niederen Weihen durch den greisen Erzbischof

Freiburgs, von Vicari, seine erste Soutane und den ersten Chorrock. Nun durfte er zu seinen Vorlesungen in der Universität im priesterlichen Gewand erscheinen.

Heinrich hatte sich in den beiden Jahren an das strenge Leben im Konvikt gewöhnt, zumal im zweiten und vor allem im dritten Jahr die kleinen Freiheiten größer wurden. Aus einem rebellierenden, wilden und unfügsamen Schüler war ein braver, ernsthafter Student geworden. Täglich wanderte er vor den morgendlichen Schulungen über den Schlossberg oder an der Dreisam entlang bis zum Dörfchen Ebnet, philosophierend und meditierend. Nachmittags besuchte er die Vorlesungen bis abends, nahm dann an den Repetitionen teil und nur die Sonntage verbrachte er bei seiner Tante am Martinstor.

Anfang August 1862 waren die Abschlussprüfungen am Konvikt beendet. Hansjakob hatte mit der Note ›vorzüglich‹ bestanden.

# Die Entscheidung

## *1.*

In den ersten Novembertagen des Jahres 1862 zog eine lange Reihe von Droschken an der Dreisam entlang nach Osten bergauf in den Schwarzwald. Bei Kirchzarten fuhren die Kutschen in ein Seitental bis an den Fuß des Klosterberges St. Peter. Dort stiegen die Fahrgäste gemütlich plaudernd aus. Achtundvierzig Priesteranwärter in schwarzen Soutanen gingen zu Fuß den restlichen steilen Weg zum Kloster hinauf, meist in Gruppen. Nur einer dieser Seminaristen hielt sich, fast auffällig, abseits. Heinrich Hansjakob. Es war fast Mittag, als Heinrich die asketisch eingerichtete Mönchszelle betrat, die nun ein Jahr lang sein abgeschiedenes Zuhause sein sollte.

Eine eiserne Faust umklammerte plötzlich sein Herz, ließ ihn nach Luft schnappen. War es der strenge Eindruck dieser ehemaligen Klause, die asketische Einrichtung, der muffige Geruch der Jahrhunderte, die dicken Mauern, die von Einsamkeit, Entsagung und unaufhörlichem Beten und Büßen kündeten? Panik erfasste Heinrich beim Betrachten seiner Unterkunft. Dies sollte nun sein Leben werden. Abgeschieden von der Welt, getrennt von allem, was ihm bisher das Leben versüßt hatte. Nie mehr würde er fröhlich im Kreis seiner Kameraden zechen können, nie mehr liebäugeln mit jungen Mädchen, nie würde er die wahre Liebe kennen lernen. War sein Ziel das wert? Konnte er alles aufgeben, was ihm je etwas bedeutet hatte? Er geriet immer mehr in einen Zustand äußerster Erregung. Was, um alles in der Welt, hatte er getan? Aus Angst, als Versager zu gelten, hatte er einen Studiengang ergriffen, der in krassem Gegensatz zu seinem Wollen, seinen Neigungen und Fähigkeiten stand. All seine kleinen Freuden hatte er hinter sich gelassen. Um nicht ohne Studienabschluss dazustehen, hatte er sein zukünftiges Leben weggeworfen. Hatte er dieses entsagungsreiche Leben gewollt? Ein Leben ohne Freude? Eine solche Zukunft? Nie mehr würde er mit seinen Freunden in Haslach unbefangen reden und trinken können. Bald würden alle immer den Pfarrer, das Vorbild in ihm sehen. Er müsste nun für andere da sein, seine Wünsche, seine Sehnsüchte, seine Begierden vergessen. Hatte er das gewollt? Wollte er all das hinter diese Pflichten stellen, die nun sein Leben bestimmen würden, im Gehorsam gegen Gott und die heilige Mutter Kirche? Liebe gegenüber seinen Nächsten, ohne Rücksicht auf eigene Bedürfnisse? Er wusste, er war kein Vorbild. Er war weder angepasst noch demütig. Wie sollte er je die vor ihm liegende Aufgabe erfüllen?

Nein, schrie es in ihm. Ich kann das nicht. Eine Szene vor zwei Jahren, als er noch im ersten Jahr im Konvikt war, stand ihm jetzt wieder lebhaft vor Augen: Gotterbarm, der Haslacher Kaufmann, hatte ihn besucht und vor ihm einen Beutel mit glänzenden ›Napoleons‹ auf den Tisch gestellt. Jurist sollte er werden, und er, Gotterbarm, würde sein Studium bezahlen. Aber er hatte nach einem Tag Bedenkzeit abgelehnt. Er war zu hochmütig gewesen.

Er wollte sich nicht von dem Kaufmann abhängig machen. Seine Freiheit war ihm wichtiger gewesen. Außerdem war ein Pfarrer angesehener als die beiden Juristen, die er kannte. Die mehr dem Trinken als ihrem Beruf zugeneigt waren. Vor denen eigentlich niemand Achtung hatte. Doch vor einem Priester beugten Frauen und Mädchen die Knie und zogen Männer den Hut. Aber um welchen Preis würde er sich jetzt diese Anerkennung erkaufen? War dies die Freiheit, die ihm so wichtig war?

Tiefste Verzweiflung überkam ihn, als ihm zum ersten Mal die Konsequenzen des Priesterseins in aller Deutlichkeit vor Augen traten. Er hatte sich selbst verurteilt. Verurteilt zu einem Leben ohne Freude. Zu Demut, Bescheidenheit, Enthaltsamkeit. Nur wegen seiner Prahlerei, seiner Eitelkeit. Ausweglose Angst übermannte ihn. Heinrich warf sich auf die Pritsche, die nun für ein Jahr sein Bett war. Ein Weinkrampf schüttelte seinen Körper.

„Ich will dieses Leben nicht", stöhnte er immer wieder. „Ich kann nicht Priester werden."

Tränen flossen ins Kissen. Er sah keinen Ausweg aus dieser Sackgasse, in die er leichtfertig geschlittert war.

Doch endlich, obwohl vom Weinen schon ermattet, kam ihm ein Gedanke. Noch ist es Zeit, fiel ihm ein. Noch kann ich einfach mein Bündel schnüren und nach Hause gehen. Aber ich muss gleich gehen. Bevor es zu spät ist. Nein, sagte eine zweite Stimme in ihm. Du kannst deiner Mutter nicht unter die Augen treten und sagen, du willst nicht Pfarrer werden. Du kannst es auch nicht bei Großmutter. Nicht so kurz vor dem Ende des Studiums. Nicht, nachdem du bereits den Rock des Priesters trägst. Und die Haslacher? All deine Freunde, Verwandte und Bekannten? Ihnen hast du doch schon seit Jahren erzählt, dass du Pfarrer werden würdest. Der erste Neupriester in Haslach nach fast dreißig Jahren.

„Hilf mir, Gott", stöhnte er. „Was soll ich denn nur tun?"

Plötzlich wurde ihm bewusst, wie sinnlos es war, Gott um Hilfe anzuflehen. Gott selbst sollte ihm helfen, sich nicht Gott zu widmen?

Doch er erhielt sowieso keine Antwort. Nichts, was ihm Zuversicht gab, was ihn von seiner Angst zu versagen, von seinen seelischen Qualen befreite. Kein Zeichen, das ihm sagte, ob der Weg, den er gewählt hatte, richtig sei.

Erst gegen Abend wurde Heinrich Hansjakob allmählich ruhiger. Er verdrängte seine Ängste. Er hatte immer noch sein Studium der Philologie, wenn er an den hohen Ansprüchen, die der Beruf an einen Priester stellte, scheiterte. Dieser Ausweg blieb, wenn er als Pfarrer nicht bestehen konnte.

Der Gedanke gefiel ihm, tröstete ihn. Er wurde fast fröhlich. Er hatte beides. Er konnte Priester sein, verehrt von seinen Pfarrkindern, angesehen in Haslach, und war dennoch frei. Denn er würde eine Professur anstreben, geistlicher Lehrer sein irgendwo an einer Schule. Er würde Geschichte oder Latein, Griechisch oder Religion lehren. Er war durch das zölibatäre Leben nicht eingeschränkt. Sollte er daran scheitern, hatte er immer noch seine Stelle als Lehrer. Eine geachtete Stellung.

Mit der Zeit gewöhnte sich Heinrich an das Kloster, die Einsamkeit und Stille. Er konnte sich nach den Seminarstunden in sein Zimmer zurückziehen, ohne von Kommilitonen dauernd gestört zu werden. Er passte sich an, meditierte, lernte. Neben seinen theologischen Studien stürzte er sich besonders intensiv in die Vorbereitungen für die philologische Staatsprüfung. Er studierte Horaz und Cicero, las Tacitus und vertiefte sich in Thukydides und Sophokles. Er musste das philologische Staatsexamen bestehen; es war sein Ausweg. Er verdrängte seine Befürchtungen. Des ungeachtet kamen sie nachts wieder, ließen ihn nicht schlafen und quälten ihn. Früher hatte er seine Ängste immer durch Bier betäubt, aber Alkohol gab es im Seminar nur in geringen Mengen und nur zweimal die Woche. Also ließ er sich vom Arzt kleine Dosen Opium verschreiben, um nachts Ruhe zu finden. Obgleich auch dies nur wenig half. Denn der Arzt weigerte sich, zu höheren Dosen zu greifen.

Zudem vermisste er die Spaziergänge in der freien Natur, die ihm im Konvikt immer wieder Frieden gegeben hatten. Und wenn die Seminaristen zweimal in der Woche das Kloster verlassen durften, dann wurden sie immer geführt wie eine Herde Schafe.

An einem Winternachmittag saß plötzlich ein kleiner Vogel, der Futter suchte, am Fenster seines Zimmers. Heinrich blieb regungslos sitzen und sah ihm zu. Er erinnerte sich an seine glückliche Kinderzeit, als er seine eigenen Vögel hatte. Er baute am gleichen Tag eine Vogelfalle und fing tatsächlich einen Tag später eine Meise. Nun konnte er sich um dieses Tier kümmern, hatte ein Stück Natur zu sich geholt. Bis zum Frühling kümmerte er sich um das Tierchen. Dann ließ er den Vogel wieder frei, damit der sich einen Partner suchen, ein Nest bauen und für Fortpflanzung sorgen konnte.

## 2.

Das Ende des theologischen Studiums rückte in greifbare Nähe und mit diesem die abschließende Priesterweihe. Die Verzweiflung schwand und machte Platz für eine kindliche Erwartung: die Primiz – *das* Fest in Haslach, zu dem die ganze Gemeinde, sogar die Bauern aus den Nachbargemeinden, strömen würden. Er, Heinrich Hansjakob, wäre der Mittelpunkt dieses Festes. Solange er lebte, war in Haslach keiner zum Priester geweiht worden. Er hatte es allen, die an ihm gezweifelt hatten, gezeigt. Stolz erfüllte seine Brust. Heinrich Hansjakob, der Priester. Seine heimlichen Befürchtungen, gar nicht zum Priester berufen zu sein, waren entschwunden.

Es war der 6. August 1863, als Heinrich Hansjakob in St. Peter vom Erzbischof zum Priester geweiht wurde. Mutter und Großmutter wohnten der feierlichen Zeremonie bei.

Danach begannen die letzten Vorbereitungen für die Primiz, die am darauf folgenden Sonntag, dem 9. August, stattfand. Schon am Vorabend des Festtages spielte die Stadtkapelle abends vor dem Haus ein Ständchen. Am nächsten Morgen ging es erst richtig los. Heinrich zog in die schon eine Stunde zuvor bis zum letzten Platz gefüllte Kirche ein. Vor ihm betraten alle Ministranten, die Haslach zu bieten hatte, das Gotteshaus. Dann Diakone und zwei Priester.

Dahinter er. Sein stolzer Blick schweifte umher, sah die erwartungsvollen Gesichter der Gemeinde, die sich ihm zugewandt hatten, sah seine Eltern stolz in der ersten Reihe sitzen. Sah die Mutter lächeln. Sah, dass sein Vater an diesem Morgen nicht stumpfsinnig wie sonst schaute, sondern dass seine Augen ihm folgten.

Dann hatte er nur noch Gedanken für seinen Gottesdienst. Ihm assistierte während der Messe der Dekan von Haslach. Ein befreundeter Kaplan hielt die Predigt, und zwei Kurskameraden waren seine Diakone. Kirchenchor und Stadtkapelle begleiteten dieses feierliche Hochamt.

Die Menschen in den Kirchbänken sahen gerührt und ergriffen zum Altar, wo einer der Ihren seine erste feierliche Messe feierte. Sie hörten andächtig die frommen Lieder des Chores und deren festliche Begleitung durch die wohl tönenden Instrumente. Ein Schauer lief ihm über den Rücken, als am Ende der Messe das ›Te Deum‹ gespielt wurde. Der Chor und die gesamte Gemeinde stimmten gemeinsam an: „Großer Gott, wir loben Dich." Heinrich Hansjakob glaubte zu träumen.

Nach der Messe drängten sich Verwandte und Freunde, Bekannte und Fremde aus Haslach und der ganzen Umgebung an Heinrich vorbei, schüttelten ihm die Hand und wünschten ihm Gottes Segen für seinen zukünftigen Weg.

Er war vor Aufregung und Anspannung halb tot. Sein Freund Hubert, der Arzt, riet ihm, sich erst einmal eine Weile hinzulegen und auszuruhen, bevor es zum Festmahl ginge, dessen Ehrengäste, die Mitglieder der Polyhymnia, vollzählig erschienen waren. Den ganzen Tag bis weit in die Nacht hinein wurde nun der Jungpriester gefeiert.

## *3.*

Nach wenigen Tagen reiste Heinrich wieder nach Freiburg, um sich in den nächsten zwei Monaten intensiv auf das philologische Staatsexamen vorzubereiten.

Wieder wohnte er im Konvikt, dieses Mal aber im Gastzimmer des Direktors Kübel, den er durch seine Offenheit zu Beginn des Studiums sehr beeindruckt hatte. Zum ersten Mal fühlte er sich im Konvikt nicht eingesperrt. Er genoss seine Freiheit und seine Geltung vor den Studenten. Er war jemand.

„So kannst du nicht zur Prüfung erscheinen", bemerkte der elegant gekleidete Neupriester Karl Rückert, der ebenfalls wie Heinrich Hansjakob in Freiburg die philologischen Vorlesungen besucht und mit dem sich Heinrich am Abend vor dem Prüfungstermin im Oberschulamt in Karlsruhe verabredet hatte. „Zumindest brauchst du noch einen Zylinder!"

„Ich habe keinen", erwiderte Heinrich missgestimmt. „Außerdem sehe ich bei meiner Körperlänge in Soutane und einem hohen Zylinder wie eine Telegrafenstange aus."

„Du musst stilvoll erscheinen. Der erste Eindruck ist wichtig", schüttelte Rückert den Kopf. „Wenn du keinen Zylinder hast, leihen wir einen beim Hutmacher."

Am nächsten Morgen standen die beiden vor dem

Oberschulrat, die Zylinder vorschriftsmäßig auf dem Kopf, jedoch in der Soutane, die sie als Geistliche auswies.

„Wie lange haben die Herren Philologie studiert?", war die erste Frage des Oberschulrates. Man merkte seiner Miene an, dass er nicht gerade ein Freund der Kirche war, die überall versuchte, sich in Politik, wissenschaftliche Lehre und Erziehung einzumischen.

„Drei Jahre", erwiderte Hansjakob leichthin, „neben dem theologischen Studium."

Der Oberschulrat runzelte missbilligend die Stirn: „Sie haben Philologie nebenher studiert?" Sein Ton klang arrogant, als er herablassend weiterfuhr: „Und Sie meinen, das reicht? Drei Jahre so nebenher?" Er warf sich in die Brust. „Ich habe Philologie vier Jahre ausschließlich", er betonte das Wort *ausschließlich,* „studiert, bevor ich zum Examen ging. Und damals war das Examen viel leichter als heute."

In Heinrich regte sich Widerstand gegen diesen dünkelhaften Mann. Im Bewusstsein, dass er ja ein Studium bereits erfolgreich abgeschlossen hatte, wusste er, dass er vor dem Oberschulrat nicht katzbuckeln musste. Er sah auf den kleineren Mann herab und verzog dabei spöttisch den Mund: „Herr Oberschulrat. Wir wollen es einmal probieren." Er beugte sich vor und sah demonstrativ an seiner Soutane hinab. „Fallen wir durch, so sind unsere Röcke lang genug, um doch eine Existenz zu haben."

Der Oberschulrat lächelte irritiert. Dieser Priester ließ sich nicht einschüchtern. „Also probieren Sie's", entgegnete er, wandte sich ab und ließ die beiden stehen.

„Wenn's auf den ankommt, sind wir in vier Wochen irgendwo Vikare", meinte Heinrich beiläufig und Karl nickte zustimmend. Dennoch war Heinrich Hansjakob im Innern äußerst beunruhigt. Es durfte nicht sein, dass ihm sein Ausweg aus dem Dasein als Priester versperrt wurde.

Die Staatsprüfung war außergewöhnlich anstrengend. Übersetzungen von allen bekannten Klassikern, Grammatik, Literatur, Philosophie, Geschichte, Mathematik, Physik und weitere Fächer forderten ein eminentes Wissen der Prüflinge. Heinrich hatte ein gutes Gefühl bei diesen Arbeiten. Nur in den naturwissenschaftlichen Fächern trat seine altbekannte Schwäche zutage. Aber er wusste, dass er nur deswegen nicht durchfallen konnte. So machte er hinter den Aufgaben für Mathematik, Physik und Geometrie eine Null und gab seine Prüfungsaufgaben, kaum dass er sie überflogen hatte, ab.

„Von den Sachen verstehe ich nichts!", bemerkte er halblaut und verließ den Prüfungsraum. Der die Prüflinge beaufsichtigende Oberschulrat sah ihm kopfschüttelnd nach.

Es folgten noch vier Tage der mündlichen Prüfung, dann kehrte der zukünftige Philologe nach Haslach zurück. Am 21. Dezember verkündete das Regierungsblatt offiziell das Ergebnis der Staatsprüfung. Von den zwölf Kandidaten waren drei durchgefallen. Hansjakob hatte aber trotz seiner katastrophalen Noten in den Naturwissenschaften als Viertbester bestanden. Er erhielt eine Lehramtspraktikantenstelle am Gymnasium in Donaueschingen.

# Endlich Lehrer

## *1.*

„Großmutter, jetzt könnt Ihr aber stolz auf mich sein“, sagte Hochwürden Heinrich Hansjakob.

Seine Ahne sah wirklich stolz zu ihm auf. „Aber musst du unbedingt noch eine Stelle als Schullehrer annehmen, wenn du schon Kaplan bist?“

„Habt Ihr vergessen, dass der Bruder meines Großvaters auch Professor und Hofkaplan war? Und zwar an genau dem gleichen Gymnasium in Donaueschingen?“

Die Großmutter schüttelte abwehrend den Kopf: „Das war vor fünfundsiebzig Jahren. Damals waren die Leute noch ärmer als heute.“

Heinrich feixte gut gelaunt: „Ich wollte, ich wäre so reich wie mein Großonkel vor seinem Tod war.“ Er wurde wieder ernster. „Sechshundert Gulden habe ich durch die zusätzliche Stelle im Gymnasium Donaueschingen zur Verfügung, während meine Kurskameraden als Kapläne gerade mal einhundert Gulden verdienen. Ich werde eine eigene Wohnung in Donaueschingen haben, nicht nur ein Zimmerchen.“

„Da brauchst du aber jemanden für den Haushalt.“

„Philippine hat sich schon angetragen, mir den Haushalt zu machen.“

„Sie ist ziemlich beeindruckt von ihrem geistlichen Bruder.“

„Davon hab ich nichts bemerkt", lachte Heinrich etwas gequält. „Seit sie reden kann, musste sie immer das letzte Wort haben."

Zwei Tage vor Beginn des Schulsemesters kam Hansjakob mit der Postkutsche in Donaueschingen an, um eine günstige Wohnung zu suchen, sich mit der Stadt vertraut zu machen und sich dem Schulkollegium als Lehramtspraktikant vorzustellen. Schon bald konnte er nach Hause schreiben, dass er sich im Vorort Allmenshofen, östlich von Donaueschingen gelegen, eine Drei-Zimmer-Wohnung mit Küche gemietet hatte, die allerdings nicht besonders günstig war und 100 Gulden kostete. Nun konnte seine Schwester kommen und ihn versorgen. Noch vor ihr kam ein kleiner Herd an, der einst der Lenebas gehört hatte. Ein Stück Heimat, das die Großmutter geschickt hatte. Außerdem von der Mutter Gemüse, Obst, Wein und Fleisch, wie in den folgenden Monaten noch öfters.

## 2.

„Es ist erst Anfang September und jetzt schon herrscht hier in Donaueschingen eine eisige Kälte", beschwerte sich Heinrich an einem Samstagnachmittag bei Philippine. „Morgen soll ich vor den Schülern predigen und bin fast heiser. Es ist schon ein Unterschied, ob man im sonnigen Kinzigtal gerade darauf wartet, dass die Weinlese beginnt oder hier oben auf der rauen Baar seinen Wintermantel aus dem Schrank holt."

Philippine antwortete nicht. Sie hatte schon nach

kurzer Zeit mitbekommen, dass Heinrich nicht gerne in Donaueschingen war. Der Schulbetrieb war für ihn noch ungewohnt, er musste sich auf jede einzelne Stunde zeitaufwändig vorbereiten. Dadurch fehlte ihm die Zeit, sich mit seiner Dissertation zu beschäftigen. Dabei hatte er sich in den Kopf gesetzt, möglichst schnell seine Doktorarbeit zu schreiben. Nur mit einem Doktortitel fühlte er sich als richtiger Philologe.

Aber am meisten erzürnte ihn, dass der Donaueschinger Pfarrer Danner allen Ernstes gefordert hatte, dass Heinrich in der Pfarrei aushelfen solle. Hansjakob hatte dies nicht nur einmal strikt abgelehnt.

„Der Danner hat sich beim Ordinariat[7] beschwert, dass ich nicht in seiner Pfarrei aushelfen würde", klagte Heinrich weiter. „Ich sei hochmütig, hat er sich in einem Brief an den Bischof ausgelassen. Ich und hochmütig. Was glaubt der eigentlich. Ich habe wöchentlich 26 Stunden Unterricht, muss mich darauf jeweils vorbereiten, habe zusätzlich jeden Sonntag einen Gottesdienst für die Schüler und muss dafür am Samstag die Predigt vorbereiten. Und dann noch meine ausstehende Dissertation." Wütend stand Heinrich bei Philippine am Herd und sah ihr beim Kochen zu. „Und das für sechshundert Gulden. Für jemanden, der Professor und dazu noch Pfarrer ist, ein armseliges Dasein."

„Soll ich dir einen Tee gegen deine Halsschmerzen machen?", versuchte Philippine ihren Bruder zu beruhigen.

---

7 kirchliche Verwaltungsbehörde eines Bistums

„Ich brauche keinen Tee, ich will von dieser rauen Gegend weg“, war Heinrich weiter erzürnt. „Das Einzige, was mich hier noch hält, ist die Bibliothek im Schloss.“

Es war ein Glück für Heinrich, dass die Fürstlich Fürstenbergische Bibliothek so umfangreich war. Dort hatte er auch den Archivdirektor Roth von Schreckenstein kennen gelernt, der ihm bei der Suche nach einem geeigneten Dissertationsthema und danach bei der Quellensuche sehr behilflich war. Auch der Bibliothekar Barack, der zufällig Nachbar Heinrichs in Allmenshofen war, unterstützte ihn tatkräftig. Heinrich Hansjakob hatte sich in seiner Doktorarbeit für das Thema: ›Die Grafen von Freiburg im Kampfe mit ihrer Stadt‹ entschieden, weil die Grafen Verwandte der Fürstenberger waren, die auch in Haslach geherrscht hatten. Nun hatte er sich auf diese Ausarbeitung gestürzt, die ihm den Doktortitel bringen sollte.

„Dennoch werde ich versuchen, wieder ins Badische zu kommen. Ich werde heute Abend Dr. Kübel schreiben und ihn bitten, mich dabei zu unterstützen.“

Bei diesem Gedanken und der Hoffnung, bald wieder in der Nähe von Haslach zu sein, wurde er ruhiger.

## 3.

Bald darauf war eine Lehrerstelle in Offenburg ausgeschrieben. Heinrich bewarb sich hoffnungsfroh, und das Ordinariat Freiburg verwendete sich auf Bitten Dr. Kübels widerwillig für ihn. Die Zeit verging, aber ein positiver Bescheid ließ auf sich warten. Heinrich wurde immer ungeduldiger, seine Briefe an den ehemaligen Vorgesetzten im Konvikt immer drängender.

Dr. Kübel empfahl ihm, in Karlsruhe eine Bittschrift einzureichen. Der junge Lehramtspraktikant tat dies sofort und verwies als Begründung auf seine angeschlagene Gesundheit, seine Halsschmerzen, seine Heiserkeit, seine Bronchitis, die sich im rauen Klima der Baar nicht verbessern würden.

Im Dezember kam der ablehnende Bescheid des Oberschulamtes. Heinrich schäumte vor Wut. Er war überzeugt, nicht das Oberschulamt hatte ihn abgelehnt, sondern Offenburg wollte ihn nicht haben. Aber er war auf Offenburg nicht angewiesen; er würde sich eben in Bruchsal bewerben.

Er solle doch Geduld haben, schrieb ihm Dr. Kübel. Er würde viel besser in den Schwarzwald passen als nach Bruchsal. Er, Kübel, wolle sich zusätzlich um eine Stelle in Freiburg bemühen.

Endlich, eines Tages, hatte Dr. Kübel für seinen Schützling eine gute Nachricht. Irgendwie hatte er es geschafft, den Oberschulrat zu bewegen, Heinrich eine frei gewordene Stelle als Professor für Latein, Geschichte und Religion an der Realschule in Waldshut zu geben. Gleichzeitig hatte er das Ordinariat Freiburg dazu gebracht, den jungen Kaplan zum Benefizverweser[8] in Waldshut zu bestimmen.

8 Geistlicher, der außerhalb der Pfarrseelsorge bestimmte Aufgaben zu erfüllen hat, hier z. B. Seelsorge für die Schüler in der Kapelle am Kalvarienberg und dafür ein bestimmtes Einkommen (lat.: beneficium = Wohltat) erhält

In der Zwischenzeit stellte Hansjakob seine Doktorarbeit mit dem Titel: ›Die Grafen von Freiburg im Kampfe mit ihrer Stadt bis zum Tode Graf Eginos III.‹ fertig. Er reichte sie an der Universität Freiburg ein.

## *4.*

„Da ist ein Brief aus Freiburg gekommen", deutete Philippine auf den Tisch, der schon für das Mittagessen gedeckt war. „Von einem Professor Bücheler."

Hastig öffnete Heinrich den neben seinem Teller liegenden Brief und überflog den Anfang des Schreibens. Doch dann stockte ihm der Atem: *Das gewählte Thema wird in der Arbeit nicht erschöpft,* las er. Er las die Stelle nochmals. Kein Zweifel. Bücheler wollte die Dissertation so nicht durchgehen lassen. Und diesen jungen Professor, der kaum älter war als er selbst, hatte er im Hörsaal bewundert. Hansjakob las den Rest des Schreibens nur noch flüchtig.

„Etwas Wichtiges?", fragte Philippine vom Herd her.

„Nein", wehrte Heinrich kurz angebunden ab. Er zerknüllte den Brief. Er wollte jetzt nicht darüber reden. Diese Niederlage musste er erst einmal alleine verarbeiten. Er zog sich in sein Studierzimmer zurück. Dort glättete er das Schreiben wieder. Es hatte keinen Sinn, sich über diesen überheblichen Professor zu erregen.

Als Philippine ihn zum Essen rief, hatte er sich wieder gefasst. Dann würde er die Arbeit eben an der Universität in Tübingen einreichen. Dort gab es gewiss unvoreingenommene Lehrer.

Bereits einen Monat später, am 15. März 1865, wurde Heinrich Hansjakob von der Universität Tübingen in Abwesenheit promoviert. Dass seine Dissertation nur mit ›ausreichend‹ bewertet wurde, störte ihn im ersten überschwänglichen Augenblick nur wenig. Er war nun Dr. Heinrich Hansjakob.

Zudem konnte er jetzt diese neue Stelle in Waldshut antreten. Der leidige Pfarrer Danner mit seinen Beschwerdebriefen würde bald vergessen sein. Heinrich hatte sich beim Ordinariat ausdrücklich ausbedungen, in Waldshut nur für den Kalvarienberg zuständig zu sein. Dort musste er einzig und allein in der Fastenzeit jeden Freitag predigen. Allerdings hatte er auch in einem Anfall von Nachgiebigkeit zugesagt, abwechselnd mit dem Stadtpfarrer und dessen Kaplan in der Stadtkirche zu predigen. Aber verglichen mit den Erwartungen Danners…

„Philippine, was würdest du sagen, wenn wir nach Waldshut ziehen?“, fragte er fröhlich seine Schwester. Eigentlich hatte er die Entscheidung schon getroffen, aber er wollte ihre Zustimmung hören. „Wir kämen von dieser windigen und kalten Stadt wieder ins Badische zurück.“

„Wo liegt dieses Waldshut?“, fragte Philippine misstrauisch.

„Wenn du von Haslach immer nach Süden wanderst, so lange, bis du an den Hochrhein kommst, da triffst du direkt auf Waldshut“, meinte Heinrich, ohne zu überlegen.

„Ist das weit weg von Haslach?“, fragte die Schwester nochmals nach.

„Auf jeden Fall sieben Wegstunden kürzer als nach Sigmaringen“, strahlte Heinrich. „Und es liegt in Baden. Etwas mehr Haushaltsgeld bekommst du dann auch“, fügte er beiläufig hinzu. „Denn ich verdiene mehr und die Kosten für die Miete einer Wohnung zahlt die Schule.“

Auf dem Weg in sein Studierzimmer drehte er sich nochmals um: „Und Ferien als Kaplan darf ich mir während der Schulferien auch nehmen. Da können wir dann immer nach Haslach.“

# Schulleiter in Waldshut

## 1.

Als der junge Doktor Hansjakob im April 1865 im Haus des Kaufmanns Haberer in Waldshut seine schöne, große Wohnung bezog, glaubte er sein Glück nicht fassen zu können. Er war trotz seiner Jugend provisorischer Schulleiter der höheren Bürgerschule in Waldshut. Er war einer der Herren in der Stadt. Er wusste nicht, dass sich der Gemeinderat mit Händen und Füßen dagegen gewehrt hatte, dass ein junger Geistlicher die Leitung der Realschule übernehmen sollte. Letztendlich aber musste sich das Städtchen dem Willen des Ordinariats, das der Geldgeber für diese Bürgerschule war, beugen.

„Hochwürden, ich bin der neue Verweser des Kalvarienbergs, Vikar Heinrich Hansjakob", stellte sich der hoch aufgeschossene Kaplan dem Stadtpfarrer Simon vor.

„Setzen Sie sich!", wies der unfreundlich auf einen Stuhl in seinem lieblos eingerichteten Amtszimmer. „Ich wurde vom Ordinariat bereits unterrichtet", meinte er missmutig, nachdem er sich Hansjakob gegenüber an den hölzernen Tisch mit der gestickten Decke gesetzt hatte. „Eigentlich hatte ich erwartet, dass Sie sich früher bei mir melden. Schließlich müssen wir Ihren zukünftigen Gottesdiensteinsatz in der Stadtkirche planen."

„Verzeihung", meinte Kaplan Hansjakob konsterniert, „aber ich bin nicht Ihr Kaplan. Ich bin in erster Linie der Vorstand der Bürgerschule, Lehrer und daneben für den Kalvarienberg zuständig. In Ihrer Stadtkirche soll ich nur jede dritte Woche predigen, abwechselnd mit Ihnen und Ihrem Kaplan."

„So geht das nicht." Pfarrer Simon wischte mit einer ärgerlichen Armbewegung den Einwand beiseite. „Ich erwarte von Ihnen schon mehr Einsatz."

Der grauhaarige, knorrige Pfarrer ließ den jungen Kaplan, der da vor ihm saß, nicht zu Wort kommen. „Das werde ich mit dem Ordinariat klären. Trinken Sie einen Kaffee?"

Heinrich war empört, als er kurze Zeit später das Pfarrhaus verließ. Diesen zusätzlichen Einsatz als Kaplan würde er sich nicht gefallen lassen. Was ging ihn diese Pfarrei an? Er war Professor für Geschichte, Latein und Religion, nicht ein dritter Kaplan für diesen Stadtpfarrer. Gleich morgen werde ich ihm das Schreiben der Kirchenbehörde zeigen, dachte er. Mal sehen, wie er dann reagiert. Doch Pfarrer Simon war von dieser Beschreibung der Tätigkeiten Heinrichs wenig beeindruckt. Ein Kaplan hatte keine Forderungen zu stellen. Er bestand weiter auf seinen Ansprüchen, und Heinrich Hansjakob weigerte sich ebenso beharrlich, diese zu erfüllen. Der über die Weigerung Heinrichs wütende Stadtpfarrer beklagte sich daraufhin entrüstet beim Ordinariat. Seine Klage wurde abgewiesen. Doch er beklagte sich wieder und wieder.

Der Widerstand Hansjakobs gegen die ihm unberechtigt erscheinenden Weisungen wuchs und wurde in seinem Innern übermächtig. Heinrich wollte diesem starrköpfigen Pfarrer Paroli bieten, ihm seine Grenzen aufzeigen. Dabei rechnete er fest mit dem ehemaligen Leiter des Konviktes, seinem ihm immer gewogenen Dr. Johannes Kübel, der inzwischen zum Weihbischof in Freiburg aufgestiegen war.

Er schrieb einen Brief an Dr. Kübel und beklagte sich darin bitter über diesen herrischen Pfarrherrn. Er führte seine übergroße Arbeitsbelastung als Lehrer an, der neben seinen umfangreichen Aufgaben als Leiter der Schule selbst zwanzig bis dreißig Unterrichtsstunden geben, sich dazu gründlich vorbereiten müsse und nebenher noch das Benefizium auf dem Kalvarienberg ausübe. Dazu müsse er jede dritte Woche in der Stadtkirche predigen. Der ihm zugesagte Urlaub würde ihm von Pfarrer Simon verweigert. Dieser bestünde außerdem noch darauf, dass er sich jeden Sonntag nach seinem Gutdünken zu Predigt und Hochamt verwenden lasse, dass er in der Stadtkirche die Beichte höre und bei Begräbnissen aushelfe. Aufgrund seiner angeschlagenen Gesundheit seien ihm diese umfangreichen zusätzlichen Aufgaben, die zudem nur mit 200 Gulden für die Verwaltung des Benefiziums honoriert würden, nicht zuzumuten. Der Gipfel der Ungerechtigkeit sei, dass ihm Pfarrer Simon aufgrund seiner Weigerung sogar diese 200 Gulden vorenthalte.

Heinrich Hansjakob übte keinerlei Rücksicht. Er bestand auf den getroffenen Vereinbarungen. Die ihm widerfahrene Ungerechtigkeit verlangte geradezu nach Rebellion, nach Aufruhr.

Und er bekam Recht. Zum Entsetzen des Stadtpfarrers wurde Heinrich Hansjakob schriftlich zugestanden, dass er nicht mehr predigen, nur noch jede dritte Woche ein Hochamt zelebrieren müsse und seine jährlichen Sommerferien nehmen könne.

Nun wollte Heinrich sehen, wie weit er den Stadtpfarrer reizen könne. Er nahm in den folgenden zwei Jahren fast doppelt so viel Ferien, als ihm zugestanden worden waren, meldete sich in seinen Urlaub weder ab noch wieder aus dem Urlaub zurück und nahm auch einmal die zwei Vikare des Stadtpfarrers mit in einen Urlaub, so dass Pfarrer Simon plötzlich völlig auf sich allein gestellt war. Hansjakob war weder zu bewegen, die Beichte in der Pfarrkirche zu hören noch an Begräbnissen teilzunehmen. An Tagen, an denen wegen der Abwesenheit der anderen Pfarrgeistlichen keine Messe gelesen werden konnte, sprang er ein; las diese Messe jedoch nicht in der Pfarrkirche, sondern auf dem Kalvarienberg.

Heinrich Hansjakob war mit sich selbst und der eingetretenen Entwicklung zufrieden. Er hatte Pfarrer Simon seine völlige Unabhängigkeit von der Stadtkirche demonstriert. Er hatte ihn in die Schranken gewiesen.

## 2.

Dabei war die übermäßige Überlastung als Lehrer nur vorgeschoben gewesen. Neben seiner schulischen Arbeit hatte Heinrich sein ungeheures Interesse an historischen Themen entdeckt. Seine Doktorarbeit, obwohl in Tübingen nur mit ›ausreichend‹ bewertet, hatte in einem beigefügten Votum seine von historischem Verständnis zeugende Arbeit gelobt. Dieses Lob war es, das Heinrich beflügelte. Er war so sehr von der fachlichen Qualität seiner Dissertation überzeugt, dass er sie an die Akademie der Wissenschaften in Wien schickte. Denn die hatte gerade einen Preis für Arbeiten über die ›Geschichte der österreichischen Vorlande‹ ausgelobt. Zu den österreichischen Vorlanden hatte auch Freiburg gehört und Heinrich hoffte insgeheim, dass seine in Freiburg abgelehnte Dissertation eine Ehrung durch die Akademie der Wissenschaften erhalten würde.

Doch nachdem er enttäuscht einsehen musste, dass seine Arbeit als nicht preiswürdig angesehen wurde, beschäftigte er sich mit dem Leben Salomons III., der im Jahre 890 Bischof von Konstanz und Abt von St. Gallen geworden war. Er schrieb Historiker, Bibliothekare und Archivare in Deutschland, Österreich und der Schweiz an und bat um Unterlagen und Regesten[9]. Die umfangreiche Recherche verschlang viel Zeit. Archivrat Dambacher vom Generalarchiv in Karlsruhe schrieb zudem ironisch, er würde ihm statt der Regesten lieber die einhundert Urkunden und Kopialbücher[10] direkt senden. Dann wisse er selber, wie mühsam es sei, solche Arbeiten zu erstellen. Daraufhin verlor Heinrich die Lust an diesem Unterfangen.

Die Nichtbeachtung seiner Doktorarbeit durch die Akademie der Wissenschaften kränkte ihn. Im Votum zu seiner Doktorarbeit war ihm zweifelsfrei bescheinigt worden, dass er ein hohes geschichtliches Verständnis habe. Er musste sich das jetzt selbst beweisen. Verzweifelt suchte er nach einem geeigneten

9 Zusammenfassungen der Inhalte von Urkunden mit Datierung, kurzen Angaben oder ausführlicher Nennung aller Namen
10 archivarische Quelle, die Urkundentexte in Abschriften enthält

Thema, das weniger Vorarbeiten benötigte als dieser Salomon.

Zunächst dachte er an eine Arbeit über die Auswirkungen der Reformation im Kinzigtal. Dann kamen ihm Zweifel, ob diese Arbeit ihn nicht doch überfordere. So schrieb er Sagen auf, die er von Haslacher Erzählungen her kannte.

Als in der Tageszeitung ein Prüfungsbericht über die Waldshuter Bürgerschule veröffentlicht wurde, in dem die schlechten Leistungen der Schüler und damit logischerweise die mangelhafte Befähigung der Lehrer gerügt wurden, kam ein weiterer Tiefpunkt. Sein Selbstbewusstsein war angeschlagen. Er dachte daran, die ganze Philologie an den Nagel zu hängen und noch Jurisprudenz zu studieren.

Doch dann brach im Juni 1866 der preußisch-österreichische Krieg aus und Heinrich Hansjakob spielte nun mit dem Gedanken, sich doch mehr der Theologie zuzuwenden und Feldgeistlicher zu werden. Heldenhaft würde er im Kugelhagel den sterbenden Soldaten an der Front geistlichen Beistand gewähren.

Indessen fand er plötzlich einen neuen historischen Stoff, der ihn von seinen Zweifeln ablenkte und die Suche nach seiner Selbstbestätigung beendete: die Geschichte der politisch-religiösen Salpeterer-Sekte im Hotzenwald. Es ging um den Aufstand der Hotzenwälder Bauern gegen das Machtstreben des Abtes von St. Blasien und endete in Zwietracht unter den Bauern selbst und später in Sektiererei. Bei seinen Recherchen halfen ihm seine guten Beziehungen zu Freiherr von Schreckenstein in Sigmaringen, der ihm jegliche Unterstützung zuteil werden ließ. 1867 erschien die erste Auflage ›Die Salpeterer‹[11]. Die liberalen Zeitungen stürzten sich auf den *›jungen, fanatischen Priester‹*, der geschrieben hatte, dass dieser Aufruhr gegen die Obrigkeit den Salpeterern zur Ehre angerechnet werden müsse. Denn der Anlass für die Rebellion läge *›darin, dass sie die Kirche in Baden damals unterdrückt und die Geistlichen unkirchlich gesinnt sahen.‹*

Der Kaplan und Schulvorstand hatte mit seiner Abhandlung die badische Regierung und die Kirchenleitung angegriffen. *›Die Schuld liegt an denen‹*, hatte er geschrieben, *›die diese Richtung in der Kirche heraufbeschworen hatten.‹* Und er hatte mit einem Satz Jesu geendet: *›Ärgernisse müssen kommen, sagt der Herr, wehe aber denen, durch die sie kommen.‹* Die erste Auflage war bald vergriffen.

„Philippine, ich werde eine zweite Auflage herausbringen. Die erste war für die Bauern. Jetzt schreibe ich eine für die Herren. Ich werde denen klarmachen, dass auch das Volk seine Rechte hat."

Heinrich Hansjakob brachte im gleichen Jahr eine von 35 auf 98 Seiten erweiterte zweite Auflage der Abhandlung heraus, in der er öffentlich die Rechte des Volkes gegen den Staat einforderte. Auch diese Auflage fand reißenden Absatz.

---

11 Die Salpeterer, eine politisch-religiöse Sekte aus dem südöstlichen Schwarzwald

## 3.

Nun hatte Heinrich die Aufmerksamkeit, die für sein Selbstbewusstsein so wichtig war. Er machte Weihbischof Dr. Kübel den Vorschlag, zum 25-jährigen Bischofsjubiläum des Erzbischofs von Freiburg dessen Lebensgeschichte herauszubringen.

Erzbischof Herrmann von Vicari war seit Jahrzehnten die zentrale katholische Gestalt in der Auseinandersetzung zwischen Kirche und Staat im Großherzogtum Baden. Seine Person war gekennzeichnet durch unbeugsamen Willen, Charakterstärke und Tüchtigkeit – verhasst bei der badischen Regierung, in früheren Zeiten verkannt von der römischen Kurie. Ein Oberhirte, dessen Wahl zum Erzbischof in Freiburg sowohl von Baden wie auch von Rom zunächst abgelehnt worden war und der man erst sieben Jahre später zugestimmt hatte. Ein Mann der Tat, der von der liberalen badischen Regierung unter Hausarrest gestellt worden war und der auch mit jetzt 94 Jahren seinen Weg unbeirrt weiter ging. Ein Vorbild für Heinrich Hansjakob.

Fast ein Jahr arbeitete Heinrich an diesem Lebensabriss. Als er veröffentlicht war, ließ die badische Regierung die erste Auflage beschlagnahmen. Heinrich hatte geschrieben: ›*Die Pforten der Hölle werden die Kirche nicht überwältigen.*‹ Dieser Satz war der Auslöser für das Einziehen der ersten Auflage.

„Der Staatsanwalt, ein Jude, kann natürlich das Neue Testament nicht kennen“, lästerte Heinrich. „Deshalb hat er angenommen, dass ich diesen Satz erfunden habe, um damit die Regierung in Karlsruhe und das Innenministerium unter Minister Jolly als ›Pforte der Hölle‹ zu bezeichnen.“

Die Beschlagnahme war ein Glücksfall für Heinrich, denn dadurch errang seine Arbeit noch mehr Aufmerksamkeit. Als im selben Jahr 1868 der Erzbischof starb, stieg das Interesse an diesem Werk nochmals. Es wurden weitere fünf Auflagen gedruckt.

Nach dieser Lebensgeschichte entstand im Herbst ein Aufsatz Hansjakobs, der in ›Die katholische Welt‹ mit dem Titel *›In den Ferien‹* veröffentlicht wurde. Darin geißelte er die Kinderarbeit im Bergwerk ›Zum Hagenbach‹ bei Berghaupten wie auch die Arbeitsbedingungen der Bergarbeiter im Kinzigtal insgesamt. *›Drunten aber in Offenburg, dem Vorort des Tales, leben in Saus und Braus die Mastbürger, deren Aktien die Kohlen zu Tage fördern, und sinnen nach, wie sie im Lande Baden die Feiertage abschaffen können, damit ihre weißen Sklaven in den Kohlengruben keinen Tag freies Gotteslicht genössen. Wahrlich, ein fluchwürdiges Geschlecht, diese liberalen Krämerseelen unserer Zeit. Gegen sie sind die südstaatlichen Sklavenhalter Nordamerikas noble Herren. Wie hoch stehen über ihnen diese armen Bergleute, welche religiöse und zufriedene Menschen sind‹*, stand da geschrieben. Dies war ein Schlag ins Gesicht der Liberalen.

Heinrich schrieb in seiner ›Dachshöhle‹, wie er sein Studierzimmer nannte, nun wie im Rausch.

Manchmal bekam er Besuch von zwei befreundeten Geistlichen aus Säckingen und Wehr, mit denen er bei einigen Gläsern Markgräfler Wein über seine Arbeiten diskutierte.

„Zum vierhundertsten Mal jährt sich in diesem Jahr der ›Waldshuter Krieg‹ von 1468 zwischen den Eidgenossen und den österreichischen Adligen um den Südschwarzwald." Heinrich griff nach einem Manuskript, das er halb fertig auf dem Schreibtisch liegen hatte und ließ die Seiten am Daumen entlang gleiten. „Ich glaube, ich kann beweisen, dass es schon damals die Auseinandersetzung zwischen der Demokratie und dem zum Raubrittertum verkommenen Adel gab."

Die beiden Geistlichen stimmten ihm zu.

Ab und zu auch ging Heinrich zu dem Landchirurg Sebastian Faller, der im selben Haus wohnte. Durch Faller wurde er an die Sympathiedoktoren seiner Jugend in Haslach erinnert, die durch Gebet und Beschwörung Leiden minderten und Krankheiten heilten. Heinrich ließ sich von dem Doktor, der auf die Heilbehandlung mit Natur und Wasser schwor, in dieser Heilmethode unterweisen.

Doch ansonsten saß er in seiner Freizeit immer wieder vor seinen historischen Quellen. Er begann weitere geschichtliche Werke. Eines über Herimann den Lahmen vom Kloster Reichenau, den Mann, dem wir die Einteilung der Stunde in Minuten verdanken – einen für seine Zeit herausragenden Kenner der Geschichte, Musik, Mathematik und Astronomie. Und er sammelte schließlich Material über die Geschichte des Kapuzinerklosters in Haslach.

# 4.

Während er in seiner Dachshöhle ahnungslos an diesen neuen Manuskripten arbeitete, braute sich über seinem Kopf das Unheil zusammen.

Inzwischen war der Aufsatz ›In den Ferien‹ im ›Trompeter von Säckingen‹ nachgedruckt worden und hatte für Wirbel im Staatsministerium gesorgt.

Der frühere Innenminister Jolly, seit Mitte 1868 mit dem Amt des Staatsministers[12] von Baden betraut, hatte eines Morgens kaum sein Büro betreten, als ihn ein untergeordneter Beamter auf den Artikel über die liberalen ›Mastbürger‹ aufmerksam machte, die angeblich auf Kosten der Gesundheit von halb verhungerten Kindern, elend bezahlten Männern und Familien in bitterster Not ungeheure Gewinne anhäuften.

Jolly überflog den Artikel, dessen provozierendste Stellen bereits rot markiert waren. Der Ministerpräsident zog beim Lesen missbilligend die Augenbrauen zusammen. „Das ist Aufstachelung zum Klassenhass", murmelte er vor sich hin. „Wer ist dieser Schmierfink?"

„Der provisorische Schulleiter von Waldshut", bekam er zur Antwort. „Ein Kaplan, der seit fast zwei Jahren die höhere Bürgerschule in Waldshut leitet. Vielleicht erinnert Ihr Euch. Er hat auch dieses Machwerk über die Salpeterer geschrieben."

Jolly brauchte nicht lange nachzudenken. „Ich erinnere mich. Haben nicht die Zeitungen dieses

12 Staatsminister = Ministerpräsident

Pfuschwerk zerrissen?" Ohne auf eine Antwort zu warten, fuhr er fort: „Wieder so ein Pfaffe, der sich in Angelegenheiten einmischt, die ihn nichts angehen. Wir müssen ein Exempel statuieren."

Der Beamte nickte zustimmend. „Er ist ein Provokateur. Er wandert morgens mit einem überdimensionalen Hut über die Straße zu seiner Schule und erklärt jedem, der es hören will, dies sei ein vergrößerter Hecker-Hut, mit dem er seine demokratische Gesinnung offen zur Schau stelle."

Die Angriffe des jungen Kaplans gegen die liberale Regierung konnte sich Jolly nicht gefallen lassen. Einen Schulleiter, der gegen seinen Brotgeber polemisierte, wollte sich der äußerst katholikenfeindliche Ministerpräsident, der gerade den Erzbistumsverweser Dr. Lothar Kübel wegen Missbrauchs seines geistlichen Amtes anklagen ließ, nicht leisten. Ein Lehramtsanwärter, der sich auf die Seite der ewig gestrigen katholischen Kirche stellte mit ihrem Kampf gegen Rationalismus, Nationalismus und Liberalismus, musste gehen.

„Der Mann ist als Schulleiter nicht tragbar. Auch nicht, wenn er die Schule nur provisorisch leitet. Der muss sofort unschädlich gemacht werden", entschied Jolly. „Solch eine Unverschämtheit lassen wir uns nicht gefallen. Bringen Sie mir nochmals die Akte von diesem Herrn."

Jolly überflog die Akte. „Und die Pforten der Hölle…", las er halblaut. Ah, jetzt wusste er es wieder. Das war dieser Schreiberling, der auch über den aufsässigen Erzbischof von Freiburg geschrieben hatte. Auf seinen eigenen Hinweis hin hatte damals der Staatsanwalt das Buch konfisziert. Er blätterte weiter, bis er zu den Kommentaren über die Salpeterer kam. Dann stutzte er.

„Die Zeitung spottet über seinen schlechten Schreibstil. Da hätten wir doch etwas."

Er stützte sein Kinn in die Hand und überlegte laut: „Ein Schulleiter, der sich nicht richtig ausdrücken kann!"

Wieder wandte er sich an seinen Untergebenen.

„Wir werden ihn nicht entlassen. Wir werden ihn wegen seines schlechten Schreibstils zum letzten Lehrer dieser Schule degradieren. Damit machen wir diesen Hansjakob und die katholische Kirche mit ihren angeblich wissenschaftlich ausgebildeten Lehrern lächerlich. Dies ist ein weiterer Grund, auf ein staatliches Examen für geistliche Lehrer zu dringen, bevor sie auf unsere Schüler losgelassen werden.

„Er hat aber ein staatliches Examen als Philologe", wandte der Beamte ein.

„Aber keines als Priester", fertigte ihn der Staatsminister kurz ab.

## 5.

„Was soll ich tun?", wandte sich Heinrich bald darauf in einem Brief Hilfe suchend an Dr. Kübel.

Dieser, der im Großherzogtum Baden ebenfalls in Ungnade gefallen war und wegen des Einspruchs der badischen Regierung nicht Erzbischof werden konnte, lobte den furchtlosen Artikel. Er gab Heinrich Verhaltensmaßregeln. Für den schlimmsten Fall, die Entfernung aus dem Schuldienst, hätte er ja immer noch das Benefizium auf dem Kalvarienberg.

Dann solle er durch einen Anwalt eine Klageschrift an das Staatsministerium schicken und ›Lärm‹ in den Zeitungen machen.

„Keinen Tag werde ich einfacher Lehrer an der Schule sein, die ich bisher geleitet habe“, sagte Heinrich zu Philippine, die hilflos seinen Bericht gehört hatte. „Dies ist eine viel schlimmere Bestrafung als der Verlust der Schulleiter-Stelle. Dabei weiß ich nicht einmal, wofür ich bestraft werde. Alles, was ich geschrieben habe, ist wahr.“

Doch Philippine dachte praktischer.

„Und wovon sollen wir jetzt leben?“, fragte sie mit Tränen in den Augen.

„Der Bischof hat mir geschrieben, dass ich das Benefizium behalte. Du brauchst keine Sorgen zu haben“, tröstete er sie. „Außerdem konnte ich mir durch die Veröffentlichungen etwas Geld zurücklegen.“

Er strich ihr leicht über den Kopf, eine seltene Geste. „Es wird alles gut werden. Irgendwann werde ich dem Jolly das heimzahlen.“

„Mit deinem Dickkopf machst du wahrscheinlich alles nur noch schlimmer“, schluchzte Philippine und stürzte in die Küche.

„Weibervolk!“, schüttelte Heinrich den Kopf.

Er war fest entschlossen, dem Ministerpräsidenten seine Degradierung mit seinen Mitteln heimzuzahlen. Doch er zwang sich, an das Nächstliegende zu denken. Zuerst musste er dem Oberschulrat schreiben. Er würde keinen Fuß mehr in diese Schule setzen. Überhaupt hatte er genug von diesem Lehrerberuf. Je länger er darüber nachdachte, desto wütender wurde er. Was hatte ihm in letzter Zeit

Spaß gemacht? Sein Schulleiteramt? Nein. Die geschichtlichen Studien waren es, an denen sein Herz hing. Ich werde mich jetzt hinsetzen und schreiben, dass ich als Lehramtspraktikant nicht mehr zur Verfügung stehe, dachte er und zog seinen Stuhl an den Schreibtisch. Weder in Waldshut noch in sonst einer Schule.

Hansjakobs Auflehnung gegen die mächtige badische Regierung hatte den Schulleiter der Bürgerschule zum Stadtgespräch gemacht. Er wurde zum Helden, zum Idol der katholischen Bevölkerung am Hochrhein. In Baden war ein Großteil der Katholiken, besonders im ländlichen Raum, in den letzten Jahren immer unzufriedener geworden. Sie sahen sich von der liberalen Partei an den protestantischen Norden verkauft. Nun standen die enttäuschten Katholiken kurz vor der Gründung einer neuen Partei. Einer, der die Liberalen offen und ohne Rücksicht angriff, war Balsam für die katholische Seele.

## 6.

Am 1. Mai 1869 war es so weit. Die Katholische Volkspartei wurde konstituiert. Mit dem programmatischen Aufruf ›*An das badische Volk!*‹ trat sie an die Öffentlichkeit und forderte: vollständige Trennung der Kirche vom Staat; Freiheit der Kirche bei der Regelung ihrer Angelegenheiten; Ausweitung der Vereinsfreiheit auf katholische Vereine und Orden; Schulfreiheit. Die Partei forderte das föderalistisch geeinigte Deutschland mit Einschluss Österreichs. Sie erklärte, das Ministerium Jolly besäße nicht das

Vertrauen des badischen Volkes, verlangte die Auflösung der Ständeversammlung und wünschte, dafür einen außerordentlichen Landtag einzuberufen, auf dem das direkte und geheime Wahlrecht eingeführt werden sollte. Die Partei wollte Jolly stürzen.

Der Jüngste der neunundsiebzig Unterzeichner dieses Aufrufs war Heinrich Hansjakob.

Vier Wochen später wurde Heinrich eingeladen, auf einer politischen Versammlung im Hegaustädtchen Engen eine Rede zu halten. Es war sein erster Auftritt als politischer Redner.

„Erlauben Sie, meine verehrten Herren und Freunde", begann Heinrich voller Enthusiasmus, „dass ein zu Ehren des Liberalismus von unserem hochpreußischen Ministerium Gemaßregelter für wenige Minuten Ihre Aufmerksamkeit beansprucht. Ich will Ihnen, meine Herren, nicht erzählen, wie der Grimm Sr. Exzellenz, unseres hochmögenden Staatsministers[13] wegen meiner ultramontanen Gesinnungslosigkeit über mich harmlosen, lateinischen Schulmeister herfiel. Nein, ich will auf unendlich Größeres und unendlich Wichtigeres Ihre Blicke wenden – daraufhin nämlich, wie der Liberalismus im Musterstaate Baden seit Jahren mit der katholischen Kirche, mit uns Katholiken verfahren ist und noch verfährt bis in unsere Tage..."

Aufmerksam folgten die Zuhörer seiner Rede. Gelegentlich musste Heinrich eine Pause einlegen, wenn Zustimmungsrufe und Applaus für besonders drastische Ausdrücke wie „Gottesleugner" oder „Großbettler" fielen.

---

13 Jolly

„Meine christlichen Freunde! Sie werden mir zustimmen, wenn ich sage: So lange das ewige Licht brennt vor unseren Altären, wollen wir kein Christentum à la Schenkel.[14] Wir wollen kein Scheinchristentum, wir wollen kein liberales Freimaurerregiment, wir wollen keine Bismarckerei voll Blut und Steuern, wir wollen keine absolute Fürstenherrschaft. Wir wollen aber auch keine Priesterherrschaft, keine Herrschaft irgendeines Standes oder einer Kaste, sondern wir wollen Freiheit, Freiheit für alle. – Freiheit der Person, Freiheit der Familie, Freiheit der Gemeinde, Freiheit der Genossenschaft – Freiheit des ganzen Volkes! Und in dieser Beziehung sind wir auch Demokraten, wahrhaft freisinnige, echte, katholische Demokraten! Darum direkte Wahlen und das Volk wird siegen!"

Stürmischer Applaus brandete auf. Die Anwesenden erhoben sich von ihren Stühlen, klatschten dem Redner begeistert Beifall.

„Heiner", sagte der ehemalige Studienkollege Hansjakobs, Kaplan Helbig, zum Ende der Versammlung, „ich brauche dein Manuskript. Diese fulminante Rede werde ich im ›Trompeter von Säckingen‹ veröffentlichen."

Der Redakteur der Zeitung ›Der badische Beobachter‹, Berberich, druckte diesen Artikel für seine Zeitung nach.

Philippine war fassungslos. Die Polizei war vier Tage nach der Rede in Engen vor der Wohnung er-

---

14 Zu der Zeit einflussreichster evangelischer Geistlicher Badens, dessen Buch über das Leben Christi erregte Proteste unter den Katholiken auslöste

schienen und hatte ihr einen Durchsuchungsbeschluss gezeigt.

„Der Herr Pfarrer ist nicht da“, sagte die kleine, rundliche Person erschrocken zu dem Beamten, der der Anführer zu sein schien. „Er ist mit seinen Freunden auf einem Ausritt.“

„Das tut mir Leid“, sagte der mit der Durchsuchung beauftragte Polizist. Er grinste. „Dann werden wir wohl alleine suchen müssen.“

„Was glaubt die Polizei, was sie im Haushalt eines Kaplans und Lehrers findet?“, fragte Philippine aufmüpfig. Das Grinsen des Mannes hatte sie erzürnt. Doch die Antwort war nur ein Schulterzucken. Die Leute drängten sich an ihr vorbei und durchwühlten sämtliche Schränke in der Wohnung und den alten Schreibtisch in des Schulleiters ›Dachsbau‹. Sie machten nicht einmal vor den beiden Schlafstuben halt. Einige Schriftstücke nahmen sie mit. Diese Schande.

Eine Stunde später kam Heinrich fröhlich pfeifend die Treppe heraufgestürmt. Philippine, die ihn, immer noch vor Erregung zitternd, erwartet hatte, riss die Türe auf. Als sie sein zufriedenes Gesicht sah, wurde sie noch wütender.

„Die Polizei war da!“, zischte sie. „Das hast du jetzt von deiner Dickköpfigkeit. Sie haben die ganze Wohnung durchsucht und deine Unterlagen mitgenommen.“

# 7.

Heinrich wurde vom gleichen jüdischen Staatsanwalt Traub angeklagt wie zuvor bei seiner Arbeit über den Erzbischof. Doch neben der Vorbereitung eines Prozesses holte Staatsminister Jolly zu einem weiteren Schlag aus. Hansjakob wurde aus der Liste der badischen Lehramtskandidaten gestrichen. Ihm war das egal. Er hatte jetzt weitergehende Pläne. Vor allem aber hatte er ein neues Ziel. Er wollte es den Liberalen und vor allem Staatsminister Jolly heimzahlen. Dazu musste er eines werden: Politiker.

Doch zunächst würde er sich um eine Pfarrstelle bemühen. Denn die Dotierung als Kaplan auf dem Kalvarienberg war zu gering. Dr. Kübel würde ihm schon helfen. Und dann könnte ihn kein Pfarrer mehr drangsalieren wie bisher, da er nur Kaplan war.

Tatsächlich war in Endingen am Kaiserstuhl eine Pfarrstelle frei geworden. Doch Heinrich Hansjakob sagte nicht sofort zu, sondern wollte sich die neue Pfarrstelle erst einmal ansehen. Früh am Morgen brach er von Freiburg zu Fuß auf. Nach sechs Wegstunden sah er die kleine Gemeinde Endingen mit ihren beiden Kirchturmspitzen vor sich liegen. Der junge Kaplan Sättele erwartete ihn bereits im Pfarrhaus.

Heinrich stutzte, als er seine zukünftige Wohnstatt vor sich sah. In dieses alte, baufällige Pfarrhaus sollte er einziehen?

„Ich glaube nicht, dass ich hier Pfarrer werden möchte“, sagte er unverblümt zu dem Kaplan, der ihn vergeblich zum Mittagessen ins Pfarrhaus eingeladen hatte. „Wissen Sie, bei mir ist gut gewohnt halb gelebt.“

Sättele hätte vieles darum gegeben, wenn ihm diese Stelle angeboten worden wäre. Aber noch war er nicht lange genug Kaplan. Bis er eine Pfarrstelle wie diese hier übertragen bekäme, würde er noch einige Jahre warten müssen.

„Wollen Sie nicht erst noch mit unserem Bürgermeister reden? Der gesamte Gemeinderat erwartet Sie heute Nachmittag.“

„Nein“, antwortete Heinrich kurz. „Aber Sie könnten mir die Stadtkirche zeigen. Damit ich nicht völlig umsonst gekommen bin.“

In der Kirche fielen Heinrich zwei Reliquien auf; kopflose Mumien zweier Kinder.

„Was sind denn das für Reliquien?“, fragte er interessiert.

„Es sind die Körper von zwei Kindern, die zusammen mit zwei Erwachsenen im Boden unter dem Beinhaus gefunden wurden. Angeblich wurde die Familie im Jahre 1462 von Juden aus Endingen ermordet.“

„Und warum?“

„Der Kaplan zuckte mit den Schultern. „Ritualmord. Sie brauchten das Blut als Chrisam[15] für die Beschneidung.“

„Und was passierte mit den Mördern?“

„Sie wurden durch die Stadt geschleift und verbrannt. Danach wurden alle Juden aus Endingen vertrieben.“

---

15 In der kath. Kirche verwendetes Salböl, normalerweise aus Olivenöl und Balsam

„Eine schreckliche Geschichte", murmelte Heinrich. „Aber warum sind die Leichname heilig gesprochen worden?"

„Zwei Blinde sind geheilt worden vor den Körpern der beiden Kinder", antwortete Kaplan Sättele kurz. Ihm war die Geschichte unangenehm. Er glaubte nicht an den Ritualmord. So brachte er das Gespräch wieder auf den wartenden Gemeinderat. Doch Heinrich hatte sich bereits bei der Ankunft entschieden, als er das Pfarrhaus sah.

„Sagen Sie den Herren, sie müssen weiterhin mit Ihnen als Pfarrverweser vorliebnehmen. Ich bin zudem überzeugt, dass es andere Pfarrer gibt, die besser in diesen Ort passen", sagte er unfreundlich, bevor er sich verabschiedete.

Am Abend sollte er dem Bischof berichten. Als er ihm mit etwas schlechtem Gewissen die Absage eröffnete, hob dieser missbilligend die Brauen. Dr. von Kübel, der vor kurzem vom Herzog von Württemberg geadelt worden war, sah sich jedoch genötigt, Hansjakob weiter zu unterstützen. Schließlich hatte er den Heißsporn ermutigt, gegen Jolly zu opponieren.

„Ich wüsste im Augenblick nicht, wo sonst noch eine Pfarrstelle zu besetzen wäre", gab der Bistumsverweser, im Ton schroffer als sonst, zu bedenken. „Wenn Ihnen diese Pfarrstelle nicht zusagt, werden Sie sich weiter gedulden müssen."

„Exzellenz", sagte Heinrich einschmeichelnd, „wegen des fortwährenden Kampfes mit dem Staat und dieser antireligiösen Liberalisierung fehlen so viele Priester. Da wird sich doch in einem schön gelegenen Fleckchen eine Pfarrstelle für mich finden lassen, wo das Pfarrhaus nicht völlig verfallen ist."

Über so viel Unverfrorenheit musste der Bischof lachen. „Ich werde sehen, was ich tun kann", beschloss er das Gespräch.

Die Nacht verbrachte Heinrich im Bischofs-Palais. Er grübelte nach, in welchem Ort er gerne Pfarrer wäre. Da fiel ihm ein kleines Dorf am Bodensee ein, in dem er auf einer Reise vor einem Jahr gewesen war: Hagnau, ein stilles, liebliches Winzer- und Fischerdörfchen. „In dieses Dorf würde ich sofort gehen", versprach er beim Frühstück begeistert seinem Gönner.

Als der Bischof Stunden später Heinrich erneut zu sich rief, konnte der an seinem Gesicht schon eine frohe Kunde ablesen. „Die Stelle in Hagnau ist frei. Zur Zeit ist ein Württemberger dort Pfarreiverweser, Kaplan Mohr. Da Sie quasi ein Opfer des Streites zwischen Kirche und Staat sind, werde ich sehen, was ich tun kann."

Völlig mit sich und der Welt zufrieden trat Heinrich Hansjakob die Rückreise an. Er kannte Dr. von Kübel. Er wusste, er hatte die Pfarrstelle.

Am 25. November erfolgte bei der Strafkammer in Konstanz die Urteilsverkündung in der Klage des Landes Baden gegen den ehemaligen Schulleiter und Kaplan Hansjakob, den Redakteur und Kaplan Helbig und den Redakteur Berberich. Alle drei wurden schuldig gesprochen.

Heinrich Hansjakob wurde zu vier Wochen Festungshaft und einer Geldstrafe verurteilt.

# Pfarrer in Hagnau

## *1.*

Es war ein nebliger Tag, dieser 26. November 1869. Aber es war ein Tag, wie er zu dieser Jahreszeit üblich war am Bodensee, nasskalt und grau. Da marschierte ein hoch gewachsener, in seiner schwarzen Kleidung unheimlicher Mann, aus dem Nebel kommend in das Dorf Hagnau. Eine alte Frau, die ihm entgegenkam und die er freundlich grüßte, antwortete nicht, sondern sah ihn nur griesgrämig an.

Der Priester schüttelte den Kopf über diese Nichtachtung. Er war Ehrerbietung gewohnt; vor allem von alten Leuten. Vor der Kirche machte er Halt. Das Haus daneben konnte nur das Pfarrhaus sein. Auch das war alt und sah an diesem Morgen wenig einladend aus. Der Geistliche klopfte. Nach einer Weile öffnete sich die Tür.

„Gelobt sei Jesus Christus. Ich bin der neue Pfarrverweser, Hansjakob“, gab sich der Besucher zu erkennen.

Die Frau, die ihm geöffnet hatte, sah noch griesgrämiger aus als das Weiblein am Ortseingang.

„Mein Bruder ist nicht zu Hause“, beschied sie ihm. Es sah nicht so aus, als ob sie ihren Besucher hereinbitten wolle.

„Dann warte ich“, sagte Heinrich energisch. „In der Zwischenzeit können Sie mir ja das Haus zeigen.“

„Jetzt, so kurz vor Weihnachten, sollen wir umziehen“, nörgelte die Haushälterin, als Heinrich im Flur stand. „Dabei ist mein Bruder hier besonders beliebt. Das Dorf möchte ihn gar nicht gehen lassen.“

„Könnte ich jetzt bitte das Haus sehen“, forderte Heinrich erneut, ohne auf das Gesagte einzugehen.

Leise vor sich hinschimpfend öffnete die Pfarrköchin, wie die Haushälterin beim Volk genannt wurde, die verschiedenen Räume. Im oberen Stock hatte Heinrich von jedem Zimmer den Blick auf den nahen See. Obwohl sich der Nebel hartnäckig hielt, wusste er aus den sonnigen Tagen seines Urlaubs, dass der Blick bei klarer Sicht herrlich sein musste. Er hatte kein schlechtes Gewissen, seinen Mitbruder von diesem bezaubernden Fleckchen Erde zu verdrängen. Dafür war die Lage des Pfarrhauses viel zu schön.

Heinrich war zufrieden. Hier würde er bleiben. Komme, was wolle. Mit diesen Gedanken betrat er kurz darauf das Rathaus, um sich dem Bürgermeister vorzustellen. Er traf ihn in seiner Amtsstube, über die Konstanzer Zeitung gebeugt.

„Hansjakob, Hansjakob“, sinnierte der. „Sind Sie der Hetzkaplan, über den ich hier vorn in der Zeitung gelesen habe?“ Er blätterte die Seiten zurück, während er weiter sprach: „Der wegen Störung der öffentlichen Ruhe und Ordnung zu vier Wochen Haft verurteilt wurde?“

Heinrich antwortete trocken: „Stimmt. Aber deswegen bin ich nicht gekommen. Ich bin hier, weil ich der neue Pfarrverweser in Ihrer Gemeinde bin.“

Bürgermeister Model hörte auf zu blättern. Er sah zu Heinrich hoch und lenkte ein: „Das geht mich nichts an.“ Dennoch konnte er es sich nicht verkneifen, zu sagen: „Der verstorbene Pfarrer war ein netter Mann. Liberal und nicht so bigottisch wie dieser Württemberger, der die Pfarrei seither führt. Ich bin froh, dass der jetzt wegkommt.“

„Bigottisch bin ich sicher nicht“, lächelte Heinrich giftig. „Aber liberal auch nicht, wie Sie ja gelesen haben. Jetzt müssen Sie es halt mal mit einer dritten Richtung probieren. Weder liberal noch bigott. Etwas anderes wird Ihnen auch gar nicht übrig bleiben“, fügte er ironisch hinzu.

„Mir soll's recht sein“, meinte Model lakonisch. „Aber die ganz Schwarzen im Dorf verlieren ihren strenggläubigen Kaplan nicht gern. Die werden Ihnen noch zu schaffen machen.“

Heinrich antwortete nicht. Er lächelte nur. Er würde sehen.

Nach dem ersten Gottesdienst wartete vor der Kirche ein älterer, schmächtiger, blasser Mann in einem langen, braunen Rock vor der Kirche.

„Herr Pfarrer, ich bin der Schneider Ludwig Thoma. Ich komme aus Ihrer Gegend, aus Elzach.“

Heinrich begann zu strahlen: „Noch ein Schwarzwälder in Hagnau. So ein Zufall. Bei uns in Haslach wohnte auch ein Thoma, ein Seiler von Beruf. Als Kinder haben wir ihm oft die Haspel gedreht.“

Der Schneider lächelte: „Es gibt noch so einen Zufall. Mein Vater war auch Seiler. Da mein Bruder das Geschäft übernommen hat, musste ich Schneider werden.“

Hansjakob wurde von Erinnerungen übermannt: „Wenn wir die Haspel zu schnell drehten, rief der alte Thoma immer: Ihr Malefizbuabe, wisst Ihr nitt, dass ein Seiler kei Schneider isch und im Laufen sien Brot verdienen muss, während der Schneider siens im Sitze kriegt?"

Beide lachten. Hansjakob wurde von Wehmut nach seinem ›Kinderhimmel‹ gepackt, als der Schneider ihm nun erzählte, wie er als Kind oft mit Vater und Bruder in Haslach auf dem Jahrmarkt Seile und Geißeln verkauft hatte.

„Wecken und ›Wi‹[16] bekamen wir nach dem Jahrmarkt", erzählte er melancholisch, „und wenn der Verkauf gut war, hat der Vater ein paar Schoppen über den Durst getrunken. So lustig wie nach einem guten Markt war er das ganze Jahr nicht."

„Darf ich Sie bei dem kalten Wetter zu einem Frühstück einladen?", fragte Heinrich. „Wir können dann noch etwas von alten Zeiten reden."

## 2.

Knapp fünf Monate waren ins Land gezogen, als der Pfarrer von Hagnau sich von seinen ›Schäfchen‹ verabschieden musste, um seine Strafe in der Festung Rastatt anzutreten.

Gleich am ersten Tag in der Festungshaft begann er seine ›Erlebnisse‹ aufzuschreiben:

*›Schloss Rastatt, am ersten Tag im Wonnemonat des Jahres 1870. Vor elf Jahren war ich als Abituri-*

16 Wein

*ent vom hiesigen Lyzeum*[17] *weggezogen als lustiger Studio, beliebt bei allen...Bierwirten Rastatts. Vor kaum sieben Jahren war ich..., in die Festung eingezogen, ... auf dem besten Wege..., dereinst badischer Professor und Staatsdiener zu werden – und heute bin ich in derselben Feste als ein vom Staat verworfener, als Lehramtspraktikant gestrichener, zum Staatsverbrecher gewordener, finsterer Ultramontaner*[18].‹

Hansjakob fand während der Haft immer größere Befriedigung bei seiner intensiven Beschäftigung mit der Politik und vor allem bei der Verteidigung des Katholizismus im Kulturkampf mit den Liberalen. So kam er nicht als gebrochener, reumütiger Mann aus dem Gefängnis, sondern als Kämpfer und – seinem Naturell entsprechend – ›Grobschmied aus Haslach‹. Dies zeigte sich vor allem in seinen Reden, in denen er die liberale Regierung vehement angriff.

Die Auseinandersetzung mit dem politischen Katholizismus hatte nach dem Krieg Preußens mit Frankreich eine neue Dimension erreicht. Hatten die Liberalen Badens bisher versucht, aus dem Katholizismus eine willfährige Staatskirche zu machen, die sich der Politik unterordnen sollte, so war nach der Gründung der deutschen Einheit der Machtanspruch der Politik erneut gewachsen. Das evangelische Kaiserhaus sah sich von den Ultramontanen bedroht. Es war ohne Verständnis für den universellen Charakter eines weltumspannenden Katholizismus,

17 Gymnasium
18 katholischer Geistlicher, der Weisungen ausschließlich aus dem Vatikan befolgt

der als undeutsch galt. Diese ›*antinationale Form des Christentums aus dem Reich hinwegzufegen*‹, war erklärte Absicht der Politik.

Die papsttreuen Katholiken, vertreten durch die Katholische Volkspartei, wehrten sich. Heinrich Hansjakob hielt Rede auf Rede, verfasste Artikel auf Artikel. Er ließ sich von der Volkspartei für den Wahlkreis ›Offenburg Land‹ aufstellen. Am 12. Oktober 1871 wählten ihn die Bauern des unteren Kinzigtales in die zweite Kammer des badischen Landtages.

Heinrich wurde neben seiner seelsorgerischen Tätigkeit in Hagnau und seiner Arbeit in der Opposition des Landtages Mitarbeiter der Zeitschrift ›*Die katholische Bewegung unserer Tage*‹ und dann der scharfen Kulturkampfschrift ›*Weckstimmen für das katholische Volk*‹.

Wie zuvor als Lehrer, dann als Historiker, hatte er in der politischen Auseinandersetzung ein Betätigungsfeld gefunden, für das er sich berufener fühlte als für die Aufgabe eines Seelsorgers. Eine Bestimmung, für die er seine ganze Kraft einsetzte.

Heiteres Gelächter der Opposition erfüllte die Kammer des badischen Landtags in Karlsruhe, als der Abgeordnete Dr. Heinrich Hansjakob tadelte, dass bei einer Prämierung für Zuchtpferde die ›rote‹ Farbe der Halter für den Zuchterfolg entscheidender gewesen sei als die Farbe der Tiere selbst.

„Heiner, denkst du bei deinen Attacken gegen die Regierung auch nur einmal daran, wie du uns schadest? Das halbe Dorf sieht mich schief an. Ich wage mich schon gar nicht mehr aus dem Haus", maulte Philippine. „Ein Pfarrer sollte sich um seine Gemeinde kümmern, nicht um Politik."

Heinrich hatte eine scharfe Erwiderung auf den Lippen, doch der anhimmelnde Blick der jungen Frau, die neben Philippine am Herd stand, ließ ihn zögern. Es war Maria Sophia Baumann, die achtzehnjährige Tochter seiner Nachbarn, die bei seiner Schwester das Kochen erlernen sollte. Verlobt mit dem Wirtssohn Hermann Zimmermann, der einmal die väterliche Gastwirtschaft übernehmen sollte. Sie war wahnsinnig beeindruckt von dem jungen, ungestümen Politiker und unglücklich verliebt in den Priester, der ihr nie gehören würde.

Heinrich genoss diese Verehrung. So sagte er nur: „Ach Philippine, von Politik verstehst du nichts. Ich muss doch unseren Glauben gegen diese Gottesleugner verteidigen." Mit einem freundlichen Lächeln für Maria verließ er die Küche.

In einer weiteren Rede in Markdorf am Bodensee wiederholte der Hagnauer Pfarrer die Schelte wegen der Fohlenprämierung. Dieses Mal war jedoch der Landesstallmeister von Röder selbst anwesend und bat ums Wort, um sich zu verteidigen. Die Bauern lachten höhnisch und pfiffen ihn aus, als er seine Rede begann. Von Röder brach seine Verteidigung ab. Er sah seine Ehre besudelt. Das Innenministerium erhob Anklage wegen Beleidigung des Stallmeisters und des Bezirkstierarztes Bell, der angeblich ebenfalls von Hansjakob beschuldigt worden sei.

Ihm drohte zum zweiten Mal eine Haftstrafe. Doch der Beginn des Prozesses ließ auf sich warten.

## 3.

Drei Monate später saß Heinrich Hansjakob fassungslos an seinem altertümlichen Schreibtisch. Sein Gesicht war wachsbleich. Er hatte die Augen geschlossen und die Hände vors Gesicht geschlagen. Neben dem Schreibtisch stand die weinende junge Frau aus dem Nachbarhaus, Maria Sophia. Sie hatte ihm gerade eröffnet, dass sie glaube, schwanger zu sein. Seit zwei Monaten war ihre monatliche Blutung ausgeblieben, und auch ihr morgendliches Unwohlsein ließ kaum mehr Zweifel an ihrer Befürchtung aufkommen.

„Was soll ich nur tun, Hochwürden", schluchzte sie. Ihre sonst dunklen, wie Spätkirschen glänzenden Augen waren vom Weinen gerötet. „Mein Verlobter wird von mir nichts mehr wissen wollen, wenn er davon erfährt."

Heinrich nahm die Hände vom Gesicht. Er klammerte sich an eine winzige Hoffnung: „Könnte er der Vater sein?", fragte er tonlos.

Gekränkt stieß die junge Frau hervor: „Wie könnt Ihr nur so etwas von mir denken, Herr Pfarrer." Sie sah auf ihn herab. Ihre Augen, gerade noch verschwommen vom Weinen, blitzten vor Empörung. „Ich habe doch nur Euch gehört."

„Entschuldige, Maria", beschwichtigte Heinrich sie sofort. „Ich bin nur so verwirrt."

Er stand auf. Er musste sich zusammennehmen, ermahnte er sich. Er musste stark sein. Er durfte jetzt nicht an sich, sondern nur an dieses Mädchen denken. Wie schützend legte er seinen Arm um ihre

Schultern. Es fiel ihm schwer, was er jetzt sagte, aber ihm blieb keine andere Wahl:

„Du darfst jetzt den Kopf nicht verlieren. Wenn du wirklich schwanger bist, werde ich mich eben in den Laienstand zurückversetzen lassen und dich heiraten."

„Ihr lasst mich nicht in der Schande?", fragte das Mädchen hoffnungsfroh. Ein scheues Lächeln umspielte Marias Lippen.

„Sicher nicht", bestätigte Heinrich. Er schob das Mädchen von sich weg. „Jetzt gehe und lasse dir nichts anmerken. Ich muss nachdenken."

Als er wieder allein war, sank er auf seinen Stuhl zurück. Wild überstürzten sich Einsicht in seine Schuld, Befürchtung vor der Anschuldigung und Zukunftsangst. Alles ist aus, dachte er. Ich habe mein Leben verpfuscht. Nächsten Monat werde ich 35 Jahre alt. Doch mein Lebensinhalt, meine Zukunft, meine Träume, viele Jahre des Studiums – vorbei, zerstört, vernichtet. So vieles wollte ich noch erreichen. Jetzt, wo ich endlich im Landtag bin und in den Reichstag gewählt werden könnte. Aus. Ein gescheiterter Priester mit einem Kind. Diese Schande! Für meine Partei bin ich zukünftig untragbar. Ich werde wieder als Lehrer arbeiten und Maria heiraten müssen. Aber kann ich das, ohne vor Jolly zu Kreuze kriechen zu müssen? Ich habe mich für einen Augenblick vergessen. Ich bin in die Falle gelaufen. Wegen meiner Eitelkeit. Aber auch, weil ich für den Zölibat nicht geschaffen bin.

Er vergrub seinen Kopf in seinen Armen. Warum, o Gott, hast du mich mit diesem Sehnen gestraft, wenn du wolltest, dass ich dein Priester werde? Diesem Sehnen nach Wärme, Zuneigung und Erfüllung. Ich war doch nie ein asketischer Mensch. Aber wenn du mich als deinen Priester wolltest, warum hast du mich dann nicht so erschaffen?

Seine Kinderzeit trat ihm vor Augen. Die Zeit des Unbeschwertseins, der kindlichen Freude, der Unverdorbenheit. Diese Zeit, die er jetzt als seinen Kinderhimmel empfand. Später dann die Flegeljahre in Rastatt, die Zeit im Konvikt und seine Weihe zum Priester.

Auch an seine ersten Schwierigkeiten mit dem Zölibat erinnerte er sich wieder, in Waldshut. Damals, als sich der Bierbrauer Haas umbrachte, weil er seine Frau an den jungen Schulleiter verloren sah. Die hübsche, junge Frau Haas war ihm gar nicht wichtig gewesen. Es war nur seine Eitelkeit, der Reiz des Verbotenen, eine kleine Verliebtheit. Dass ihr Mann sich selbst tötete, hatte ihm zu schaffen gemacht. Das hatte er nicht gewollt. Dazu hatte es überhaupt keinen Grund gegeben.

Er hatte diese Episode verdrängt. Nun trat sie ihm wieder vor Augen.

„Mutter Maria“, betete er, „was soll ich tun? Hilf mir, Mutter Gottes.“

Er wurde wieder zum Kind, betete wie ein Kind, versprach wie ein Kind: „Wenn ich aus dieser Sache herauskomme, wenn Maria Sophia vielleicht doch nicht schwanger ist, wenn ich weiter Priester bleiben kann, werde ich eine Wallfahrt nach Lourdes machen.“

Die Türe ging auf. Auf der Schwelle stand Philippine. „Was hat denn Maria? Sie hatte ja ganz rote Augen!“

„Ich kann dir das nicht sagen", entgegnete ihr Bruder unwirsch. „Hast du mal etwas von einem Beichtgeheimnis gehört?"

Beleidigt über die schroffe Antwort schloss Philippine die Tür.

Nächtelang lag Heinrich im Bett und konnte nicht schlafen. Wenn er dennoch einnickte, wachte er nach wenigen Minuten wieder auf, nass geschwitzt und verängstigt von seinen Träumen. Es waren immer die gleichen Träume. Er träumte, er hätte seine Sünde dem Bistumsverweser Dr. von Kübel gebeichtet. Der hätte ihn von seinen Pflichten als Seelsorger entbunden. Nie mehr solle er ihm unter die Augen kommen, hatte von Kübel gesagt. Er sei die Hoffnung der Diözese gewesen. Nun hätte er die katholische Sache wegen eines Weibes verraten, die Priester der Lächerlichkeit preisgegeben, Gott, den Papst und sich selbst betrogen. Er träumte, dass er daraufhin Staatsminister Jolly angefleht habe, wieder als Lehrer eingestellt zu werden. Doch der habe ihn nur ausgelacht. Er könne keinen Lehrer gebrauchen, der sich nicht beherrschen könne, sich nicht in der Gewalt habe. In seiner Not sei er nach Haslach zurückgegangen. Doch die Einwohner hätten ihn mit Verachtung gestraft. Niemand wollte etwas von ihm wissen. In der Hütte des närrischen Malers habe er fortan mit Frau und Kind gehaust. Droben im Urenwald. Versteckt vor den Augen der Haslacher. Verrückt sei er geworden wie der närrische Maler.

Jedes Mal erwachte er an seinem eigenen Stöhnen. Er hatte eine unbändige Angst vor der Zukunft.

Doch es hilft alles nichts, dachte Heinrich jeweils am Morgen. Ich muss mit Marias Eltern reden. Ich muss mich zu meinem Fehler bekennen. Ich werde sie heiraten. Dennoch vermied er es, mit Maria allein zu sein.

Tage später klopfte er abends an die Tür seiner Nachbarn. Marias Mutter öffnete.

„Herr Pfarrer, was führt Sie zu uns? War etwas mit Maria?“ Ohne auf eine Antwort zu warten, redete sie weiter. „Kommen Sie herein.“

Heinrich musste sich bücken, als er durch die Tür trat. „Ist Ihr Mann da?“, fragte er bleich. „Ich muss mit Ihnen beiden reden.“

Die Frau sah ihn forschend an.

„Nehmen Sie Platz“, forderte sie ihn auf. „Ich hole ihn.“

Augenblicke später betraten beide wieder den Raum. Heinrich erhob sich von seinem Stuhl.

„Gelobt sei Jesus Christus, Herr Pfarrer“, begrüßte ihn Marias Vater. „Sie wollten uns sprechen, sagte mir meine Frau. Was ist passiert?“

Heinrich senkte den Blick und sah auf den Boden. Er schluckte.

„Maria ist schwanger“, sagte er leise. Nach einer kurzen Pause ergänzte er: „Ich bin der Vater.“

Im Raum herrschte gespenstische Stille. Beide blickten fassungslos zu dem Priester auf.

„Ich werde die Konsequenzen tragen“, nahm Heinrich sein Geständnis wieder auf. Nun sah er die Eltern Marias an. „Ich lasse mich in den Laienstand zurückversetzen. Dann kann ich Maria heiraten.“

„Setzen Sie sich zuerst einmal“, forderte der Vater Marias den von ihm bisher hochgeschätzten jungen Priester auf. Er selbst setzte sich an das Kopfende des Tisches, seine Frau daneben. So, wie beide immer saßen, wenn sich die Familie zum Essen traf oder etwas besprochen werden musste. „Jetzt reden wir einmal in aller Ruhe miteinander." Er sah Hansjakob ernst an. „Lieben Sie Maria?"

Hansjakob sah den Fragesteller kurz an, senkte dann aber wieder den Blick. „Ich weiß es nicht. Ich mag sie sehr. Aber ob das Liebe ist?" Heinrich ließ die Frage, die er eigentlich sich selbst gestellt hatte, unbeantwortet.

Unbarmherzig kam die nächste Frage: „Sie sind Priester, Mitglied der katholischen Volkspartei. Wie stellen Sie sich Ihre weitere Zukunft vor? Priester können Sie nicht mehr sein und Ihre Karriere als Landtagsabgeordneter können Sie auch vergessen, wenn bekannt wird, dass Maria schwanger ist."

Heinrich nickte zustimmend. „Ich kann versuchen, dass ich wieder als Lehrer arbeiten kann."

Marias Vater lachte bitter: „Nachdem Sie mir selbst erzählt haben, dass Sie aus der Liste der Lehramtskandidaten gestrichen wurden?" Er schüttelte den Kopf. „Wenn das bekannt wird, was Sie soeben gebeichtet haben, haben Sie nichts mehr. Kein Einkommen, keine Stellung. Und Ihre Partei lässt Sie fallen wie eine heiße Kartoffel. Denn einen Priester, der das Zölibatsversprechen gebrochen hat, kann sich Ihre Partei nicht leisten."

Er wandte sich seiner Frau zu. „Kannst du einen Krug Wein und zwei Gläser bringen? Ich glaube, wir brauchen erst einmal etwas zu trinken."

Marias Mutter stellte je ein volles Glas Seewein vor den Priester und ihren Mann. Sie zitterte so, dass sie etwas von dem Wein verschüttete. Den Krug ließ sie auf dem Tisch stehen.

„Ich sehe keine andere Möglichkeit", sagte der Rebmann bedächtig und nahm einen Schluck aus seinem Glas. „Es darf nicht herauskommen, dass Sie und Maria…" Er ließ den Satz unvollendet. „Ob der Hermann unsere Tochter jetzt noch will, müssen die beiden unter sich ausmachen. Das wäre die beste Lösung. Doch selbst wenn er sich darauf einlässt, Maria doch noch zu heiraten: Die Kosten für das Kind können Sie nicht dem Hermann aufbürden. Für die Ausbildung und den Lebensunterhalt des Kindes müssen Sie aufkommen."

„Natürlich", stammelte Heinrich aufgeregt. Ihm schien das ein Ausweg, wahrscheinlich der einzige, zu sein. Vielleicht würde er sein Versprechen nicht einhalten müssen, vielleicht war er gerettet.

„Wenn der Hermann unsere Maria jetzt nicht mehr will, werden Sie unsere Tochter unterstützen müssen, bis sie sich selbst helfen kann", forderte der Rebmann weiter.

Heinrich nickte nur. Das war selbstverständlich.

„Ich glaube, mit Maria reden wir beide allein", überlegte der zukünftige Großvater mit einem raschen Blick auf seine Frau. Dann wandte er sich wieder Heinrich zu. „Ich möchte aber nicht, dass sie noch länger im Pfarrhaushalt ist. Ich glaube, da hat sie jetzt genug gelernt", fügte er bitter hinzu. Er stand auf.

Auch Heinrich erhob sich. Er zweifelte noch, ob dieser Alptraum wirklich beendet war. „Natürlich komme ich für das Kind auf. Aber ich muss nochmals mit Maria sprechen. Ich habe ihr versprochen, dass ich sie heiraten werde."

„Morgen", sagte ihr Vater. „Heute reden wir mit

ihr. Dann soll sie alles überschlafen. Es ist auch für unsere Tochter besser, wenn niemand weiß, dass ein Priester der Vater ihres Kindes ist."

„Heilige Mutter Maria", dankte Heinrich auf dem kurzen Weg zum Pfarrhaus der Mutter Gottes, „ich werde nach Lourdes wallfahren. Dir zur Ehre."

## *4.*

Der Prozess wegen Beamtenbeleidigung hatte begonnen. Sechs Monate Haft forderte der Staatsanwalt. Obwohl von vierundzwanzig gehörten Zeugen zwanzig sich nicht daran erinnern konnten, dass der Priester Namen bei dieser Affäre genannt habe, wurde Heinrich Hansjakob zu einer Gefängnisstrafe von sechs Wochen verurteilt.

Hansjakob durfte den Haftantritt selbst bestimmen. Er wählte sinnigerweise den Tag Petri Kettenfeier, den Tag, an dem Petrus auf wundersame Weise aus dem Gefängnis des Herodes befreit worden war. Er hatte durch diese Wahl noch fast ein halbes Jahr Zeit, bevor er seine Haftstrafe in Radolfzell antreten musste.

Nur wenige Tage vor dem Urteilsspruch hatte Heinrich Hansjakob den Sohn des Hermann Zimmermann und seiner Ehefrau Maria Sophia, geborene Baumann, in der Kirche zu Hagnau getauft. Die glücklichen Eltern gaben ihrem kleinen Sohn den Namen Fritz.

Gerne hätte sich Heinrich vor dieser Taufe gedrückt, doch er hatte keine Wahl. Es gab in Hagnau nur einen Priester. Heinrich Hansjakob konnte nicht verhindern, dass, während er die uralte Formel sprach und das Taufwasser über den Kopf des Säuglings rann, Stolz seine Brust erfüllte. Es war ein schönes Kind.

In den nächsten Monaten kamen immer mehr Bürger aus Hagnau und der Umgegend zu ihm. Es hatte sich herumgesprochen, dass der Pfarrer auch ein Wasserdoktor sei, der Krankheiten mit Wasser heilen könne. Heinrich war es recht, denn seine Gespräche mit den Pfarrkindern lenkten ihn von seiner Angst und seiner Grübelei ab. Und seine Erfolge als Wasserdoktor machten ihn stolz.

Die Nachricht über diese Erfolge war aber auch nach Freiburg gedrungen. Das bischöfliche Ordinariat verbot ihm seine Tätigkeit als ›Naturarzt‹. Für einen katholischen Priester sei jede ärztliche Tätigkeit streng verboten.

Er vergrub sich in seiner Arbeit. Aber nachts kam die Angst wieder – die Angst, dass sein Fehltritt bekannt würde. Dass seine Existenz, sein ganzes Leben vernichtet würde. Mit Philippine konnte er nicht reden, mit seinen Amtskollegen nicht und besonders nicht mit den Abgeordneten im Landtag, die er zu seinen Freunden zählte. Er begab sich in nervenärztliche Behandlung.

In diesem Frühjahr hatte er unter dem Pseudonym ›Hans am See‹ ein Heftchen mit dem Namen: *›Das Narrenschiff unserer Zeit‹* herausgebracht. Darin verglich er die ›Narrheiten‹ in der Zeit des ausgehenden Mittelalters mit den Narrheiten des Liberalismus in diesen Zeiten des Kulturkampfes. Alle die kirchenfeindlichen Liberalen befänden sich auf einem Narrenschiff, das am Fels der Kirche zerschellen würde.

Die Wut der Liberalen an seiner Schrift steigerte seine Angriffslust. Bald erschien ein weiteres Heft: ›*Der Herr und sein Diener*‹, in dem er Bismarck scharf angriff. Dieser verstünde es, seinen Diener, den Liberalismus, für seine antikatholischen Zwecke einzusetzen. Der Liberalismus, der früher *gegen* Bismarck eingestellt gewesen sei, krieche jetzt vor seinem Herrn auf dem Bauch, behauptete Hansjakob.

Bismarck hatte durch die Maigesetze dem Katholizismus besonders in Preußen eine schwere Schlappe zugefügt. Er versuchte die Kirchenhierarchie weitgehend zu verstaatlichen und zu nationalisieren. Die Katholiken leisteten unerwarteten Widerstand.

Dennoch stand es um die katholische Sache in Deutschland schlimmer als je zuvor. Die Jesuiten und andere Orden waren verboten worden, im Kanzelparagraphen war den Geistlichen bei Strafe untersagt worden, staatliche Angelegenheiten zu erörtern, das Schulaufsichtsgesetz schränkte den Einfluss der Kirchen auf den Schulunterricht ein. Theologen mussten ein staatliches Kulturexamen ablegen, und Bischöfe wurden verpflichtet, kirchliche Neubesetzungen einer staatlichen Stelle zu melden. Es wurde ein königlicher Gerichtshof für kirchliche Angelegenheiten geschaffen, die disziplinare Gewalt der Kirche entzogen.

Wie katholikenfeindlich der Staat geworden war, zeigte eine Medaille, die 1872 gedruckt worden war. Auf der einen Seite zeigte sie Bismarck und auf der

Rückseite Germania, die mit dem Speer in der einen und der Bibel in der anderen Hand den Papst vertreibt. Die diplomatischen Beziehungen zum Vatikan wurden abgebrochen.

Hansjakob klagte in einer prophetischen Rede: „Der Staat kann verfolgen, er kann einsperren, er kann zum Lande hinausjagen, aber er ist mit all seinen Kanonen und Festungen nicht imstande, auch nur einen Katholiken seiner Kirche untreu zu machen… Es kommt die Zeit, wo der moderne Staat mit der Kirche Frieden schließt und schließen muss, wenn er nicht in vollständiger sozialer Auflösung und Revolution zugrunde gehen will!“

Schließlich kam der Tag Petri Kettenfeier und Hansjakob musste seine Haftstrafe absitzen. Er nutzte die Zeit im Gefängnis und führte ein Tagebuch, das er im gleichen Jahr unter dem Titel: ›*Neue Erinnerungen eines badischen Staatsgefangenen*‹ herausbrachte. Er besitze, schrieb er darin, ›*einen Galgenhumor, der weder durch Sauhirten und deren Angriffe noch durch Denunziationen noch durch Kerker und Banden geschwächt wird.*‹

Im Herbst wurde der streitbare Priester durch die Bauern des Kinzigtales mit großer Mehrheit erneut in den Landtag gewählt.

In Baden wurde eine Gesetzesvorlage eingebracht, dass nicht nur Geistliche, die eine Pfarrstelle anstrebten, ein staatliches Examen abzulegen hätten, sondern auch Pfarrverweser. Knabenseminare und das Konvikt, in denen die katholische Kirche ihren Nachwuchs ausbildete, sollten geschlossen werden.

Der Bistumsverweser von Freiburg, Bischof Dr. von Kübel, reagierte, denn mit diesem Gesetz wurde die Verleihung eines geistlichen Amtes vom Staat abhängig. Das konnte die Kirche nicht zulassen. Der Bischof verbot den jungen Theologen, sich dem Examen zu unterwerfen.

Damit hatte sich die katholische Kirche in Baden den Priesternachwuchs bewusst selbst abgeschnitten. Der Bischof war jedoch überzeugt, dass dies auf längere Sicht zu einem anhaltenden Widerstand der katholischen Bevölkerung gegen die badischen antikirchlichen Gesetze führen werde.

5.

An Hansjakob waren die Aufregungen des Kulturkampfes, die vielen Wortgefechte im Landtag, das Verfassen von immer neuen Artikeln gegen Staat und Liberale und die Erniedrigung durch die Gefängnishaft nicht spurlos vorübergegangen. Das Gefühl, ausgebrannt, verbraucht zu sein, wurde noch hochgradig verstärkt durch die Angst vor Entdeckung seiner Verfehlung.

Dennoch stellte er sich in seinem Wahlkreis Offenburg-Land der Wahl zum Reichstag. Zuletzt fehlten ihm zu einem Sitz im Reichstag einige wenige Stimmen, da sich die Wähler in den evangelischen Gemeinden der Rheinebene gegen den radikalen katholischen Priester stellten.

„Exzellenz, ich habe 1872 ein Gelübde abgelegt, dass ich zum Gnadenbild der heiligen Muttergottes nach

Lourdes pilgern werde. Ich fühle mich krank und überarbeitet", klagte Heinrich beim Bischof, als er zur Einsicht kam, dass die antikatholischen Gesetze nicht verhindert werden konnten. „Ich bitte um Urlaub, damit ich mein Gelübde erfüllen kann."

Dr. von Kübel entsprach dem Gesuch. Er gab Heinrich Hansjakob sechs Wochen Urlaub.

Hansjakob reiste nicht nur nach Lourdes. Er bereiste alle größeren Städte Frankreichs. Es fiel ihm auf, dass in Frankreich der Einfluss der Religion schon seit Jahrzehnten im Schwinden begriffen war. Selbst die Bauern hatten sich vom Glauben abgewandt. Die Gesellschaft schritt unaufhaltsam auf eine neuerliche soziale Revolution zu und die Kirche konnte keinen Einfluss nehmen, weil sie die Autorität beim Volk verloren hatte. Heinrich war entsetzt. War dies die Entwicklung, die der katholischen Kirche und dem Volk auch in Deutschland drohte? Wollte man nicht auch in Baden und vor allem in Preußen die Religion aus den Herzen der Gläubigen reißen? Wie konnte verhindert werden, dass Deutschlands Katholiken den Weg Frankreichs gehen mussten? Wie konnte das einfache Volk, das Rückgrat des Staates, wieder zurück zur Kirche finden? Und wie konnte verhindert werden, dass der katholische Bauernstand in Baden, der bis jetzt noch fest auf Seiten der Kirche stand, in dem Gezerre um die Macht zwischen Staat und Kirche seinen Glauben verlor? Was passierte, wenn der Staat den Klerus ausschaltete? Wer kümmerte sich dann um die Gläubigen? Wo war die Lösung? Der Glaube, hämmerte es in seinem Kopf, der Glaube muss bewahrt werden. Egal, um welchen Preis. Auch, wenn man den eigenen Standpunkt verleugnete. Auch, wenn man sich den falschen Gesetzen des Staates unterwarf. Gebt dem Kaiser, was des Kaisers ist, hat Jesus gesagt. Wenn der Staat die Gesetze macht, müssen sie befolgt werden, auch wenn damit der weltliche Machtanspruch der Kirche sinkt.

Wie war es in Rom zur Zeit der ersten Christen gewesen? Erst als sich der Herrscher zum Gott machte, hatte er seine Grenzen überschritten. Erst da wurde der Gehorsam zur Verleugnung Gottes. Erst zu diesem Zeitpunkt durften die Christen diesem Herrscher den Gehorsam verweigern. Doch zuvor waren die Gesetze der Herrschenden einzuhalten.

Heinrich wurde diese Gedanken nicht mehr los. Die Kirche musste im Streit um die Macht nachgeben, musste den ersten Schritt zu Versöhnung tun, wollte sie nicht Gefahr laufen, vom Staat ausgeschaltet zu werden. Das wäre das Ende der Religion in Deutschland. Je mehr er darüber nachdachte, desto mehr war er von der Richtigkeit seiner Überlegungen überzeugt.

Im Landtag schlug er versöhnlichere Töne an. Er warb unter seinen Fraktionskollegen für seine neue Linie. Doch niemand wollte ihm zuhören. Die Regierung wird irgendwann nachgeben müssen, war die allgemeine Meinung. Die Zeit dafür ist nicht mehr fern. Das katholische Volk wird sich diese Knebelung nicht mehr lange gefallen lassen. Die Gemeinden klagen, dass sie wegen der Examenspflicht keine Priester mehr haben. Der Zustrom zu unserer Partei wächst. Wir stehen kurz vor dem Sieg.

Doch Hansjakob wusste, die jungen Priester, die vor dem Examen standen, es jedoch aufgrund der

Weisung ihres Bischofs nicht ablegen durften, waren auf seiner Seite. Die liberaleren Priester, denen er zuvor ein Dorn im Auge gewesen war, waren ebenfalls seiner Meinung. Auch die alten Priester, die wegen des fehlenden Nachwuchses völlig überlastet waren, standen hinter ihm und seiner Forderung, den ersten Schritt zur Versöhnung mit dem Staat zu wagen. Er musste den Bischof überzeugen.

Dieses Mal stieß er mit dem Wechsel in seiner Strategie bei Bischof von Kübel auf Ablehnung.

Im August entzog Jolly allen Jungpriestern von 1874, die auf Weisung aus Freiburg sämtlich kein Examen hatten ablegen dürfen, die Erlaubnis, ihre Berufung auszuüben. Da sie sich nicht daran hielten, wurden die 31 Vikare mit insgesamt 13 Jahren Gefängnis, ihr Bischof mit 500 Mark[19] Geldstrafe bestraft. Im Sommer 1875 saßen fast alle katholischen Jungpriester Badens im Gefängnis.

Hansjakobs Nervenleiden verschlimmerte sich. Nachdem sein Kind jetzt drei Jahre alt war, waren im Dorf erste Gerüchte über seine Vaterschaft aufgetaucht. Es schien nur eine Frage der Zeit zu sein, bis seine Verfehlung öffentlich wurde. Philippine, die von dem Gerücht erfahren hatte, stellte ihn zur Rede. Als er ihr seinen Fehltritt zugab, brach für sie eine Welt zusammen.

„Nie mehr werde ich dir vertrauen können“, schleuderte sie Heinrich ins Gesicht.

Heinrich reichte ein ärztliches Attest ein. Es bescheinigte ihm eine seit drei Jahren andauernde

19 umgerechnet heute wahrscheinlich 5.000 Euro

nervenärztliche Behandlung. Der behandelnde Arzt verwies auf langfristige Nervenschwäche mit dem Gefühl der Erschöpfung. Hansjakob bat mit Rücksicht auf seine schwer angeschlagene Gesundheit erneut um Erholungsurlaub.

Den ihm zugesagten achtwöchigen Erholungsurlaub nutzte Heinrich Hansjakob für eine Reise nach Italien. Er musste Abstand gewinnen. Er brauchte Zeit zum Nachdenken. Er hoffte, die neuen Eindrücke und Erlebnisse würden seine Nerven beruhigen, seine Angst vertreiben. Die auf dieser Reise gewonnenen Einsichten beschrieb er in zwei Bänden seiner Reiseerinnerungen: ›*In Italien*‹.

Das ebenfalls brisante Verhältnis zwischen der Kirche und dem italienischen Staat gab ihm erneut Anlass, seine Überzeugung zu überdenken. In Italien hatte sich, anders als in Frankreich, nicht die arme Unterschicht, die der Arbeiter und Bauern, von der Kirche gelöst, sondern die intelligente Oberschicht, die Gebildeten. Denn dort waren die Priester schlecht ausgebildet, arm und schmutzig. Wären diese Priester wissenschaftlich ausgebildet, war er plötzlich überzeugt, würden sie von den Gebildeten nicht verachtet, hätten mehr Autorität und Einfluss. Das käme der gesamten Kirche in Italien zugute. In diesem Sinne sei ja eigentlich auch das Kulturexamen positiv zu bewerten. Wenn es so ein Examen in Italien gäbe, würde es das Ansehen der Kirche heben. In seinen Reiseerinnerungen schrieb er: ›*Retten was zu retten ist an Glaube und Autorität im Volke und nur dies zu erreichen, den Frieden suchen und soweit als möglich nachgeben, mit Rücksicht auf Zeit und Umstände, das soll unsere Losung sein.*‹

## 6.

Während er dies schrieb, betrat Philippine Heinrichs Arbeitszimmer. In der Hand hielt sie eine Zeitung.

„Der Großherzog hat den Jolly entlassen“, sagte sie zu ihm und hielt ihm die Zeitung hin. „Die Zeitung schreibt, der Grund für die Entlassung ist seine starre Haltung im Streit mit der Kirche.

Heinrich ergriff das Blatt. Er hatte Recht gehabt. Nun würde sich alles zum Guten wenden.

„Wenn jetzt die Kirche die Hand zur Versöhnung ausstreckt, dann ist dieser unsägliche Kampf zu Ende“, frohlockte er. „Dann kann sich die Kirche wieder ihren Schäfchen widmen. Es können die nicht besetzten Pfarrstellen besetzt werden, junge Anwärter brauchen nicht mehr nach Württemberg oder Bayern auszuweichen, wir können dem Volk den Glauben wieder näher bringen. Wenn die Kirche dem Staat in dieser Examensfrage nachgibt, ist die dunkelste Zeit Badens zu Ende. Philippine, das müssen wir feiern. Holst du einen Krug von unserem Wein?“

Zu dem Pfarrhaus gehörte ein Weinberg, in dem Hansjakob seinen eigenen Wein anbaute und den Überschuss genau wie die Rebmänner verkaufte. Heute war ein Tag, an dem er gern einen Krug leerte.

Er ahnte nicht, was auf ihn zukam.

Seine Fraktion stimmte den Gedanken in seinen Reiseerinnerungen nur insgeheim oder gar nicht zu. Der Fraktionsvorsitzende, Dekan Dr. Franz Lender, der 1874 gegen den heftigen Widerstand Hansjakobs selbst noch für ein gemildertes Kulturexamen plädiert hatte, wagte den letzten Schritt nicht zu gehen. Und Bischof von Kübel, die katholischen Kampfblätter, die katholische Volkspartei insgesamt betrachteten den Vorstoß Heinrich Hansjakobs misstrauisch und entrüstet.

Heinrich erkannte: Beide Parteien wollten zwar eine Einigung, ein Ende des für Staat und Kirche so verhängnisvollen Zwistes. Doch keiner tat den ersten Schritt. Der gordische Knoten musste durchtrennt werden.

Der Zeitpunkt war gekommen, als der Fraktionsvorsitzende Lender ihn informierte, dass er einen erneuten Antrag einbringen würde, um das Examensgesetz für die Priesteranwärter zu entschärfen. Hansjakob sah seine Chance. Er würde eine Rede halten und seine früher starre Haltung korrigieren. Wenn einmal der Stein ins Rollen gebracht wäre, würde seine Initiative lawinenartig die verhärteten Fronten aufweichen. Er selbst, der bisher unerbittliche Verteidiger der harten Linie der Kirche, würde seinen Bischof auffordern, den ersten Schritt zur Versöhnung zu tun. Mit dieser öffentlichen Forderung würde er beide Seiten zu einem Kompromiss zwingen. Hansjakob sah sich selbst schon als Erretter der katholischen Kirche in Baden, als Friedensstifter zwischen Staat und Religion.

Und tatsächlich: Dekan Lender führte aus, die Bevölkerung wolle eine Verständigung der Kirche mit den Liberalen. Diese sei vor allem erschwert durch die näheren Umstände der Prüfung für die angehenden Theologen. Die Folge sei eine Vertreibung der jungen Priester ins Ausland gewesen, das

Volk sei ohne Seelsorge. Wenn nun die Regierung eine Abänderung, eine Erleichterung dieses Examengesetzes beschließen würde, dann könnte die katholische Partei sich dem gemilderten Gesetz unterwerfen.

Wieder diese Forderung, dachte Hansjakob. Zuerst müssen die Liberalen nachgeben, dann tun es auch die Katholiken. Und die Liberalen denken, zuerst müssen die Katholiken ihre starre Haltung aufgeben, dann können wir das Gesetz lockern.

Endlich wurde dem Abgeordneten Heinrich Hansjakob das Wort erteilt.

„...Und hier, meine Herren“, erhob Heinrich die Stimme, „komme ich zum Hauptgrund, warum ich der Ansicht bin, dass man sich selbst einem unbilligen Gesetz unterwerfen und Unrecht leiden muss. Es ist der Notstand in der Seelsorge, der von Jahr zu Jahr größer wird. Dieser Notstand in der Seelsorge, als das größere, ja als das größte Übel für die Kirche muss uns zwingen, dem kleineren Übel näher zu treten. Und deshalb muss, nach meiner Ansicht, die Kirchenbehörde die Initiative ergreifen.“ Er wandte den Blick direkt zu den Reihen der Liberalen: „Sie werden keinen Rückzug antreten, solange Sie Sieger sind und so lange nicht ein Notstand an Sie kommt. Sie warten deshalb ruhig zu; Sie befinden sich nicht in der Not, aber wir. Ich weiß, dass das, was ich heute gesagt habe, ganz anders lautet als das, was ich 1874 gesprochen habe bei der Einführung des Examengesetzes. Ich habe jahrelang der Theorie vom Kampf mit Prinzipien gehuldigt, ich bin aber zur Überzeugung gekommen, dass man mit starrem Festhalten an Prinzipien zugrunde gehen kann. Wir kämpfen in Baden seit 25 Jahren so, und unsere Lage ist von Jahr zu Jahr elender geworden. Ich habe einsehen gelernt, dass die Prinzipien in der Praxis übertragen vielfach nichts anderes heißen, als mit dem Kopf durch die Wand zu wollen; und das tut kein vernünftiger Mensch, am wenigsten in Zeiten des Kampfes. Das, was ich heute sage, sage ich nicht zum ersten Mal. Ich habe es schon den kirchlichen Oberen gegenüber, in Kreisen des Klerus und in meinem Buch über Italien ausgesprochen. Im Interesse des Klerus, der jahrelang standhaft gekämpft hat und nun auf dem Aussterbe-Etat steht, im Interesse des katholischen Volkes, das in der Seelsorge Not leidet, im Interesse der Fortexistenz der katholischen Kirche in unserem Lande müssen wir diesem Gesetz gegenüber nachgeben und eher Unrecht leiden, als der größten und heiligsten Interessen verlustig zu gehen. Ich mag es mir überlegen, wie ich will, ich komme in unsern Tagen zu keinem andern Schluss als zu dem: Dass nicht diejenigen die wahren Freunde der Kirche sind, die zum fortgesetzten Widerstand aufrufen, sondern jene, die angesichts eines religiösen Notstandes zum Nachgeben und zur Versöhnung raten. Die Zukunft wird hierüber entscheiden."

Donnernder Applaus erscholl. Jedoch nicht von Seiten der eigenen katholischen Fraktionskollegen, sondern von Seiten der regierenden Liberalen. Zornesrot bat Dekan Lender ums Wort und stürmte zum Podest. In einer flammenden Rede gegen die ungeheuerlichen Zugeständnisse des Abgeordneten Hansjakob schloss er:

„Sie dürfen sich keine Hoffnung machen, dass irgendein ansehnlicher Teil des katholischen Klerus die Anschauungen teilen wird, die der Kollege Hansjakob hier geäußert hat. Nein, der badische Klerus wird eher in die Verbannung gehen und das Brot der Armut essen, als dass er sich unter ein Gesetz fügt, das als ein unbilliges und unberechtigtes anerkannt werden muss."

Heinrichs Miene war erstarrt. Solch eine Reaktion seines Freundes hatte er nicht erwartet. Die sieben anderen Parteifreunde sahen ihn vorwurfsvoll an oder wandten demonstrativ ihre Blicke weg von ihm.

Als letzter Redner des Tages sprach schließlich noch der liberale Abgeordnete Kiefer, sonst einer der schärfsten Gegner des Kinzigtälers. Seine Ausführungen endeten: „Wenn dem Abgeordneten Hansjakob wegen seiner vorhin frei gesprochenen Worte ein Haar von Seiten seiner geistlichen Obern gekrümmt wird, so werde ich nicht zögern, einen Antrag einzubringen, dass künftig den katholischen Priestern die Fähigkeit entzogen werde, in der badischen Ständeversammlung als Volksvertreter zu sitzen."

Nun war das Maß endgültig voll.

›Der Telegraph‹ übertrug Heinrichs Rede für Baden auf das Deutsche Reich und meldete: Der Abgeordnete Hansjakob, Mitglied der ultramontanen Union und Pfarrer, erklärte: „Die Kurie müsse nachgeben im Interesse des Friedens innerhalb der Kirche, des Klerus und des katholischen Volkes." Diese Aussage wurde allen Presseagenturen und Zeitungen im gesamten Deutschen Reich mitgeteilt.

Hansjakobs Fraktion wandte sich von ihm ab. Dekan Lender erklärte öffentlich, Hansjakob habe bewusst gegen das Programm der katholischen Volkspartei verstoßen. Seine Auffassung werde von keinem Fraktionsmitglied geteilt. Freundschaften zerbrachen. Anonyme Schreiber beschimpften Hansjakob als elende Kreatur, die katholische Presse sprach von der traurigen Verirrung eines abtrünnigen Priesters, einem Ketzer, einem Fahnenflüchtigen. In Haslach ging das Gerücht um, Hansjakob sei vom wahren Glauben abgefallen; er sei lutheranisch geworden. Nur einige Pfarrer bekannten heimlich, dass ihnen der Abgeordnete aus der Seele gesprochen hatte. Ihre Namen wollten sie aber nicht veröffentlicht sehen.

Heinrich war zutiefst verletzt. Als nach Monaten die Hetze gegen ihn immer noch nicht aufhörte, schrieb er ein Buch ›*In der Residenz*‹, in dem er seine Tagebuchnotizen verarbeitete und seine verhängnisvolle Rede verteidigte. Sein bisheriger Buchproduzent weigerte sich, das Buch dieses Abtrünnigen zu verlegen. Er fand einen neuen Verlag.

Hansjakob schrieb an Bischof von Kübel einen Brief, in dem er sein neues Buch ankündigte: Man hört ›*seit Monaten nicht auf, mich zu reizen, zu verhöhnen und zu provozieren. Mein Name als Schriftsteller, meine Stellung als Priester wurde in ganz Deutschland, wo ich seit Jahren mir einen ehrlichen Ruf verschafft habe, so weit als möglich herabgewürdigt. Den fortgesetzten Hetzereien und Angriffen gegenüber konnte ich nicht schweigen und wollte ich nicht schweigen.*‹

Bischof von Kübel verlangte von Hansjakob, ihm zuerst eine Kopie des unveröffentlichten Manuskriptes zu senden. Doch zu diesem Zeitpunkt war das Buch schon gedruckt.

Heinrich Hansjakob blieb noch Abgeordneter bis zum Ende der Legislaturperiode.

Er konnte nicht ahnen, dass auf den Tag genau 25 Monate nach seiner Rede das umstrittene Examensgesetz durch die Abgeordneten der zweiten Kammer in Baden mit den Stimmen aller Abgeordneten abgeschafft würde.

# Geheimnisse

## *1.*

„Ist das nicht eine Rechtfertigung für dich?“, war der erste Satz, den der Wirt des ›Goldenen Kreuzes‹ in Haslach, Karl Franz, mit tiefem Basston von sich gab. Er war gerade vor dem Pfarrhaus vorgefahren, um. seinen Vetter und Freund zu besuchen. „Die Kirche hat im Streit nachgegeben. Wie du es gefordert hast.“

„Aber hast du auch nur ein Sterbenswörtchen in der Presse gelesen, dass der Abtrünnige, der Verräter, damit rehabilitiert ist?“, fragte Heinrich sarkastisch zurück. „Aber wir wollen nicht politisieren. Steigt erst einmal ab und kommt herein“, bat Heinrich. Er ging um den Pferdewagen herum, um auch die Frau des Vetters zu begrüßen: „Grüß Sie Gott, Viktoria. Sie haben Ihre Tochter mitgebracht? Sie ist ja schon eine junge Dame“, wandte er sich an das Mädchen. Hermine errötete.

Inzwischen war auch Philippine aus dem Haus getreten.

„Der Vetter Karl“, strahlte sie. „Besucht uns in diesem gottvergessenen kleinen Dorf. Was hat Euch denn hierher gebracht?“

„Wir haben uns vor einiger Zeit vom Vetter Abgeordneten in Karlsruhe das Theater zeigen lassen“, lachte Karl. „Jetzt wollten wir uns einmal den Bodensee ansehen, von dem er so geschwärmt hat.“

„Ich kann an diesem wüsten, großen Wasser nichts Schönes finden“, schüttelte Philippine den Kopf. „Und die Einsamkeit in diesem Dorf ist manchmal unerträglich. Gott sei Dank, dass ich mal wieder jemanden zum Reden habe“, lachte sie. „Wie lange bleibt ihr denn?“

„Wenn es euch nicht zu viel wird, eine Woche“, meinte der gutmütige Wirt.

Einige Tage nach Ankunft seiner Verwandtschaft konnte Heinrich wie so oft nachts nicht schlafen. Er zog sich nochmals an und verließ das Pfarrhaus. Draußen setzte er sich auf die Bank, auf der er im Sommer abends immer mit seinem Sakristan[20] saß und diskutierte. Er hörte die Wellen des Sees gleichförmig ans Ufer schlagen und dachte an das Ende des Kulturkampfes, das sich in allen Reden im Land- und Reichstag abzeichnete. Er hatte mit seinem Vorstoß ein Umdenken bewirkt; davon war er überzeugt. Sicher, der neue Papst war den Forderungen des Deutschen Reiches gegenüber aufgeschlossener. Doch die Einflussnahme der Kurie in Rom auf die Entscheidungen der Kirche in Deutschland wurde überschätzt. Eigentlich hatte er den größten Anteil an dieser Entwicklung, zumindest aber einen Teil, schwächte er in Gedanken ab. Doch die Fraktion hatte es ihm nicht gedankt. Die alte Vertraulichkeit war verschwunden. Er hatte inzwischen privat mehr Umgang mit den Liberalen als mit seiner eigenen Partei. Dort hatte er die Anerkennung gefunden, die ihm seine eigenen Parteifreunde versagten.

20 Mesner

„Können Sie auch nicht schlafen, Hochwürden?“, fragte plötzlich eine jugendliche Stimme.

„Was machst du denn hier draußen, Hermine?“, fragte Heinrich erstaunt.

„Ich musste die ganze Zeit denken, dass wir bei einem so berühmten Mann sind. Und wir sind sogar mit ihm verwandt. Da konnte ich vor Aufregung nicht schlafen. Ich habe dann gehört, wie Sie aus dem Haus gegangen sind. Ich dachte mir, das muss romantisch sein hier draußen, nachts, wenn die Wellen rauschen.“

„Romantisch“, lächelte Heinrich. „Es beruhigt meine Nerven. Der Sternenhimmel zeigt mir, wie klein und unbedeutend wir sind. Wie gering...“

„Sie sind nicht unbedeutend, Hochwürden“, unterbrach das Mädchen ernst. Dann lachte es leise auf. „Und klein erst recht nicht!“

„Du musst jetzt ins Haus“, lenkte Heinrich ab. „Du erkältest dich hier draußen.“

Hermine rückte näher an den Priester. „Ich will hier bei Ihnen bleiben, bis Sie hineingehen, Hochwürden. Ich friere nicht, wenn ich mich ein bisschen an sie anlehnen darf.“

„Hermine...“, begann Heinrich hilflos. Er sah die Gefahr, die von diesem verführerischen, jungen Geschöpf ausging. Die weitere Unterhaltung zeigte ihm immer mehr, dass sich das junge Mädchen in ihn verliebt hatte. In Heinrich erwachte die Begierde. Doch er wehrte sich gegen sein Verlangen. Er schickte Hermine fast unwirsch ins Haus zurück. Auch in den nächsten Nächten schlich sich Hermine aus dem Haus. Immer traf sie Heinrich auf der Bank neben dem Pfarrhaus und setzte sich zu ihm. Heinrich erkannte das Damokles-Schwert, das über ihm hing. Aber irgendwann setzte sein Verstand aus. Er gab nach und ließ sich von Hermines Reizen verführen.

Als Hermine später leise wieder im Haus verschwunden war, ging Heinrich Hansjakob zurück zur Bank. Der Rausch der Begierde war verflogen. Zurück blieb die Verzweiflung, dass er erneut schwach geworden war, die Einsicht, dass er wieder schwere Schuld auf sich geladen hatte.

Sieben Jahre alt war sein Sohn in Hagnau gerade geworden. Heinrich wurde fast täglich an seine Sünde erinnert; außer, wenn er als Abgeordneter in Karlsruhe war. Nun hatte er der Versuchung erneut nicht widerstehen können. Was war, wenn dieses Kind auch schwanger würde? Hermine war doch erst sechzehn Jahre alt. Der Morgen graute schon, als er wieder ins Pfarrhaus zurückging.

Hansjakob traute sich kaum, seinen Verwandten in die Augen zu schauen. Nur Hermine, verliebt und glücklich, sah ihn immer wieder heimlich an. Er war froh, als sein Vetter beim Frühstück vermerkte, dass sie jetzt genug vom Bodensee gesehen hätten. Nun müssten sie wieder zurück nach Haslach.

## 2.

Die nächsten Wochen waren unerträglich. Jede Nacht musste Heinrich Schlaftabletten nehmen, um wenigstens einige Stunden Ruhe zu finden. Doch die Angst vor einer Schwangerschaft Hermines verließ ihn auch während des Tages nicht. Er musste mit seinem Vetter in Kontakt bleiben, um sofort etwas zu erfahren, sollte sein Fehltritt Folgen gehabt haben. So schrieb er an Franz und lud ihn ein, eine Reise nach Holland und Belgien mit ihm zu machen. Er besprach mit ihm schriftlich Reiserouten und Vorbereitungen. Die Zeit verging und Vetter Franz berichtete nichts von seiner Tochter. Da war Hansjakob sicher, dass Hermine nicht schwanger war. Nun konnte er unbeschwert diese Reise genießen.

Die Gespräche mit seinem Vetter und Jugendfreund und das Austauschen der Erinnerungen bewirkten, dass Heinrich sich zurückversetzt sah in seine Kinderzeit: die Zeit der Unbeschwertheit und Unschuld, die Zeit seines ›Kinderhimmels‹, als er, noch nicht von Schuldgefühlen gepeinigt, nachts sorglos schlief und tagsüber, noch nichts von seinen späteren Ängsten fühlend, seine Zeit sorglos und heiter verbrachte. Zurückgekehrt von der Reise schrieb er seine Kindheitserinnerungen auf.

Die Legislaturperiode war zu Ende und auch der Kampf des politischen Katholizismus gegen den Liberalismus schien ausgefochten zu sein. Kirche und Staat, beide hatten nachgegeben. Doch er, der den ersten Versuch gemacht hatte, den gordischen Knoten zu lösen, hatte sich damit von seiner Partei entfernt.

Viele Liberale, die seine Verdienste in letzter Zeit immer wieder gewürdigt hatten, standen ihm inzwischen näher als manche seiner ehemaligen Mitstreiter in der katholischen Volkspartei, die ihm die Anerkennung versagten. Hansjakob trat nicht mehr im Wahlkampf an.

Heinrich Hansjakob suchte Erholung und neue Kraft bei seinen Arbeiten im eigenen Weinberg. Den hatte er sich von einer jüdischen Firma gekauft, die Handel mit Grundstücken trieb. Auf diesem Rebstück, hoch über dem See, hatte er eine Hütte bauen lassen.

Dort oben saß er vor seiner Hütte, grübelte und sinnierte über sein bisheriges Leben, versuchte, seine Ängste und die Verzweiflung, die ihn immer wieder überfiel, zu überwinden und seinen Glauben an sich selbst wiederzufinden. Seine Gedanken schweiften zurück in seine Kindheit, seinen Kinderhimmel. Es tat ihm gut, sich daran zu erinnern.

Sein eigener bescheidener Weinbau brachte es mit sich, dass er mit den Problemen der Winzer und Bauern von Hagnau näher in Berührung kam. Er erlebte, wie jeden Herbst in Hagnau unter den armen Rebleuten ein Zittern begann, wenn die Aufkäufer des Weines, die Württemberger Weinhändler, kamen. Die Händler spielten die Bauern, die sich nicht wehren konnten, gegeneinander aus. Die Folge waren Preise, die die Bauern oft an den Rand der Existenz trieben.

Heinrich Hansjakob dachte über eine Lösung dieses Problems nach. Es ist wie in der Politik, dachte er. Auf der einen Seite stehen die Rebleute, auf der anderen die Aufkäufer. Nur wenn eine Partei groß und einig ist, kann sie der anderen Partei ihren Willen aufzwingen. Wenn ein Winzer alle anderen hinter sich wüsste, wenn einer für alle verhandeln würde, käme ein besserer Preis heraus. Es waren ja nicht nur die Rebleute von den Händlern abhängig. Umgekehrt waren auch die Händler auf die Winzer angewiesen. Ohne Rebleute keinen Wein, ohne Wein keinen Gewinn.

Er sah Philippine die steilen Stufen zu den Weinbergen heraufkommen. Sie hatte die Zeitung und die Post in der Hand, die der Postbote gebracht hatte. Es war ungewöhnlich, dass sie ihm die Post nachtrug.

„Der Bischof ist schwer erkrankt", schnappte sie nach Luft. „In der Zeitung steht, dass er todkrank ist und die Ärzte keine Hoffnung auf Genesung haben. Es ist auch ein Telegramm bei der Post. Vielleicht ist das vom Ordinariat."

Hansjakob überflog zuerst den Artikel in der Zeitung. Lothar von Kübel hatte einen schweren Schlaganfall erlitten. Niemand rechnete damit, dass er sein Amt als Bistumsverweser wieder würde aufnehmen können. Dann öffnete er das Telegramm. Der liberale Kultusminister Nokk bat ihn, zu einer Besprechung nach Karlsruhe zu kommen. Das war ungewöhnlich. Er war doch aus der Kammer des Landtags ausgeschieden. Außerdem war er kein Liberaler. Es musste mit dem Bischof zu tun haben.

## *3.*

Hansjakob reiste am nächsten Morgen nach Karlsruhe.

„Mein lieber Herr Hansjakob", begrüßte Nokk seinen ehemaligen Parteigegner, mit dem er jedoch privat gut zurechtkam. „Ich brauche Ihren Rat als profunden Kenner der katholischen Seite."

Sie setzten sich, ein Bediensteter brachte Kaffee und Gebäck.

„Sie werden sicher schon gehört haben, dass Ihr väterlicher Freund, Bischof von Kübel, schwer erkrankt ist."

Hansjakob nickte.

„Wir befürchten für ihn das Schlimmste", fuhr Nokk fort. „Deshalb müssen wir rechtzeitig an einen Nachfolger denken, der nicht nur die Sache der Katholiken, sondern auch die Rechte des Staates vertritt. Nun habe ich mir überlegt, dass Sie mit Ihrer Weitsicht uns bei der Suche nach einem geeigneten Nachfolger helfen könnten. Sie wissen, ich halte große Stücke auf Ihr Urteilsvermögen."

Heinrich war geschmeichelt. „Ich verstehe nicht, dass Sie da einen ultramontanen Gegner des Liberalismus um Rat fragen."

„Ich will ganz ehrlich sein", beteuerte Nokk. „Ich bin, wie Sie wissen, auch Katholik. Aber ich will beiden Seiten gerecht werden. Noch sind nicht alle Folgen dieses Kampfes zwischen Kirche und Staat beseitigt. Ich möchte nicht, dass durch einen Bischof, der die Seite des politischen Katholizismus zu stark betont, die alten Machtkämpfe wieder aufflammen. Wir brauchen einen Erzbischof, der zwar die katholische Seite vertritt, jedoch auch das Staatsinteresse berücksichtigt." Er machte eine kurze Pause. „Sie verstehen, dass ich mit größter Vorsicht an diese heikle Angelegenheit herangehen muss. Daher habe ich Sie auch zu mir gebeten. Aus nahe liegenden Gründen konnte ich meine Bitte nicht schriftlich vorbringen. Schließlich stehen wir in unterschiedlichen Lagern. Diese Sache muss unter uns bleiben."

„Ich verstehe, Eure Exzellenz", antwortete Hansjakob. „Ich werde mir die Sache überlegen."

Damit verabschiedete sich Heinrich per Handschlag von Nokk.

Am 27. Juli schrieb er an den Minister, er sei zu der Überzeugung gelangt, dass der Nachfolger auf dem Stuhle des Erzbischofs nicht nur etwas liberaler sein, sondern der Zentrumspartei[21] gänzlich fern stehen müsse. Sein alter Freund Lender, den er früher für den richtigen Mann gehalten hatte, kam also nicht mehr infrage. Ihn strich er aus seinen Überlegungen. Auch der Kanzleidirektor Maas, der ihn bisher immer freundschaftlich unterstützt hatte, war ein Stein im Weg zu einer unpolitischen, sich ganz auf die Seelsorge konzentrierenden Kirche. Ihn hatte er im Umfeld des todkranken Bischofs von Kübel immer als Prinzipienreiter gesehen, als Urheber der starren Haltung des Bistumverwesers. Früher einmal hatte ihm die Haltung dieses Konvertiten eingeleuchtet, solange er selbst ein eifriger Verfechter der harten Linie gewesen war. Nun musste der Mann unschädlich gemacht werden. Aber heimlich, um die Annäherung zwischen Staat und Kirche nicht zu gefährden. ›*Wir müssen einen Bischof haben, der den politischen Katholizismus und die Zentrumspartei öffentlich desavouiert.*[22] *Und den Juden Maas entlässt*‹.

Eine Woche nach diesem Brief war Lothar von Kübel gestorben.

Die katholischen Blätter wollten erfahren haben, dass der badische Großherzog den Konstan-

---

21 Die katholische Fraktion hatte ihre Sitze im Parlament im Zentrum zwischen Liberalen und Konservativen.

22 bloßstellt

zer Münsterpfarrer Brugier gerne auf dem Stuhl des Erzbischofs gesehen hätte. Da der badische Staat bei der Besetzung des Postens des Erzbischofs ja ein Mitspracherecht hatte, warnte Heinrich den Kultusminister, dass dieser Mann ohne alle Energie sei und außerdem streng die Weisungen der römischen Kurie befolgen würde. Brugier wurde nicht Erzbischof.

Heinrich Hansjakob gefiel seine Rolle als graue Eminenz gut. Er nahm Einfluss auf die Entscheidungen der Regierung, zog damit im Hintergrund Fäden bei kirchlichen Entwicklungen und hatte seine kleine Bodenseegemeinde, die Abgeschiedenheit und Natur.

Dennoch fehlte etwas. Er war nicht ganz zufrieden. Die Gemeinde war so klein, dass er keinen Kaplan hatte. Jedes Mal, wenn er auf Reisen gehen wollte, musste er mit dem Ordinariat in Freiburg einen Kampf wegen einer Vertretung ausfechten. Jetzt, wo Lothar von Kübel tot war, würde das noch schlimmer werden. Außerdem wusste niemand etwas von seiner Macht, die er durch seine Verbindung zur Regierung hatte. Für seine Mitbürger war er der kleine Landpfarrer, der sich aus der Politik zurückgezogen hatte. Eigentlich, dachte er, müsste er für seine Verdienste um Staat und Kirche belohnt werden. Zumindest mit der Stelle eines Stadtpfarrers. Zudem war da noch die Sache mit seinem Sohn. Die Gerüchte wollten nicht verstummen. Fritz war jetzt 8 Jahre alt.

## 4.

„Heiner, da ist ein Weinhändler aus dem Württembergischen“, wurde er von Philippine in seinen Überlegungen gestört. „Er will wissen, ob wir neuen Wein zu verkaufen haben.“

Heinrich begab sich zur Haustür.

„Der Seewein ist in diesem Jahr besonders sauer“, sagte der Händler kurze Zeit später. „Ich muss noch jede Menge besseren Wein untermischen, damit man den überhaupt trinken kann. Da kann ich Ihnen nur 10 Pfennig für den Liter zahlen.“

„Für diesen Preis gebe ich den Wein nicht her“, sagte Heinrich bestimmt. „Für solch einen niedrigen Betrag hätten wir das ganze Jahr umsonst im Weinberg gearbeitet.“

„Dann müssen Sie ihn behalten“, zuckte der Händler lakonisch die Schultern. „Ihre Nachbarn werden ihn schon zu dem Preis verkaufen.“

Das ist es, dachte Heinrich plötzlich. Wenn ihm keiner Wein zu diesem Preis verkauft, geht er mit dem Angebot hoch. In Zukunft müssen wir geschlossen denen den Wein verkaufen, die die besten Preise zahlen. Dazu müssen wir uns alle einig sein. Wir brauchen eine Organisation. So, wie bei den Salpeterern im Hotzenwald damals die Einungen[23].

Auf seine Initiative schlossen sich 93 Winzer aus Hagnau 1881 zur ersten badischen Genossenschaft zusammen. Vorsitzender war Heinrich Hansjakob.

23 Einung = eine auf Eid begründete vertragliche Übereinkunft. Auch Zusammenschlüsse in Zünfte und Gilden

# Stadtpfarrer in Freiburg

## *1.*

In Freiburg war durch den plötzlichen Tod des Pfarrers von St. Martin die interessante und nicht unbedeutende Stelle eines Stadtpfarrers frei geworden. Hansjakob fand, nun sei es an der Zeit, dass Kultusminister Nokk auch etwas für ihn tue. Er schrieb seine Bewerbung um den vakanten Posten und stellte heraus, dass gerade die gemäßigten und liberalen Katholiken es sicher gern sehen würden, wenn ein so liberal eingestellter Priester wie er die größte Pfarrei Freiburgs leiten würde.

Tatsächlich bekam Heinrich diese Stelle, die unter dem Patronat des Großherzogs stand.

„Keiner meiner Kritiker im Bischöflichen Ordinariat konnte dies verhindern“, jubelte Heinrich, als er die Mitteilung seiner Berufung erhielt. Diese Nachricht war eine Flasche Champagner wert, auch wenn es noch früh am Nachmittag war.

Sein neues Pfarrhaus war ein zu einer riesigen Wohnung umgebautes Franziskanerkloster. Seine Pfarrkirche, eine Tochterkirche des Freiburger Münsters, war die ehemalige Klosterkapelle. Sie war ohne Turm. Das Angenehmste für Heinrich Hansjakob war: Er hatte vier Kapläne, die ihm die tägliche Arbeit weitgehend abnehmen konnten, so dass er sich nun vermehrt seiner Schriftstellerei widmen konnte.

Doch etwas anderes war im Augenblick wichtiger als das Schreiben seiner Bücher. Das Dach des Pfarrhauses war undicht und die unbewohnten Parterreräume rochen nach Moder und Schimmel. Seine Kirche besaß einen eigenen Kirchenfond. Allerdings hatte der, wie Heinrich schnell feststellte, Schulden, die sein Vorgänger ihm vererbt hatte.

Heinrich starrte die Besucherin erschrocken an, die soeben mit Philippine sein Arbeitszimmer betreten hatte.

„Hermine, was machen Sie denn hier?“ Unwillkürlich redete er die junge Frau nicht mehr mit ›Du‹ an, sondern wechselte zum unverfänglichen ›Sie‹.

„Hochwürden, ich muss Sie dringend sprechen“, sagte die junge Frau mit einem schnellen Seitenblick auf Philippine.

Heinrich machte ein Zeichen, dass er mit seiner Nichte allein gelassen werden wollte.

Als die Türe geschlossen war, fragte er nervös: „Was ist passiert?“ Es war ihm nicht wohl in seiner Haut. Sein Fehltritt vor vier Jahren war zwar ohne Folgen geblieben, aber irgendetwas war schief gelaufen. Das spürte er.

Hermine konnte die Tränen nicht mehr zurückhalten. „Er betrügt mich“, schluchzte sie. „Nach einem Jahr Ehe. Nicht nur einmal. Immer wieder.“

Heinrich war zu Hermines Hochzeitsfeier im April des Vorjahres eingeladen gewesen, hatte sich aber damals entschuldigt. Zu groß waren Angst und Scham gewesen.

„Beruhige dich, Hermine“, redete Heinrich erleichtert auf seine Nichte ein. Er griff wieder auf das vertraulichere ›Du‹ zurück. „Erzähle mal von Anfang an.“ Er zog einen Stuhl heran, auf dem sich die junge Frau niederließ.

„Es war bereits kurz nach unserer Hochzeit“, begann Hermine. Sie schniefte und sah Heinrich mit tränennassen Augen an. Stockend erzählte sie, wie Dr. Robert Wörner, der Haslacher Arzt, den sie geheiratet hatte, sie schon bald nach ihrer Hochzeit betrogen hatte und dass er dies immer noch tue.

„Ich bin so unglücklich, Hochwürden“, fing sie erneut an zu weinen.

Heinrich strich ihr über den Kopf. „Weine, Hermine, dann wird dir besser.“

Wild aufschluchzend klammerte sich Hermine plötzlich an ihm fest. „Was soll ich denn nur tun? Ich möchte nicht mehr leben!“

„So darfst du nicht reden“, ermahnte sie Heinrich. „Leg dich etwas hin und ruhe dich aus. Dann wird es dir besser gehen.“

Er führte sie in seine Schlafstube, setzte sie auf sein Bett und löste die Bänder ihrer Schuhe.

„Weine ruhig“, sagte er. „Das wird deinen Schmerz lösen.“ Leise begab er sich zur Tür.

„Nicht fortgehen, Vetter“, sagte Hermine plötzlich und gebrauchte den Ausdruck ihres Vaters. „Lasst mich jetzt nicht allein.“

Hansjakob zögerte. Dann drehte er sich um und setzte sich zu ihr auf das Bett. Er streichelte sie noch, als sie vor Erschöpfung bereits eingeschlafen war.

Hermine blieb zwei weitere Tage.

Es war Spätsommer. Tau lag morgens auf den Gräsern, Nebel stiegen an den Hängen des Schwarzwaldes hinauf. Bald würde der Herbst mit seinen bunten Farben die Landschaft verändern. Hermine unternahm lange Spaziergänge mit ihrem Onkel. Sie erzählte von Haslach, von ihrem Vater, von ihrem Mann. Wie ihre Liebe mit Füßen getreten worden sei. Sie berichtete von all den Erniedrigungen in ihrer unglücklichen Ehe. Heinrich versuchte, sie zu trösten. Er wies auf das Schicksal der vielen Hoferben im Schwarzwald hin, denen die Ehepartner von ihren Eltern bestimmt werden und die nicht gefragt werden, ob sie sich nicht vielleicht in einen anderen Menschen verliebt hatten.

„Lieben heißt leiden", sagte er einmal während eines Spazierganges, „und leiden heißt lieben, und leben heißt lieben und leiden. Wer sollte das besser wissen als ein Priester, dem man die Erfüllung in der Liebe versagt?"

„Ihr leidet auch", erkannte Hermine. „Ihr seid so unglücklich wie ich."

Sie kamen sich schnell wieder näher.

## 2.

Hermine war wieder abgereist. Heinrich versuchte sich abzulenken. Er durfte nicht an Hermine denken. Es war wie vier Jahre zuvor, als er nach seinem Fehltritt mit Hermine seine Kindheitserinnerungen aufgeschrieben hatte. Er war damals aus der Wirklichkeit, aus seiner Schuld, geflüchtet in die Erinnerung an die Zeit seiner Unschuld.

Nun schrieb er nachmittags und abends an seinen Erinnerungen aus der Studienzeit. Morgens aber machte er Pläne für unaufschiebbare Arbeiten an Pfarrhaus und Kirche. Für die dringend notwendigen Arbeiten am Pfarrhaus wurde ihm kein Geld bewilligt. Doch die Arbeiten mussten gemacht werden, sollte das Haus nicht weiter Schaden nehmen.

„Was wäre, wenn wir die leer stehenden Räume im Parterre vermieten würden?“, überlegte Heinrich laut.

Der älteste der Kapläne, die er in sein Arbeitszimmer gebeten hatte, schüttelte den Kopf. „Kein Mensch will in ein Pfarrhaus ziehen, wenn oben fünf Pfarrer wohnen, die jede Unstimmigkeit und jeden Streit mitbekommen.“

„Ganz abgesehen von der Tatsache, dass Sie Kindergeschrei und Lärm nicht ausstehen können“, fügte Kaplan Bürk süffisant lächelnd hinzu.

Stadtpfarrer Hansjakob warf ärgerlich ein: „Ich will die Räume ja nicht an Familien vermieten. Ich will Läden hier drin haben. Die bringen mehr Geld ein. Die Geschäftslage ist hervorragend.“

Seine Kapläne sahen sich an.

„Das wäre ein Ausweg aus der Misere“, vermutete Kaplan Leible. „Ich meine, damit könnte man in den nächsten Jahren einiges renovieren.“

Hansjakobs Plan stieß beim Ordinariat auf wenig Gegenliebe. Dennoch drückte er sein Vorhaben beim Oberstiftungsrat[24] durch, indem er darauf hinwies, dass durch die zu erwartenden Gelder auch das Defizit der Kirchenkasse behoben werden konnte.

---

24 Einen Oberstiftungsrat gab es in Baden seit 1862. Aufgabe: staatliche Aufsicht über das Kirchenvermögen im Großherzogtum Baden

„Ist das zu fassen?“, tobte Hansjakob. „Von 4 500 Mark Miete soll der Kirchenfonds 2 667 Mark, ich aber nur 1 833 Mark bekommen. Ich hatte die Idee für diesen herrlichen Plan, ich habe das Risiko, ich habe die Unruhe in meinem Pfarrhaus.“

Er knallte den Vertrag auf seinen Schreibtisch. Obwohl keiner der versammelten Kapläne etwas sagte, schrie er weiter. „Ja, in meinem Pfarrhaus. Solange ich hier Stadtpfarrer bin, ist das mein Haus.“

Er hatte die Hände hinter seinem Rücken verschränkt und lief unruhig in seinem Arbeitszimmer auf und ab. „Der schlimmste Jude hätte einem armen Bäuerlein gegenüber den Vertrag nicht schöner abfassen können!“

Doch alles Schimpfen nutzte ihm nichts. Wenn er die Erlaubnis zum Umbau bekommen wollte, musste er sich diesen Pfennigfuchsern, diesen Bürokraten, geschlagen geben.

„Und wissen Sie, wer die Herren sind, die mir diesen Vertrag vorgelegt haben? Ehemalige Studenten der Theologie, die das Konvikt nicht geschafft haben, weil sie glaubten, nicht zölibatär leben zu können. Die haben dann das niedere Finanzfach studiert und wurden vom Stiftungsrat eingestellt. Und diese Herren mahnen dann die alten Pfarrer zum Sparen und hauen sie übers Ohr.“

Es dauerte noch eine halbe Stunde, bis sich Heinrich so weit beruhigt hatte, dass er diesen schändlichen Vertrag unterschreiben konnte.

## 3.

Wieder war Hermine mit dem Zug in Freiburg eingetroffen. Es war Mitte Dezember, ein klarer, sonniger Tag. Schnee lag auf Feldern und Wiesen, weiß leuchteten die Schneekristalle an den Bäumen. Auf den Straßen Freiburgs jedoch verwandelte sich der Schnee in Matsch. Philippine hatte den Gast vom Bahnhof abgeholt.

In der ersten Minute, in der Hermine Heinrich allein sprechen konnte, gestand sie ihm glücklich: „Vetter, ich bin sicher, ich bekomme ein Kind von dir!“ Sie hatte wieder die Anrede Vetter gewählt. Diese war unverfänglicher als Onkel. Onkel wollte sie zum Vater ihres zukünftigen Kindes nicht sagen.

Hansjakob starrte sie erschrocken an. Er wurde kreidebleich.

„Oh, Gott“, flüsterte er und nahm geistesabwesend die Brille ab.

„Du brauchst keine Angst zu haben“, flüsterte nun auch Hermine, obwohl sie sicher sein konnte, dass niemand an der Türe horchen würde. „Ich bin verheiratet. Das ist meine Rache an Robert. Wenn er die Ehe brechen kann, kann ich es auch. Ich liebe dich, Heinrich. Ich möchte dein Kind. Niemand wird wissen, dass es nicht von Robert ist.“

Es ist nur ein Kirchengebot, redete Heinrich sich ein, als er nachts wach lag. Jesus hat die Ehelosigkeit von seinen Jüngern nicht verlangt. Er hat keine Enthaltsamkeit gepredigt. Schon im Alten Testament gibt es genügend Beispiele unehelicher Kinder. Abraham hatte ein Kind von seiner Magd. Und Päpste, die heilig gesprochen wurden, hatten Kinder. Wenn ich da an den Borgia-Papst Alexander denke. Sieben Kinder, davon drei gezeugt, als er bereits Papst war. Und am 18. August, ein Tag vor meinem Geburtstag, ist sein Gedenktag ... Aber du hast die Ehe gebrochen, sagte ihm sein Gewissen. Zudem ist Robert Wörner dein Freund ... Robert ist doch zuerst aus dieser Ehe ausgebrochen. Es ist doch gar keine Ehe mehr, redete er sich ein. Schlimmer noch. Robert hat gleich zu Beginn dieses Eheband wieder zerstört. Es war doch schon lange vorher kein Bund fürs Leben mehr. Robert wird seine Affären sicher nicht aufgeben.

Heinrich wälzte sich in seinem Bett. Wieder und wieder wie in einer Mühle kamen immer die gleichen Gedanken. Wieder und wieder suchte er sein Handeln zu entschuldigen. Er quälte sich, schrie lautlos nach Vergebung, Erlösung von seiner Schuld. Er tat diese Nacht wieder einmal kein Auge zu.

Niemand wird wissen, dass ich der Vater bin, tröstete er sich beim Aufstehen. Hermine liebt mich. Sie wird mir nicht schaden wollen. Und trotzig dachte er: Ich gebe ihr nur etwas Geborgenheit; das, was sie von ihrem Mann nicht erhält.

Am 20. Juni 1885 bekam Heinrich die Nachricht, dass Hermine am Tag zuvor von einem Sohn entbunden worden war, dem sie den Namen Robert gab, den Vornamen ihres Ehemannes.

Noch waren die Arbeiten im Pfarrhaus nicht beendet, als Heinrich Hansjakob den Kirchenchor bemalen und den Barockaltar durch einen neugotischen ersetzen ließ. Um dem Ärger mit Stiftungsrat und Ordinariat zu entgehen, verwendete er dafür Gelder aus der Kasse der freiwilligen Spenden. Dann ließ er in die dunkle Kirche eine Gasbeleuchtung legen. Das Ordinariat war durch die Arbeiten an der Straße, an der das Pflaster für die Rohrleitungen aufgerissen wurde, aufmerksam geworden. Es hatte dem Pfarrer der St. Martinskirche nahe gelegt, die Arbeiten sofort einzustellen. Heinrich ließ weitermachen. Als das endgültige Verbot für diese Arbeiten kam, war die Beleuchtung längst fertig und bezahlt.

Seine Beziehung zu Hermine bestand weiter. Er verdrängte seine Schuldgefühle. Da es aufgefallen wäre, wenn Hermine immer wieder nach Freiburg gekommen wäre, machte Hansjakob jedes Jahr Urlaub in Hofstetten, einer kleinen Gemeinde bei Haslach. Dies war einer der Plätze seiner Kindheit. Der Ort, an dem er zum ersten Mal während der badischen Revolution die feindlichen Preußen gesehen hatte. Ein Ort mit einsamen Waldwegen und idyllischen Plätzen.

Er nahm sich in der Gaststätte ›Zu den drei Schneeballen‹ ein Zimmer. Von hier konnte er weit in das Kinzigtal sehen. Hier versuchte er auch, die Schuld, die er auf sich lud, mit der Erinnerung an die Zeiten der Unschuld zu verdrängen. Hier fand er Ruhe, Stille, Vergessen – und traf sich heimlich mit Hermine.

Sein Sohn Robert war vier Jahre alt, als dessen Bruder Paul geboren wurde.

# 4.

„Wir dürfen uns nicht mehr treffen, Hermine", sagte Heinrich, als er seine Geliebte zum ersten Mal nach der Geburt ihres zweiten Kindes traf.

Hermine sah starr zu ihm hoch. Tränen traten in ihre Augen.

„Liegt es an mir?", fragte sie.

Hansjakob schüttelte den Kopf und umfasste ihre Schultern. Er sah sie beschwörend an.

„Es hat nichts mit dir zu tun. Ich bin Priester. Ich versündige mich und kann keine Nacht mehr schlafen, ohne schwerste Schlafmittel zu nehmen. Und selbst während des Tages kann ich nur noch daran denken, dass ich verdammt bin, wenn ich einmal sterbe. Ich halte es einfach nicht mehr aus. Dein Mann war mein Freund. Wie kann ich ihm in die Augen sehen? Dein Vater ist mein Freund. Wie kann ich mit ihm unbefangen reden? Wie soll ich ihm je erklären, warum ich als Priester seine Tochter entehrt habe? Ich habe beide verraten. Du bist meine Nichte. Wenn unser Verhältnis bekannt wird, ist meine Existenz vernichtet. Alle werden mit dem Finger auf mich zeigen. Diese Vorstellung verfolgt mich Tag und Nacht. Diese Angst, dass alle wissen, dass deine Söhne mich als Vater haben. Dass ich als Ehebrecher gebrandmarkt werde." Hansjakob nahm die Hände von ihren Schultern und sah zu Boden. „Ich kann einfach nicht mehr. Ich halte es nicht mehr aus!"

Hermine hatte ihm zugehört, ohne ein Wort zu sagen. Tränen liefen ihr über die Wangen. Jetzt sagte sie leise: „Ich habe dieses Leben mit Robert ertragen, weil ich wusste, es gibt noch dich. Du hast mir das Gefühl gegeben, begehrt zu sein, geliebt zu werden. Wie soll ich jetzt weiterleben?"

„Versteh mich doch. Ich kann einfach nicht mehr", bettelte Heinrich.

„Du, du kannst nicht mehr!", sagte Hermine bitter. „Ich habe deine Kinder bekommen. Ich lebe mit einem ungeliebten Mann und muss froh sein, wenn du einmal Zeit für mich hast. Ich würde mehr verlieren, wenn unser Verhältnis an die Öffentlichkeit käme. Meine Kinder und meinen Unterhalt. Ich wäre für die anderen die Hure eines Pfarrers. Aber du denkst immer nur an dich!" Sie drehte sich um und ging.

Heinrich sah ihr nach. Er tat nichts, um sie zurückzuhalten.

Der Fond seiner Kirche, der Martinifond, war trotz der bisher umfangreichen Bautätigkeit Hansjakobs 1891 auf ein Guthaben von 15 000 Mark[25] angewachsen. Nun wollte Heinrich mit dem Bau eines Kirchturms für die St. Martins-Kirche beginnen. Wieder war er höchst unzufrieden mit den Bürokraten in den kirchlichen und staatlichen Ämtern, die ihn angeblich schikanierten und seinen Tatendrang bremsten. Der Baubeginn verzögerte sich immer wieder. Als der Turm endlich fertig gestellt war, stand neuer Ärger mit dem Oberstiftungsrat und dem Ordinariat bevor.

25 heute wohl 150 000 Euro

Wie immer, wenn Heinrich von seinen Zwangs-vor-stellungen geplagt wurde, versuchte er sein sinnloses Grübeln durch Arbeit zu verdrängen. Er schrieb Vorträge über Vorträge, verfasste Schriften und Predigtreihen, arbeitete an weiteren Büchern.

Besonders stark war die Reaktion der Bevölkerung Badens auf eine Schrift ›*Unsere Volkstrachten*‹. Trachtenvereine im Kinzig- und Gutachtal, in Gengenbach, Offenburg und Oberkirch wurden gegründet.

Die starke Resonanz veranlasste Heinrich zu einem ›*Aufruf zur Bildung eines Vereins für Erhaltung der Volkstrachten*‹. Dieser sollte laut Satzung ›*für die Erhaltung der Volkstrachten sowie die bewährten heimischen Bräuche und Sitten… wirken und damit die Liebe zur Religion, zur Heimat und zum Vaterlande und zum angestammten Fürstenhause… beleben*‹.

## 5.

Heinrichs Nerven, durch seine immer wiederkehrenden Zwangsvorstellungen überreizt, hielten die zusätzlichen Belastungen nicht mehr aus. Er konnte mit niemandem reden. Kein Mensch durfte seine dunkle Seite kennen lernen. Nur Philippine wusste in Freiburg von seinem ersten Fehltritt. Sie würde darüber schweigen. Aber würde sie auch bei ihm bleiben, wenn sie von seinem Verhältnis mit Hermine wüsste? Und würde ihn Hermine jetzt, wo er sie weggeschickt hatte, verraten? Vielleicht war sie so verzweifelt, dass sie einfach nur Rache nehmen würde. Seine Angst wurde stärker und stärker. Übermächtig, nicht mehr zu kontrollieren und irreal. Jede Widerrede erregte ihn maßlos. Überall sah er Gefahr. Er war unverstanden und allein.

Nun halfen ihm auch seine Schlafmittel nicht mehr. Er dosierte sie immer höher, aber es half nicht. Er glaubte, verrückt zu werden.

Ein Spruch des Philosophen Epiktet fiel ihm ein: Der Geist gehört zu den Dingen, die wir in unserer Gewalt haben, nicht aber der Leib. Heinrich lachte. Der alte Philosoph hatte das Alter, den Zerfall gemeint. Er aber hatte zuerst den Leib, das Fleisch, das Sinnliche, nicht unter Gewalt gehabt. Und jetzt nicht einmal mehr den Geist. Wie arm war er doch dran. Wenn er doch nur sterben könnte!

Er fürchtete, wahnsinnig zu werden. Wahnsinnig, trübsinnig wie sein Vater. Er hatte die Krankheit geerbt. Immer schon hatte er geahnt, dass es so kommen würde. Er wurde allmählich wie sein Vater. Und jetzt fielen ihm weitere Geschehnisse ein: Auch seine Urgroßmutter und sein Großvater, der Eselsbeck, waren bisweilen melancholisch und zogen sich von den Menschen zurück. Aber das war nicht alles. Darüber hinaus war die Enkelin seines Großvaters, die Kanonenwirtin von Haslach, in der Illenau gewesen.

Er meldete sich beim Bischof nicht ab. Er sagte niemandem ein Wort, auch nicht seinen Kaplänen. Nur Philippine. Zum Schein machte er Urlaub in Hofstetten.

Dann bestieg er den Zug und fuhr nach Achern – in die Illenau, das Heim für Geisteskranke. Als er durch das vergitterte Tor schritt, fiel ihm Dante ein: ›*Lasst, die ihr hier eintretet, fahren jede Hoffnung*‹ und er fügte voll Zukunftsangst hinzu: dass die Menschen es vergessen werden, dass ihr hier gewesen seid.

Er hörte in dem Gebäude vor ihm Menschen schreien. Irre, die in unbeschreiblicher Angst vor etwas, das sie nur selbst sehen oder fühlen konnten, ihrem Entsetzen Ausdruck geben mussten. Die Schreie waren sogar durch die doppelten Fenster und dicken Mauern nur schwach gedämpft. Heinrich blieb stehen.

„Das sind unsere schweren Fälle“, sagte der Arzt. „Sie brauchen keine Angst zu haben. Die können nicht heraus. Schlüssel für deren Räume besitzen nur die Pfleger. Die tragen sie am Leib.“

„Werde ich auch so eingesperrt?“, fragte Heinrich bang.

Der Arzt lachte.

„Sie können jeden Nachmittag die Anstalt für Spaziergänge oder Besuche verlassen. Sie sind zwar ein gefährlicher Mann für manche Leute, aber kein gemeingefährlicher.“

„Ich habe Angst, dass gewisse Personen sagen: Wir haben es schon immer gewusst, dass dieser Hansjakob verrückt ist. Kein Mensch wird mich dann noch ernst nehmen.“

Der Arzt wollte ihn beruhigen, aber dieser Argwohn blieb. Die Angst wurde noch bestärkt, als ihn sein Bruder, der ›Sonnen-Wirt‹ aus Haslach, besuchte.

„Im Zug von Offenburg her haben die Leute über dich geredet. Dass du hier im Narrenhaus wärest.

Dann haben sie gestritten, ob du von Haslach oder von Hofstetten gebürtig seiest. Plötzlich hat einer gerufen: Da vorn sitzt doch der Sonnen-Wirt aus Haslach. Das ist doch auch ein Hansjakob. Fragt halt den. Der wird es am besten wissen."

„Und?", fragte Heinrich.

„Ich habe bestätigt, dass du aus Haslach seiest."

„Hast du denen gesagt, dass ich dein Bruder bin?"

Der Sonnen-Wirt schüttelte den Kopf.

„Ich habe mich geschämt", gab er zu.

Heinrich schwieg. Sein eigener Bruder schämte sich seiner; als wenn er im Zuchthaus säße.

Dabei war er nicht einmal wahnsinnig. Die Ärzte hatten ihm gesagt, dass er nicht geisteskrank sei. Er habe nur Zwangsvorstellungen.

„Herr Pfarrer, Ihre Schwester ist im Besuchszimmer", sagte der Pfleger nur einige Tage später.

Hansjakob sah Philippine aufmerksam an, als er das Zimmer betrat. Anders als bei seinem Bruder merkte er bei ihr keine Verlegenheit, kein Zögern. Sie gab sich wie immer. Unbefangen, ungezwungen. Es war, als würde sie ihn bei einem Kuraufenthalt besuchen. Heinrich war erleichtert.

„Philippine, erinnerst du dich noch an den Kaplan Schele in Haslach?"

Philippine nickte. „Wenn der dir damals keinen Lateinunterricht gegeben hätte, bräuchte ich mir heute keine Sorgen um dich zu machen. Dann wärst du vielleicht Bäcker."

„Dann wärst du verheiratet und hättest andere Sorgen", meinte Heinrich leichthin. Er wechselte das

Thema: „Ich habe erfahren, dass Schele in Oberkirch seine letzten Erdenjahre verbringt. Ich werde ihn in nächster Zeit einmal besuchen."

Dies geschah zwei Wochen später. Heinrich blickte einem Greis in die Augen, der so weise schien, so mit sich selbst und Gott im Reinen, dass Heinrich sein Leben verlogen, vertan und nutzlos erschien. Er konnte den glücklichen, zufriedenen Ausdruck eines erfüllten Lebens nicht mehr ertragen. Er musste gehen.

Nun kamen sie wieder, die nächtlichen Alpträume und die Zwangsvorstellungen, die ihn auch am Tag nicht losließen. Wie zufrieden hätte er als Pfarrer werden können! Und was war er tatsächlich geworden! Alles an ihm war nur Fassade. Er war ein schlechter Hirte seiner Herde, ein sündiger Priester des Herrn, ein erbärmlicher Arbeiter im Weinberg Gottes. Er war eitel, hoffärtig, anmaßend. Ein Mann, der Ehen zerstört hatte, der am Tod dieses Braumeisters in Waldshut schuld war. Er hatte gelogen, getäuscht, Leben der ihm anvertrauten Menschen zerstört. Er hatte Kinder gezeugt, die nie Vater zu ihm sagen konnten. Die sich schämen müssten, wüssten sie die Wahrheit über ihre Herkunft. Oder wussten sie die Wahrheit inzwischen? Hatte Fritz zu ihm Onkel gesagt, weil er eigentlich wusste, dass er Vater sagen müsste? Ahnten Robert und Paul die Wahrheit? Er dachte an die Zukunft. Bald würde er vor seinem ewigen Richter stehen. Der würde ihn fragen: Was hast du aus deinem Leben gemacht, Heinrich Hansjakob? Was hast du aus meiner Herde gemacht, die ich dir anvertraut habe?

Bisher hatten die Ärzte Hansjakob zur Beruhigung Brom[26] verabreicht, nun mussten sie zu Morphium greifen. Ständig erhöhten sie die Dosis. Von 10 Tropfen bis zu 90 Tropfen am Tag.

Nach drei Monaten fühlte sich Heinrich so weit geheilt, dass er wieder zurück nach Freiburg wollte. Er war jetzt 57 Jahre alt. Bald würde er ein Greis, bald würde er gestorben sein. Er hatte die Trennung von Hermine überstanden. Nie mehr würde er die Liebe an sich heranlassen. Nie mehr wollte er sich dieses trügerische Gefühl erlauben.

›*Denn wie wenig hält die Liebe stand*‹, schrieb er an einem der letzten Tage in der Illenau auf, ›*wie vielen Täuschungen und Entfremdungen ist sie ausgesetzt? Und wenn sie noch so stark und groß und treu bleibt, wie sieht's nach dem Tode aus? Die Jahre gehen hin über unsere Gräber, und die Liebe vergeht. Sie vergeht in der Erinnerung, die immer blasser wird, je mehr die Zeit die Lebenden von den Toten trennt. Von Jahr zu Jahr schlägt die Liebe schwächer an unsere Grabeshügel, und dann erlischt sie ganz. Die kommenden Geschlechter wissen weder mehr unser Grab noch von unserer Liebe, nicht einmal von unserem Namen.*‹

Er freute sich, bald wieder in Freiburg zu sein. Er würde seine Zeit im Narrenhaus in einem Buch verarbeiten.

---

26 früher als Narkose-, Beruhigungs- und Schlafmittel verwendet

## 6.

Nichts hatte sich geändert.

Seine Zwangsvorstellungen quälten ihn weiter, obwohl Heinrich nun die Ursachen kannte. Neben seiner erblichen Belastung, für die er nichts konnte, waren auch seine Fehltritte nicht mehr rückgängig zu machen. Nur ein öffentliches Bekenntnis seiner Schuld hätte ihn von diesem Druck befreit. Doch was wäre dann? Seine eifrigsten Leser waren die Frauen. Obwohl er mit seiner ›Frauenfeindschaft‹ in jedem Buch kokettierte, war ihm bewusst, dass er von den ›Wibervölkern‹ zumindest teilweise durchschaut wurde. Der Hansjakob meint es nicht so, schrieben ihm Verehrerinnen. Diese treue Leserschaft hätte er aber sofort verloren, wenn die Leserinnen wüssten, dass der immer polternde und lästernde Pfarrer in Wahrheit ein Mann war, der seine Finger nicht von Frauen lassen konnte. Der sich einer der schlimmsten Verfehlungen eines katholischen Priesters schuldig gemacht hatte. Und nicht nur einmal ... Der Schriftsteller Heinrich Hansjakob wäre unglaubwürdig. Der Priester nicht mehr tragbar. Was bliebe von seinem Leben, seiner Berühmtheit, der Verehrung, die ihm überall entgegengebracht wurde? Mit Fingern würde man auf ihn zeigen. Niemand würde mehr etwas mit ihm zu tun haben wollen. Hansjakob, der Aussätzige...

Dabei war die zur Schau gestellte Frauenfeindschaft nichts weiter als ein untauglicher Schutzschild, hinter dem er seine Sehnsucht nach der Liebe einer Frau verbergen wollte. Mit dem er sich selber schützen, die Frauen nicht verletzen wollte. Niemand sollte auf die absurde Idee kommen, hinter dem Frauenfeind Hansjakob verberge sich ein Mann, der den Reizen der Frauen erlegen war. Und er selbst fühlte sich immer dann besser, wenn er die Frauen unbedeutender machte, als sie waren. Dann waren sie nur noch Muttergestalten, sorgende, sich anpassende Wesen. Dann waren sie keine Gefahr mehr für ihn.

Sein Eifer in der Bautätigkeit erlahmte. Morphium wurde nachts sein ständiger Begleiter. Tagsüber saß er still in seinem Studierzimmer und versuchte, seiner Verzweiflung durch Schreiben und Lesen zu entkommen. Beim Schreiben vergaß sein Herz seine Verzagtheit, seine Angst. Wenn sein Lebensüberdruss ihn doch erfasste, so konnte er dies Gefühl in seinen Büchern artikulieren. Und wenn die Nerventeufel ihn tagsüber dennoch quälten, so halfen immer noch ein oder zwei Gläser Rotwein oder ein Glas Champagner am Mittag. Dann waren sie zumindest für einige Stunden verscheucht. Dann spürte er sie nicht mehr, diese Qualen.

Im Frühjahr und Herbst ging er jeweils für einige Wochen in sein Paradies nach Hofstetten. Es entstand Buch auf Buch.

1897 hatte die Stadt Freiburg das ehemalige Kloster der Kartäusermönche im Dreisamtal gekauft und zu einem Altenheim umgebaut. Heinrich Hansjakob hatte sich drei Zimmer gemietet, um in Ruhe seiner schriftstellerischen Tätigkeit nachgehen zu können.

Es war Pfingsten, als er das erste Mal seine vollständig eingerichtete Wohnung in der Kartause betrat. Wie Gold glänzten die mit Öl getränkten neuen Tannenmöbel. Madonnenbilder hingen an den Wänden, und das Kreuz, das dem alten Pfarrer zu seiner Primizfeier geschenkt worden war, stand mitten auf der Platte des neuen Schreibtisches.

Er trat ans Fenster. Wie ein Band aus Silber durchschnitt die Dreisam die blühenden Wiesen. Die Wälder und Berge des Schwarzwaldes, bis hinauf zum Feldberg, glänzten im herrlichsten Pfingstlicht.

Hierher würde er sich zurückziehen, wenn er allein und ungestört sein wollte.

## 7.

„Wir haben uns entschlossen, uns scheiden zu lassen", sagte Hermine trotzig. Sie war gerade in der Kartause angekommen, hatte noch nicht einmal Platz genommen. „Robert weiß alles. Ich habe ihm gesagt, dass er nicht der Vater von Robert und Paul ist."

„Warum?" Heinrich sah sie erschrocken an.

„Ich war wütend", gestand sie. „Wieder einmal hatte er ein Verhältnis mit einer Patientin. Wie das eben so ist. Ein Wort gab das andere, und plötzlich ist mir das in der Wut so rausgerutscht."

„Und jetzt?"

„Robert war ganz ruhig. Es war schon fast beängstigend. Wir haben einen Vertrag gemacht. Er bezahlt nichts für die Ausbildung der Kinder. Er meint, das wäre nicht gerecht, wenn er für die beiden Kuckucke auch noch weiter zahlen müsse."

Heinrich nickte ergeben. Er wusste, jetzt würde Hermine fordern, dass er sie unterstütze.

„Ihr, Vetter, müsst mir jetzt helfen. Schließlich sind es auch Eure Kinder."

„Natürlich werde ich Euch unterstützen", sagte Heinrich. Das vertraute ›Du‹ war in ihrer wie in seiner Anrede verschwunden. „An wie viel habt Ihr gedacht?"

„Ich glaube, dass monatlich 150 Mark[27] für die beiden Kinder nicht zu viel sind."

„Ich werde meinen Verleger anweisen, Euch das Geld jeden Monat zu überweisen", sagte Heinrich. „Ihr werdet verstehen, dass ich das nicht von hier aus machen möchte. Philippine…"

„Von wo das Geld kommt, ist mir egal. Ich will nur, dass die Kinder versorgt werden."

„Robert", sagte Heinrich. „Er wird denken, dass ich meine Freundschaft zu ihm missbraucht habe."

„Nein", schüttelte Hermine den Kopf. „Ich habe ihm gesagt, dass wir schon früher einmal etwas miteinander hatten. Damals, als ich erst sechzehn Jahre alt war. Und dass ich später nur so verzweifelt war, weil *er* mich betrog. Dass ich mich rächen wollte für seine Untreue."

Heinrich schwieg beschämt.

„Wisst Ihr, was er darauf geantwortet hat?", fuhr Hermine hektisch fort. „Er hat gelacht. ›Dann war die Ehe also von vornherein schon vergiftet‹, hat er gesagt. Dabei ist doch alles nur passiert, weil er die Finger nicht von anderen Frauen lassen konnte."

Heinrich antwortete nicht.

Bald darauf verabschiedete sich Hermine kühl.

---

27 Ein Kaplan verdiente zu dieser Zeit monatlich 30 Mark.

## 8.

Auch in den letzten Jahren war es wiederholt zu Zusammenstößen mit Ordinariat und Oberstiftungsrat gekommen. Immer wieder bemängelte Heinrich die Kleinlichkeit und Borniertheit der Bürokratie. Nun hatte er Geld aus Kirchensteuermitteln gefordert, um den brüchigen Plattenboden im Pfarrhaus machen zu lassen. Kirchensteuergelder seien nicht für die Erhaltung und Reparatur von Pfarrhäusern vorgesehen, wurde ihm vorgehalten. Er müsse warten. Doch Heinrich konnte, wie immer in seiner Ungeduld, nicht warten. Er ließ den Boden ohne Genehmigung machen. Nun platzte der Kirchenverwaltung der Kragen. Sie machte den Pfarrer für alle Unkosten persönlich haftbar.

„Philippine, ich bin jetzt siebzehn Jahre hier in Freiburg Pfarrer und bald 40 Jahre Priester, aber ich habe noch nie ein Wort der Anerkennung von der Kirchenbehörde bekommen“, klagte Hansjakob tief verletzt. „Ich bin der bekannteste Pfarrer Freiburgs. Die Pfarrgemeinde hat vor mir die größte Hochachtung. Zu meinen Predigten kommen selbst evangelische Christen. Der Großherzog wollte mich sogar mit einem Orden auszeichnen. Jetzt kommt so ein Lausbub, der gerade so viele Jahre alt ist, wie ich Pfarrer bin, und verlangt von mir, ich solle den Boden selbst bezahlen. Am liebsten würde ich alles hinschmeißen. Sollen sie in ihrer Kretin-Anstalt doch sehen, wo sie einen anderen Dummen finden.“

In der Nacht steigerte er sich in seine Niedergeschlagenheit und Wut noch mehr hinein. Wieder bekam er Zwangsvorstellungen. Er war überzeugt, der Bischof und das Ordinariat hätten es nur auf ihn abgesehen.

Am 5. September schrieb er an einen Freund: „*Ich liege mit meiner an Verzweiflung grenzenden Stimmung da und denke darüber nach, wie ich anständig aus dem Leben scheiden kann.*" Nichts konnte ihn aufmuntern. Nur die Tatsache, dass der Freitod eine Todsünde war, hinderte ihn daran, seinem Leben selbst ein Ende zu bereiten.

Vierzehn Tage nach diesem Tiefpunkt raffte er sich zu einem Brief an Erzbischof Nörber auf. Da sowohl dieser als auch Weihbischof Knecht verreist waren, sandte er den Bericht an den Prälaten Dr. Behrle mit der Bemerkung: ›*Damit der beifolgende Bericht nicht unterschlagen wird, was auch schon vorkam, ...*‹

In seinem Schreiben schloss er: ›*Es zeigt mir der Beschluss aufs Neue, wie alle Entschließungen des Ordinariates seit einem halben Jahr in Sachen der Reparatur des Pfarrhauses und der Kirche, dass man mich bis zum Letzten und Äußersten schikanieren will. Da ich es nun satt habe, mich vom Domkapitular R. und seinen Hintermännern fortgesetzt quälen und reizen zu lassen, so lege ich hiermit meinen Pfarrdienst nieder. Unter einer solchen Kirchenbehörde will ich nicht mehr länger Pfarrer sein. Ich bin seit 14 Tagen unwohl, werde aber, sobald ich kann, in die Kartause ziehen und dort bleiben. Man möge zum 1. Oktober einen Pfarrverweser bestellen. Ich werde Stadt und Land gedruckt kundgeben, warum ich genötigt war, mein Amt niederzulegen.*‹

„Exzellenz, Sie sollten seinen Rücktritt annehmen“, urteilte Weihbischof Knecht. „Dr. Hansjakob erfüllt seine Pflichten als Pfarrer nur zum geringen Teil. Andererseits untergräbt er fortgesetzt das Ansehen der Kirchenbehörde durch seine mündlichen und schriftlichen Auslassungen.“

Der Erzbischof antwortete umgehend: „Ich stimme Ihnen zu. Die Pfarrei bedarf dringend einer umsichtigen Seelsorge, die von Hansjakob nicht mehr erwartet werden kann.“

Hansjakob ließ über Mittelsmänner verlauten, dass er am ersten Oktober in der Kirche seine Abschiedsrede halten werde. Nun stand er im Mittelpunkt des Stadtgespräches, war nach Ansicht vieler Pfarrkinder eine zu bemitleidende, verfolgte Person. Freunde und Bekannte kamen zu ihm in die Kartause, spendeten Trost, bedauerten ihn.

Eingeweihte berichteten aber auch, erschreckt oder schadenfroh, dass der Erzbischof seinem Gesuch auf Pensionierung stattgeben würde. Heinrich habe den Bogen überspannt.

Doch inzwischen war sich Erzbischof Nörber nicht mehr so sicher, ob es klug wäre, Hansjakob in den Ruhestand zu versetzen. Die Pfarramtsstelle stand unter dem Patronat des Erzherzogs. Die Nachfolgeregelung Hansjakobs konnte Risiken bergen. Wer garantierte ihm, dass der Großherzog nicht einen Priester zum Stadtpfarrer in St. Martin auswählen würde, der noch unbequemer als Hansjakob, vielleicht sogar willfährig dem Staat gegenüber wäre? Vielleicht war es gefahrloser, Hansjakob auf seinem Posten zu belassen und die ausreichende Seelsorge dadurch sicherzustellen, dass man Hansjakob noch einen weiteren Kaplan zur Verfügung stellte.

Vermittler schalteten sich ein. Sie hatten Erfolg.

Heinrich Hansjakob entschuldigte sich bei seinem Bischof, gab als Grund für seine heftige Reaktion seinen Nervenzustand an und zog seine Beschuldigungen zurück. Er unterzeichnete seinen Brief: *„Ihr dankbarer Hansjakob"*.

Seine Todessehnsucht jedoch blieb. Er wusste, er wurde alt und gebrechlich. Seine Gesundheit wurde immer unbeständiger. Er hatte den Höhepunkt seines Lebens überschritten. Seit seine Affäre mit Hermine auch ihrem Mann bekannt war, musste er fürchten, dass sie nicht länger geheim blieb. An ein weiteres Aufsteigen in der kirchlichen Hierarchie war nach den Streitereien mit der Kirchenbehörde und dem Erzbischof nicht mehr zu denken.

Seine Nächte waren ohne die todesähnliche Bewusstlosigkeit durch Morphium nicht mehr zu überstehen. Und seine tiefe Resignation während des Tages konnte er ohne Alkohol nicht überwinden. Seine Schriften sprachen immer mehr von heftigen Schwermutsanfällen und dauernder Schlaflosigkeit. Er sehnte seine Erlösung herbei. Die Erlösung durch den Tod.

In seinem Paradies in Hofstetten ließ er für sich eine Grabkapelle bauen. Dort wollte er bald ruhen. Still, allein, zurückgekehrt in seinen Kinderhimmel.

# 9.

Hermine hatte wieder geheiratet; einen Versicherungsvertreter aus Freiburg. Hansjakob, der Ehrengast auf ihrer Hochzeit hätte sein sollen, war nicht gekommen.

„Weißt du, Albert, eigentlich ist es verständlich“, hatte sie zu ihrem Gatten gesagt. „Für die katholische Kirche bin ich immer noch verheiratet. Da kann mein Vetter sich nicht über die Vorschriften seiner Kirche hinwegsetzen. Schließlich ist er ein bekannter Mann.“

„Und weswegen bekommst du monatlich Geld von ihm?“, hatte damals Albert misstrauisch gefragt.

„Ich hatte ihn gebeten, mir zu helfen, als ich frisch geschieden war. Er ist mein Vetter, reich und berühmt; und ich musste zwei Kinder aufziehen. Mein Vater war auch sehr mit ihm befreundet. Wen hätte ich sonst um Unterstützung fragen sollen? Mein ehemaliger Mann zahlte für die Kinder ja nichts. Damals hat der Vetter gesagt, dass er für die Kinder sorgen würde, damit sie etwas Anständiges lernen. Deshalb versucht er jetzt auch immer wieder, mir in die Erziehung reinzureden.“

Doch eines Abends war Heinrich auf einem abendlichen Spaziergang Albert und Hermine begegnet. Albert war sicher, dass Hansjakob sie gesehen hatte. Doch Heinrich wechselte hundert Meter, bevor sie auf gleicher Höhe mit ihm waren, die Straßenseite. Auf der anderen Seite der Straße schlug er ein Buch, das er unter dem Arm getragen hatte, auf und las. Dann ging er in eine Seitengasse. Er sah seine Verwandte nicht, die, konsterniert über dieses Verhalten, nicht wagte, ihn zu rufen.

„Warum geht er dir aus dem Weg?", fragte Albert.

„Wieso geht er mir aus dem Weg? Er wird uns nicht gesehen haben", antwortete die immer noch betretene Hermine.

„Das glaubst du doch selbst nicht", antwortete ihr Mann. „Er liest in einem Buch. Kein Mensch kann bei diesem Licht noch in einem Buch lesen. Ich will wissen, was da vor sich geht."

„Was kann ich dafür, dass er uns nicht sieht!", sagte seine Frau nun lauter.

Leute schauten sich nach ihnen um.

„Es muss doch irgendetwas vorgefallen sein, dass er seine Verwandte, die er finanziell mit so großen Beträgen unterstützt, nicht mehr sehen will. Oder hat das etwas mit mir zu tun?"

„Nein", sagte Hermine schnell. „Mit dir hat das gar nichts zu tun."

„Ich gehe morgen zu ihm", beschloss Albert. „Ich fühle, irgendetwas stimmt da nicht."

Hermine fing an zu weinen.

Albert erschrak. „Jetzt hör auf zu weinen. Komm, wir gehen nach Hause."

Zu Hause drang er weiter in sie: „Hermine. Bitte. Erzähl mir jetzt die Wahrheit. Was ist mit diesem Pfarrer und dir?"

Hermine sah keinen Ausweg mehr. Sie wollte ihren Mann nicht weiter belügen. Bisher hatte sie die Geschehnisse, die zu der absonderlichen Reaktion Hansjakobs geführt hatten, vor ihm verheimlicht.

Jetzt konnte sie nicht mehr schweigen. Kein Mensch würde auf Dauer glauben, dass Pfarrer Hansjakob aus lauter Güte einen so hohen Geldbetrag ohne Gegenleistung Monat für Monat an seine Nichte überweisen würde. Irgendwann würde Albert es doch erfahren. So beichtete sie ihr früheres Verhältnis zu Hansjakob. Zum Schluss sagte sie:

„Ich ahne, warum Heinrich uns ausgewichen ist. Ich habe ihn vor einigen Tagen auf seine Bitte in der Kartause besucht. Wir bekamen Streit, weil er seine monatlichen Zuwendungen kürzen wollte. Aber Robert ist jetzt sechzehn. Und Paul stellt auch immer höhere Ansprüche. Außerdem wollen beide studieren. Du weißt selbst, wie knapp wir mit deinem Verdienst auskommen. Ich habe ihm gesagt, dass er vorsorgen müsse, falls er stirbt. Sonst erbt Philippine die ganzen Tantiemen aus seinen Büchern, und seine Söhne gehen leer aus.“

Wieder fing Hermine an zu weinen.

„Nicht weinen, Hermine“, bat ihr Mann, der mit wachsender Erregung zugehört hatte.

„Was ich all die Jahre durchgemacht habe“, schluchzte Hermine. „Immer das schlechte Gewissen gegenüber meinem Mann und den Kindern, das kann man nicht mit Geld aufwiegen.“

Ihr Mann strich ihr beruhigend über das Haar.

Hermine schnäuzte in ein Taschentuch.

„Mein Vetter weiß, was er mir angetan hat. Deshalb versucht er ja auch gutzumachen, was er gutmachen kann.“ Wieder kamen ihr die Tränen. „Doch seine Schwester mischt sich jetzt auch ein. Sie will, dass er die Zahlungen an mich kürzt. Sie meint, es seien Almosen.“

„Du musst ihr sagen, wofür du das Geld bekommen hast“, meinte Albert.

„Ich hab doch versprochen, nichts zu verraten“, antwortete Hermine niedergeschlagen. „Dabei war ich ein junges Ding, als er das erste Mal in mein Leben trat. Wie zum Herrgott habe ich zu ihm aufgeschaut. Als mein früherer Mann mein Vertrauen und meine Treue mit Füßen getreten hat, habe ich mich in meiner Not an ihn gewandt. Da kamen wir uns dann wieder nahe. Er leidet ja auch unter dem Gebot der Ehelosigkeit. Es ist einfach passiert. Aber es ist mit Geld nicht auszugleichen, was ich seither seelisch durchgemacht habe. Bevor ich dich kennen gelernt habe, litt ich mein ganzes Leben darunter, dass meine Kinder ohne ihren leiblichen Vater aufwachsen mussten.“

Hermine schwieg einen kurzen Moment. Dann begann sie erneut: „Jetzt redet Philippine ihm ein, er müsse die Zuwendungen kürzen.“

„Hat er sie gekürzt?“

„Er sagte, das würde jetzt alles sein neuer Kaplan machen. Der sei eine Art Privatsekretär. Er selbst sei gesundheitlich so angeschlagen, so nervenkrank, dass er sich um finanzielle Sachen gar nicht mehr kümmern könne. Aber er hat mir versprochen, dass ich die 150 Mark weiter bekomme. Ich soll auch etwas aus seinem Erbe bekommen. Aber das soll ich alles mit diesem Kaplan Trunz ausmachen.“

# Heimkehr

## *1.*

Seitdem waren mehrere Jahre dahingegangen. Hansjakob versteckte sich immer mehr vor der Welt. Er verbrachte die meiste Zeit in seiner Kartause, schrieb Bücher, voll von Schwermut und Todessehnsucht. Er wollte niemanden sehen und mit niemandem sprechen. Er wollte frei sein. „*Aber*", schrieb er, „*die ganze Freiheit, das Loswerden von allen irdischen Banden, von jedem Zwang und jeder Not des Lebens, gibt nur der Tod.*"

So wartete er mit immer größerer Ungeduld darauf, dass der Tod ihn von seinen Ängsten und Sorgen, von seinem Lebensüberdruss und den Mühen erlösen würde, in die ihn sein ständiger Kampf mit jeglicher Obrigkeit immer wieder stürzte.

Nur sein Kaplan Trunz hatte ungehinderten Zugang zu ihm. Der hatte inzwischen den größten Teil seiner Korrespondenz übernommen, war Privatsekretär, Freund, Vertrauter geworden. Er wurde von Hansjakob zu seinem Nachlassverwalter eingesetzt.

Er war nun auch der Ansprechpartner für Hermine. Trunz schrieb Hermine, dass Heinrich Hansjakob sich von seinem Sohn Robert verfolgt fühle, bat, auf ihn einzuwirken, dass er sich von ihm fern halte: Es reiche schon aus, dass Robert mit Hansjakob sprechen wolle, um in diesem seine Wahnvorstellungen zu wecken. Als Robert promovierte, widmete er seine Doktorarbeit seinem biologischen Vater. Heinrich nahm sie nicht einmal zur Hand.

Trunz korrespondierte auch mit Hermine wegen Heinrichs Testaments. Hermine wollte darauf einwirken, dass sie und ihre Söhne ausreichend berücksichtigt würden. Heinrich sträubte sich jedoch, in seinem Testament öffentlich Hermine oder seine Söhne anzuerkennen und damit das Gedenken an ihn zu beschmutzen.

So war Kaplan Trunz Vermittler, Berater, Schlichter. Er war der Prellbock zwischen Heinrich, Philippine und Hermine.

Als Hermine Ende 1911 den Entschluss fasste, mit ihrem Mann und dem jüngeren Sohn Paul in die USA auszuwandern, brauchte sie Geld. Kaplan Trunz übergab Hermine im Auftrag seines Stadtpfarrers 3000 Mark und versicherte ihr, dass Heinrich Hansjakob jedes Jahr 1000[28] Mark nach Portland in den Vereinigten Staaten überweisen würde.

Zuvor hatte Hermine Hansjakob bewiesen, dass ihre Erpressung ernst gemeint war. Sie hatte weitere Personen in dieses Geheimnis um den berühmten Pfarrer eingeweiht. In einem Schreiben vom 2.9.1911 an Kaplan Trunz äußerte sie, sie habe: *...einen nun in alle Details eingeweihten, mir treu ergebenen Freund mit nötigen Informationen ins Pfarrhaus geschickt...Dass ich mich genötigt sah, aus meinem Schweigen herauszugehen, wird für Herrn Vetter ebenso entsetzlich sein wie für mich, aber so wie die Sachen liegen, wusste ich einen anderen Weg nicht,*

28 Hansjakob bezog nach 47 Dienstjahren als Pfarrer eine Jahresrente von 2400 Mark.

*wenn ich nicht eines Tages zwischen zwei Stühlen sitzen will, denn dass Philippine sich kein Gewissen daraus machen würde, Vetters Wünsche zu kürzen, wenn nicht mir ganz vorenthalten, das bin ich überzeugt, sie kennt die Verhältnisse nicht und betrachtet es somit als ein Almosen, was mir von Vetter zukommt und nicht, wie es in der Tat ist, als eine kleine Abschlagszahlung, ein Äquivalent all der Opfer, die ich in Rücksichtnahme auf Vetter brachte… Seit Albert eingeweiht ist, ist mir ein Stein vom Herzen* (gefallen). *Ich habe Unmenschliches für Vetter an Rücksichtnahme und gutem Willen bekundet, man hat den Bogen aber zu straff gespannt, oft beherrscht mich ein Gefühl der Verachtung und des Hasses…*

Aus ihrer überwältigenden Liebe war bitterer Hass geworden. Aus der übergroßen Bewunderung tiefe Verachtung.

## 2.

„Herr Pfarrer, ich habe heute ein Schreiben vom Ordinariat bekommen“, sagte Kaplan Trunz an einem Tag, der für Heinrich Hansjakob mit einer wieder fast schlaflosen Nacht begonnen hatte. Das Frühstück, das Heinrich mit seinen Kaplänen und seiner Schwester eingenommen hatte, war vorüber. Die anderen Kapläne hatten ihre Aufgaben für diesen Tag und Philippine war wieder in der Küche, um den Abwasch zu machen.

„Wieso schreiben die jetzt an Sie statt an mich?“, fragte Heinrich. „Ist es jetzt schon so weit, dass die Kretins da oben mich völlig kaltstellen wollen?“

„Es betrifft mich“, sagte Trunz vorsichtig. „In der Post ist auch ein Brief an Sie, den ich aber noch nicht geöffnet habe. Ich denke, es steht das Gleiche darin.“ Trunz zögerte kurz. „Es ist meine Versetzung.“

Hansjakob starrte seinen Kaplan an, ohne zunächst ein Wort zu sagen. „Wohin?“, sagte er dann.

„An den Bodensee. Nach Andelshofen.“

„Überlingen“, ordnete Heinrich Hansjakob nach kurzem Zögern den Ort zu. „Haben die Sie wenigstens zum Pfarrer bestellt?“

Trunz schüttelte den Kopf. „Pfarrverweser“, antwortete er nur.

„Ich möchte Ihnen nachher einen Brief diktieren“, sagte Heinrich mit fester Stimme. „Ich werde um meine Pensionierung bitten.“

Erst als Hansjakob wieder allein war, fiel die fast übermenschliche Beherrschung, die diese Nachricht von ihm gefordert hatte, von ihm ab. Das Ordinariat hatte ihm nun auch noch seine wichtigste Stütze genommen. Den einzigen Kaplan, dem er vertraute und der ein Freund für ihn geworden war. Er war mit dieser Institution Kirche fertig.

Kurze Zeit später gab Heinrich Hansjakob den Auftrag für seinen Altersruhesitz in Haslach. Es sollte ein Hof werden wie die Schwarzwaldhöfe des Kinzigtales. Natürlich ohne Vieh, aber mit viel Platz. Philippine war glücklich. Wenn Hansjakob in Pension gehen würde, wären sie wieder zu Hause in Haslach.

Nach fünfzig Jahren als Priester kehrte Heinrich Hansjakob am 22. Oktober 1913 nach Haslach zurück. Sein von ihm erbauter Hof war fertig gestellt. Er nannte seinen Alterswohnsitz ›Freihof‹. Er war nun frei von allen kirchlichen und politischen Zwängen. Frei von heftigen Anfechtungen und bitteren Vorwürfen. Frei von Hermine, die in Amerika lebte.

## 3.

Ostern 1916 musste Heinrich Hansjakob im Bett verbringen. Der Arzt hatte eine leichte Nierenblutung festgestellt. Doch schon eine Woche später zelebrierte er die heilige Messe. Es war Weißer Sonntag. Der Tag, an dem die Jungen und Mädchen Haslachs die feierliche Erstkommunion begingen.

Hansjakob stand am Altar. Er konnte sich kaum daran erinnern, wie er den Leib Christi zum ersten Mal empfangen hatte. Wehmütig schaute er auf die Schar der Kinder, die noch in ihrem Kinderhimmel leben durften. Bald würde sich sein Lebenskreis geschlossen haben. Er fühlte es.

In den folgenden Wochen verschlechterte sich sein gesundheitlicher Zustand rapide. Mehrere Schlaganfälle zwangen ihn ins Bett. Er empfing die letzte heilige Ölung.

Die Ordensschwester Maria Lothar, die Philippine zur Unterstützung geholt hatte, saß wachend an seinem Bett, als er einige Tage vor Pfingsten nach einem kurzen Schlaf mitten in der Nacht die Augen aufschlug. Nur ein Licht im Zimmer brannte.

„Schwester Maria, holen Sie mir Papier und Stift“, bat er.

Darauf sagte er mit schwacher Stimme: „Ich habe manches geschrieben, was besser ungeschrieben geblieben wäre."

Die Schwester sagte nichts. Sie beugte sich tiefer hinunter zu ihm, um ihn besser verstehen zu können.

„Jetzt will ich etwas niederschreiben, das allein Wert hat", flüsterte der Priester.

Mit zittriger Hand schrieb er das Wort ›Jesus‹. Dann glitt ihm der Stift langsam aus der Hand. Er bemerkte es nicht mehr. Er lächelte: „Jetzt geht's ins altum[29]." Seine Augen brachen.

---

29 Jenseits; lat. von altus = hoch, hell

# Lebensdaten

| | |
|---|---|
| 19.08.1837 | Heinrich Hansjakob wird als ältestes von sieben Kindern des Bäckers Philipp Hansjakob und seiner Ehefrau Zäzilie, geb. Kaltenbach, in Haslach geboren |
| 1849 | Niederschlagung der badischen Revolution in Haslach |
| 01.10.1852 | Eintritt in das Gymnasium (Lyzeum) in Rastatt |
| Aug. 1859 | Abitur in Rastatt |
| Okt. 1859 | Beginn des Studiums der Theologie und Philologie in Freiburg |
| 06.08.1863 | Priesterweihe in St. Peter bei Freiburg |
| 09.08.1863 | Primiz in Haslach |
| 30.11.1863 | Philologisches Staatsexamen in Karlsruhe |
| 20.01.1864 | Lehramtspraktikant am Gymnasium in Donaueschingen |
| März 1865 | Promotion an der Universität Tübingen |
| 15.04.1865 | Provisorischer Schulleiter der höheren Bürgerschule in Waldshut, gleichzeitig Kaplan für die Loretokapelle auf dem Kalvarienberg in Waldshut |
| 23.05.1869 | Rede auf der Wahlversammlung der Kath. Volkspartei in Engen |
| 30.06.1869 | Entlassung aus dem Schuldienst |
| 24.11.1869 | Verurteilung wegen Beleidigung der badischen Regierung |
| 01.12.1869 | Hansjakob tritt Pfarrstelle in Hagnau an |
| 29.04.–29.05.1870 | Verbüßung der Haftstrafe vom 24.11.69 |
| 12.10.1871 | Landtagsabgeordneter der Kath. Volkspartei in Karlsruhe |
| 13.02.1873 | Geburt des Fritz Zimmermann |

| | |
|---|---|
| 22.03.1873 | Erneute Verurteilung wegen Beamtenbeleidigung |
| 01.08.–12.09.1873 | Verbüßung der zweiten Haftstrafe in Radolfzell |
| Jan. 1874 | Hansjakob kandidiert erfolglos für den Reichstag |
| Jan. 1877 | Hansjakob kandidiert erneut erfolglos für den Reichstag |
| 25.01.1878 | Rede im badischen Landtag. Bruch mit der Kath. Volkspartei. Scharfe Angriffe der katholischen Presse |
| 1880 | Hermine Franz tritt in sein Leben |
| 20.10.1881 | Gründung der ersten badischen Winzergenossenschaft in Hagnau |
| 01.08.1884 | Hansjakob wird Stadtpfarrer in St. Martin, Freiburg |
| Aug 1885 | Geburt Robert Wörner |
| 1889 | Geburt Paul Wörner |
| 04.04. 1893 | Hansjakob veröffentlicht einen ›Aufruf zur Bildung eines Vereins für die Erhaltung der Volkstrachten‹ |
| 06.01.–26.03.1894 | Aufenthalt in der Heil- und Pflegeanstalt Illenau in Achern |
| 06.06.1897 | Hansjakob bezieht die ›Kartause‹ in Freiburg |
| 1899 | Der Arzt Dr. Robert Wörner und seine Frau Hermine lassen sich scheiden |
| 29.12.1899 | Friedrich I. von Baden verleiht Hansjakob den ›Zähringer-Löwen-Orden‹ für Verdienste um die Erhaltung der Volkstrachten. Hansjakob lehnt die Auszeichnung ab |
| Sept 1901 | Streit mit erzbischöflichem Ordinariat und Oberstiftungsrat. Hansjakob denkt an Rücktritt als Pfarrer |
| 1901 | Beginn des Baus seiner Grabkapelle in Hofstetten |

| | |
|---|---|
| 1902 | Der Kaplan Anton Trunz wird nach St. Martin versetzt; ist bald Vertrauter Hansjakobs und Privatsekretär |
| 1903 | Die Grabkapelle in Hofstetten ist fertig gestellt |
| 1912 | Auswanderung Hermines mit ihrem zweiten Mann und Sohn Paul nach Amerika. Sohn Robert bleibt in Deutschland |
| 1912 | Kaplan Trunz wird nach Andelshofen versetzt |
| 1912 | Beginn des Baus des Altersruhesitzes Hansjakobs |
| 04.08.1913 | Hansjakob feiert sein Goldenes Priesterjubiläum in Haslach |
| 01.10.1913 | Hansjakob geht in Pension |
| 22.10.1913 | Umzug in den Altersruhesitz, den ›Freihof‹ |
| 23.06.1916 | Hansjakob stirbt im Freihof |

Eines der finstersten Kapitel in der Geschichte des christlichen Abendlandes sind die Hexenverbrennungen, die im ausgehenden Mittelalter aufkamen und erst im 18. Jahrhundert erloschen.

Aufgrund der bei den Verhören angefertigten Protokolle, die heute noch erhalten sind, hat der Autor einen bewegenden Roman über das grausame Schicksal einiger betroffener Frauen der badischen Stadt Offenburg geschrieben. Der Autor zeigt exemplarisch, wie vage Verdächtigungen, aber auch böswillige Verleumdung zu ihrer Verhaftung führten. Er macht deutlich, dass es für die beschuldigten Frauen, wenn sie erst einmal in das Räderwerk der Justiz geraten waren, kein Entrinnen gab.

Niemand, insbesonders nicht die Frauen unter den Lesenden, wird das Buch ohne Erschütterung aus der Hand legen.

Jürgen Buchholz
■ **„Verbrennt sie, die Hexen!“**
Ein historischer Roman
200 Seiten, gebunden
Format: 11,5 x 20 cm
ISBN 978-3-7806-5029-0

**Kaufmann Verlag** **www.kaufmann-verlag.de**
Postfach 22 08 · 77912 Lahr
Telefon 0 78 21 / 93 90-0
Telefax 0 78 21 / 93 90-11
info@kaufmann-verlag.de